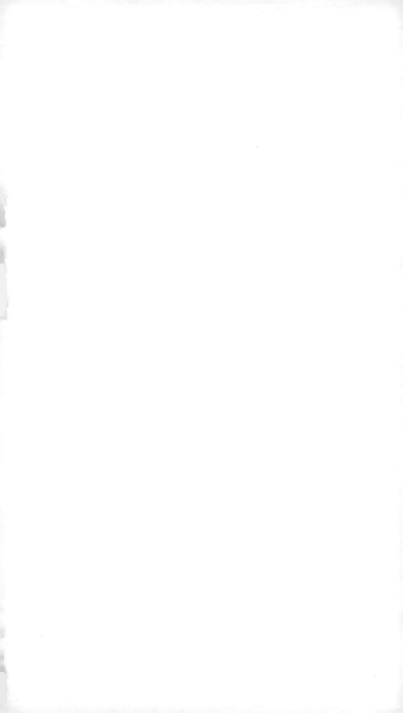

ノベルアンソロジー◆溺愛編Ⅱ

脇役令嬢なのに溺愛包囲網に囚われています

アンソロジー

Contents

貧乏子爵令嬢『土まみれ姫』～せっかく伯爵家の庭で働いてるのに、わざわざ下男と恋をする。でも、彼は……
古東薄葉 ◆ 小説投稿サイト「小説家になろう」で掲載 005

妹扱いする初恋の次期公爵に「あなたより素敵な人はいない」と伝えた結果
西根羽南 ◆ 本書のため書き下ろし 043

BL世界に転生したお邪魔虫令嬢です…と思ったのに何故か壁ドンされてます!!
翠 ◆ 小説投稿サイト「小説家になろう」で掲載 079

破局する未来しか見えないのに、運命の人に選ばれてしまった
三沢ケイ ◆ 本書のため書き下ろし 103

恋花令嬢は、まだ恋を知らない
霜月 零 ◆ 本書のため書き下ろし 141

異世界転移したら無自覚溺愛系お兄ちゃんができました
こる ◆ 本書のため書き下ろし 181

私の愛しい娘が、自分は悪役令嬢だと言っております。私の呪詛を恋敵に使って断罪されるらしいのですが、同じ失敗を繰り返すつもりはございませんよ?
関谷れい ◆ 小説投稿サイト「小説家になろう」で掲載 219

冷たい眼差しの皇帝陛下は愛を知らなかった
文月ゆうり ◆ 小説投稿サイト「小説家になろう」で掲載 261

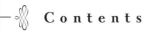

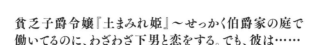

この作品はフィクションです。
実際の人物・団体・事件などには関係ありません。

貧乏子爵令嬢『土まみれ姫』～せっかく伯爵家の
庭で働いてるのに、わざわざ下男と恋をする。
でも、彼は……

古《こ》東《とう》薄《うす》葉《は》
ill. 由《ゆ》貴《き》海《かい》里《り》

わたしの名前はポピー。花好きの父と母が付けてくれた。わたしが生まれたときに庭のポピーがきれいに咲いていたからだそうで、ちょっと単純すぎない？　と思いながらも『ポピーは花に祝福されて生まれてきた子供なのよ』、母にそんな風に言われると子供心に幸福感に満たされた。

ポピー……、明るいだけが取り柄ですとでも聞こえる音の響き。わたしは貧乏ながらも子爵家の令嬢。ちょっと庶民的すぎるのではとの意見もあるが自分ではとても気に入っている。

そんなわけで、生まれたときから花に囲まれて育ったわたしは、小さいころから土いじりが大好き。今では庭の手入れを全《すべ》て任され、我がクライトン家の庭は貴族としては小さめだが四季折々の花であふれ、その美しさは街でも評判になるほど。今も咲き誇る春の花をわざわざ見に来る人がいる。

作業用のズボンとシャツを着て土にまみれて庭の手入れをする姿に、ついたあだ名は『土まみれ姫』。まみれる方が、かぶるよりはよっぽどいいと思ってしまう。

髪は普通の亜麻色、顔立ちはマアマアの十八歳。庭の手入れだけでなく、家計の足しに販売用の鉢植えも栽培する実態は『姫』と言うにはおこがましいが、それでも『姫』と呼ばれるのはうれしい。

そんな『土まみれ姫』にも思わぬ幸運がやってきた。

ある日、いつものように庭の手入れをしていると、上品そうな老婦人に声をかけられた。

「街で噂《うわさ》を聞きましたが、素晴らしいお庭ですね。あなたが管理されているのですか？」

話をしていくと、わたしを庭師と勘違いしているのに気づいたが否定もせず話を合わせていった。

「実は、カルバート伯爵家のお屋敷の庭を管理していただく女性を探しているのですが」

この老婦人の名前はアイラさん。カルバート家のメイド長をやっているとのことだった。

「残念ですが、このクライトン家に年間契約で雇われてまして。まあ条件次第ではありますが」

思った通り、金に糸目はつけないとのこと。女性の庭師はなかなかいない。わざわざ女性を探しているのは、なにかわけありだからだろう。

内心の笑顔をこらえながら条件交渉を進めていって、話を聞いた父母がびっくりするほど良い条件で伯爵家に雇われることになった。彼らが交渉していたら、きっと報酬は数分の一になっていただろう。人の良い両親は知り合いの保証人になって借金を背負わされるはめになり、領地からの収入のかなりの部分が借金返済にあてられている。その結果が我が家の貧乏だけど、そんな両親が大好きだ。

我が家には学費のかかる十四歳と十一歳の弟が二人いる。上の子は裕福な友達の影響なのか、いずれ外国に留学がしたいとか言い始めている。姉としても家族のために頑張らねばならない。

カルバート伯爵家とは街を挟んで東と西の位置関係だが、毎日通えない距離ではない。

せっかくまとまった話、貴族の身分は隠しておくことにした。貧乏でも貴族は貴族。バレたら遠慮されて雇ってもらえないかもしれないし、我が家にだって子爵家としての世間体というものもある。

我が家の庭の手入れもあるのだが、まあ一年ぐらいなら夕方帰ってからの手入れでしのげるだろうと考えて契約は一年ということにした。

そんなわけで、このカルバート伯爵家の庭の手入れを始めたのだが、毎日が非常に充実している。

伯爵家の大邸宅。庭は巨大で一人ではとても管理できないのだが、わたしに任されたのは、リビングや応接室から見える一区画。横三十メートル、縦二十メートルぐらいで広さはかなりある。そこに何十種類もの木や草花を植えて四季折々の花が楽しめるようになっていたそうなのだけれど、この三年間は全く手入れがされておらず荒れ放題になっている。

「亡くなった娘、エミリーが大事に手入れしていた庭なんです。男の庭師たちにズカズカ踏み込んでもらいたくなかったものですから」

この家の奥様は伯爵夫人だったのに気取らない優しい性格で、フワフワとしたくせ毛の金髪も相まって少女がそのまま大人になったような方だ。わたしを含めた使用人に、ですます口調の丁寧語を使われて話をされる不思議な人。もしかしたら、わたしと同じような貧乏貴族出身で腰が低いのかしらと思ってしまうが、とても本人には聞けない。でも、ご主人もすでに亡くなられて息子さんが後を継いでいるそうで、貧乏ながら家族みんなが元気な我が家を思うと幸せとはなにかを考えてしまう。

なんの花がどこに植わっていたかはエミリーさんが書いた分厚いノートが残っており、それを参考にして来年の春までの一年で以前のような美しい庭に復活させるという、やりがい十分な仕事だ。

奥様には何度か庭でアフタヌーンティーをごちそうになって、亡くなられたエミリーさんや庭の思い出話を聞かせてもらった。

「もう一度、昔のようなきれいな庭に戻したいのです」

そう言って、わたしの土で汚れた手を取って涙をためた目で見つめられた。この奥様に喜んでいただきたい。そう思うと、肥料をまく穴掘りのスコップを握る手にも力がこもる。

「ポピー、牛のフン、ここでいいのか？」

　力仕事や牛のフン、油かすなどにおいの強い肥料を運ぶときに現れるハリーだ。

　もう一つの日々充実の理由が彼。アイラさんが『ハリー』と呼び捨てにしていたから、きっと下男の一人なのだろう。額から目まで覆うようなボサボサの金髪、でも、髪の隙間《すきま》から見えるのはきれいな青い目。二十四、五歳だろうか。作業服がとてもよく似合っていて、いかにも実直な働き者という感じがする。背も高く世間で言ういい男のはずなのに、見た目に気を使ってないのでどこから見ても田舎者《いなか》。もったいないなあといつも思う。

「ハリー、サンドイッチ作ってきたけど、一緒にどう？」

「サンキュー、もちろん！」

　ベンチに並んで座ったら、通りがかったアイラさんがハリーを怒鳴りつけた。

「ハリー、ちゃんと手洗った？　顔に牛のフンつけてランチだなんて！」

　まるで子供を叱《しか》りつけるようなアイラさんの口調から、かなり下っ端の使用人なんだとわかるが、口調に愛情も感じられるので、きっと下男として可愛《かわい》がられているのだろう。

「アイラさん、ただの土ですよ」

　怒鳴られてしょげるハリーの顔の汚れをハンカチでふいてあげるが、時々、こんな風に弟と接しているような親しみを感じることがある。二人の相性は結構いいのかなと勝手に思ってしまう。

　ハリーの助けが必要な作業がある日は事前にアイラさんに言っておき、その日は彼の分も弁当を作ってきて庭のベンチで並んで食べることにしている。

ハリーはなにを頼んでもイヤな顔一つせずにニコニコと作業してくれる。とてもいい人だと思う。

一緒にランチを食べているとき、いつも彼の口元を見て微笑《ほほえ》んでしまう。

「なんだよ？　なんかついてる？」

「ううん、いつも、おいしそうに食べてくれるなって思って」

「ポピーが作るランチがおいしいからだよ」

思わず頬《ほお》が赤らんでしまった。こんな風に、ごく自然に女性を喜ばせるセリフがサラッと出てくる。

また、機転や教養を感じさせられることも多く、会ってからしばらくして聞かれたことがあった。

「ねえ、ポピー、ポピーの花言葉って知ってる？」

わたしは花を育てるのは好きだが、花言葉はほとんど知らないので首を横に振った。

「いたわり、思いやり……」

「あら、わたしにピッタリね」

思わずクスクスと笑ってしまったが、ハリーは言葉を続けた。

「そして、恋の予感」

ボサボサの髪の隙間から真面目《まじめ》な目で見つめられ、胸が大きく鼓動するのがわかった。

あの時には、もうハリーのことを男性として意識していたのかもしれない。そして、その意識は会うたびに大きくなっていく。

なに考えてるのよ。まがりなりにも、わたしは貴族令嬢。貴族の男性が平民の女性を好きになり結婚することはあっても、その逆は聞いたことない。まして下男。自分の好き勝手にはできない。

☆　☆　☆　☆　☆　☆　☆　☆　☆　☆　☆　☆　☆　☆

俺《おれ》がポピーを初めて見たのは、彼女が妹のエミリーの庭の手入れを始めた初日だった。

三年前、伯爵だった父がエミリーに頼まれて一緒に高山地区の花を探しに行ったとき、山道から馬車が転落して二人とも亡くなってしまい、二十一歳の若さで父の跡を継いで伯爵になった。

領主の仕事の他《ほか》にもカルバート家代々の職務である王宮の会計の要職にも就いたので、ほぼ毎日、王宮に出勤するという多忙な日々だ。仕事には慣れたが、家に帰るとホッと緊張から解放される。


「エミリー!?」

ある日、王宮の仕事から帰った俺は、窓から見えた人影に驚いてその場に立ち尽くした。この三年、誰《だれ》も入ったことのなかったエミリーの庭で、作業服姿、ほっかむりをした若い女性が動いている。

「あれはポピーですよ。今日《きょう》から来年の春までの一年間、エミリー様のお庭の手入れのために、働いてもらうことになりました」

いつの間にか隣に立っていたアイラが俺の声に気づいて言った。

死んだ妹が戻ってくるはずがないのに。俺は自嘲《じちょう》気味に笑ってしまった。

「やっと見つけた女性庭師、ちょっと高かったですけど、腕はいいですよ。彼女が手入れをした庭を見ましたが、それはそれは美しくて見事でした」

「ポピーか……。庶民ぽくっていい名前だな」

作業服姿でちょこちょこ動いているポピーを見て、名前の響きと動きが似合っているように感じて思わず笑ってしまった。

「ハリー、手伝ってあげたらどうです？　エミリー様にそうしていたように」

大きな穴を掘ったり、牛のフンなど臭い肥料を運んだりするときとか、エミリーに頼まれてよく手伝わされていた。庭師の男たちには入って欲しくない、ということだったが兄の俺に甘えたかったのかもしれない。今となっては懐かしい思い出だ。

「ああ、そうだね。ちょうどいい息抜きにもなるし、昔のようにきれいな庭に戻る手伝いができれば、エミリーも喜ぶだろう」

「じゃあ、ポピーに言っときますね。男手が必要なときは事前に声かけてって」

「だけど、俺が誰かは言わないでおいてよ。きっと気を使って断るだろうから」

「大丈夫ですよ、普段のボサボサ頭で作業服を着れば、立派な下男に見えますよ」

俺の髪は母親似のくせ毛で、王宮に行く時などは油を少しつけてオールバック風になでつけている。

「あいかわらず手厳しいなあ、アイラは」

「ハリー、下男が呼ぶなら、アイラじゃなくてアイラさん、ですよ」

隠し事をするのが愉快そうにアイラは笑った。

俺の乳母だったアイラは二人だけのときは俺を呼び捨て、しかし、妹は様付け。それは伯爵になってからも変わらず、他の貴族の家では考えられないだろうが気さくな家風のカルバート家ならではだ。

そんなわけで、ポピーの作業を時々手伝うようになった。アイラが言った通り、ポピーはなんの疑いもなく俺を下男、しかも、かなり下っ端だと信じているようだった。

「ハリーってすごく手慣れてるけど、以前もここで作業してたの？」

「ああ、よく、エミリーを手伝ってたよ」

言ってから、しまったと気づいた。正解は『エミリー様』だった。

案の定、ポピーは気が付いて、おやっと不思議そうな顔をした。

「もしかして、エミリーさんとつきあってたとか？　いや、それはないわね」

「あるわけないだろ！」

「ああ、なるほど。身分違いの片思いね。うんうん、肖像画を見たけど、きれいな人だもんねえ」

ポピーは一人で納得し、一人でうなずいている。

クルクル動く表情、おもしろい子だ。とりあえず話を合わせておくのが無難だろう。

「見た目だけじゃなくて、優しくて心もきれいな人だったよ」

「へー、そうなんだ」

ポピーはニヤニヤしながら聞いている。

「花を愛して育てる人は、みんなそうだろ？　ポピーもそうじゃないか」

ポピーの顔から笑いが消えて、頬が赤くなっていく。自分でも気づいたのか、ハッとして俺を見た。

「で、でも、貴族なんてやめといた方がいいわよ。庭で肥料の牛のフンいじっているのを見ただけで、婚約破棄するようなヤツラよ。体裁と見栄えばっかり気にして、貴族の男なんて大っ嫌い！」

我がことのように怒るポピーを俺はポカンとして見た。ただ、言っていることはわかる。俺に近寄ってくる令嬢たちは結構いるが、俺が好きというよりも伯爵が好きなんだろうな、というのばかりだ。貴族にとって体裁や見栄は大切なのだが、そういう女性は恋人や結婚相手にはカンベンだな。

ポピーはまた、ハッとして我に返ったようだ。

「以前、庭の手入れを手伝った子爵のご令嬢の話よ。友達になったから教えてもらっただけ。本人は、そんなヤツ、こっちからお断り、せいせいしたわ、だって。でも、二度と思い出したくないイヤな記憶だって言ってたわ。だけど婚約者と言っても手をつないだこともないんですって。貴族って変よね」

よほど仲の良い友達なのか、いつも笑顔のポピーでもこんなに怒ることがあるのかと驚いた。

でもね、ポピー、貴族はみんな、そういう人というわけではないんだよ。いつか教えてあげたいな、俺の父と母のことを。


俺が手伝うときはランチを用意してくれてベンチで並んで座って食べるようになった。

ポピーと過ごす時間は、仕事で疲れた俺に安らぎを与えてくれる楽しいひとときになっていた。

こんな風に毎日、にこやかに暮らせたらどんなに幸せだろう。そんなことを思うようになった。

「ねえ、ポピー、ポピーの花言葉って知ってる？」

俺は男ながら、エミリーのおかげで花言葉に詳しい。二人でこのベンチに座り、彼女の育てた花をよく見ていた。当時はこの庭にもポピーがたくさん咲いていた。『お兄様、花言葉を知っている男性は女性にもてますよ』。そう言って、いろいろな花の花言葉を教えてくれた。女性に対して口が達者なのは彼女の教育のおかげと言ってもいい。

「いたわり、思いやり……、そして、恋の予感」

俺はポピーを見つめた、今の思いを伝えたかった。ポピーはただ、俺を見続けるだけで、なんの反応もなかった。ただ、こころなしか頬がピンク色になっただけだった。


伯爵業をこなしつつ、屋敷で時間があるときは、できるだけポピーを手伝うようになっていた。秋になるころには、お互い気を使わない気さくな関係、仲の良い姉と弟みたいな関係になってしまった。年齢は逆なのだが。それはそれで心地よいが、物足りなさも感じ始めていた。

そうだ、なにかプレゼントしよう。そう思いついた。好意を伝えるには一番いい方法のはずだ。とはいえなにがいいだろう？　植木バサミ、スコップ？　喜ぶだろうがいくらなんでもあんまりだ。

月並みだが、エミリーにつきあわされて何度か行った街の宝石屋を王宮からの帰りに訪ねた。一人で入るのは初めてだが、俺のことを覚えてくれていた女性の店員がいて声をかけてくれた。

「これはカルバート様、お久しぶりです。今日はどういった物をお探しですか？」

「実は、ちょっとプレゼントしたい女性がいるので相談に乗ってもらえないかな」

「まあ、王都の令嬢たちのあこがれ、カルバート伯爵にもついにお相手が！」

「い、いや、その、あの、えーと……、友人の妹の誕生日の贈り物にしたいので、高価すぎないが十七、八歳の女性に喜んでもらえそうな物を選びたいのだけれど、なにがいいだろうか？」

あまり高い物だと、どこかで盗んだのではないかと誤解でもされたら大変なことになってしまう。

店員は贈り物の相手について、それ以上は突っ込むこともなく微笑みながら商売を開始した。

「では、髪留めはいかがですか？　髪は亜麻色？　でしたら銀とアメジストを組み合わせれば紫色の輝きが銀の背景と調和し、亜麻色と銀のコントラストを美しく引き立て、きっとお似合いですよ」

店員はおすすめの品をいくつか並べてくれたが、その中に可愛い小さな花が五個つながっていて、それぞれの花の花びらと中心の部分にアメジストを埋め込んだ象嵌《ぞうがん》細工の髪留めがあった。ポピーはいつも前髪を横に流してピンで留めているのでぴったりだ。

なによりもアメジストが今の俺の気持ちをよく表している。


一日の作業が終わった後、ベンチに座ってポピーに茶色の小さな小袋を差し出した。もともとの箱が立派すぎたので、受け取ってもらいやすくするために、わざわざ紙袋に移し替えておいた。

「これ、街に行ったときに目に留まったんだけど、ポピーにきっと似合うと思うんだ」

「まあ、ありがとう。なにかしら？」

ポピーはうれしそうだったが、小袋を受け取ったときにちょっと不思議そうな顔をした。そして、袋を逆さにして手の平の上にあの髪留めを出したが、見た瞬間に笑顔が消えて髪留めを見つめたまま黙ってしまった。その暗い表情は俺が期待したものではない。どうしたんだろう。

「……これ、高かったでしょう」

「たいしたことないよ、俺にだって貯金ぐらいあるし、いつものランチのお礼。もらっといてよ！」

庶民でも女性はこういう物の価値が一目でわかるのだろうか。高くないといっても、王侯貴族相手の店での話、下男のプレゼントにはふさわしいものではなかったか。俺は自分の失敗に気づいた。

「だめ、とても、いただけないわ」

何度か繰り返した俺の頼みを聞かず、ポピーはなんとか返そうと髪留めを押し付けてくる。

「ねえ、ポピー」

このままでは受け取ってもらえない、そう思った俺は髪留めを持つポピーの手を両手で握った。

☆　☆　☆　☆　☆　☆　☆　☆　☆　☆　☆　☆　☆　☆　☆

わたしがエミリーさんの庭の手入れを始めて半年、季節は秋になり、いよいよ春に咲く花の準備に取りかかる大事な時期となった。

ハリーはこちらから頼まなくても、ちょくちょく手伝いに来てくれるようになっていた。

恥ずかしいけど、婚約したことはあっても、この年になるまで男性とまともにつきあった経験がなく、ハリーとの時間は恋人と過ごすのってこんな感じなのかなと思ってしまうほど楽しい。

いっそ、このまま恋人同士になれないかな。そんな思いが何度も心をよぎるが、自分の立場を考えてあわてて思いを打ち消した。

ある日の作業の後、ハリーが街で買ったと言って小さな紙袋をわたしにくれた。袋の感じから道端で売っている小物のようだが街でもわたしのことを考えてくれていたんだと思うと、とてもうれしい。

しかし、袋を受け取ったとき、想像した以上のずっしりとした重さを感じた。

袋の中身は可愛い花の髪留め。でも、この色と輝き、重みはまちがいなく純銀。紫の宝石はアメジスト。精巧な象嵌細工。伯爵家とはいえ使用人が買えるような値段ではないはず。

「だめ、とても、いただけないわ」

「ねえ、ポピー」

髪留めを返そうと差し出したが、その手が思いがけずハリーの両手で包まれた。

「花に花言葉があるように宝石にも石言葉があるんだけど、アメジストの石言葉を知ってる？」

花言葉すらよく知らないわたしが知っているはずもなく、首を横に振った。

「誠実、心の平和、そして……」

誠実？　わたしのやっていることは誠実とはほど遠い。心の平和？　最近、あなたのせいで心の平和は乱れてしまっているんだけど。そんなことを考えて戸惑うわたしの目が真剣に見つめられた。

「真実の愛」

！　一瞬、心臓が止まったかと思った。だけど、これはアメジストの石言葉を言っただけ。

「受け取ってくれるよね。きっと、ポピーに似合うから」

ハリーはそう言って、あらためてわたしの手に髪留めを握らせた。こんな風に言われてもまだ拒み続けられるほど、わたしは強い女ではなかった。

家に帰ってから、化粧台の鏡に向かい、前髪に髪留めをつけてみた。柔らかな亜麻色と銀の色の対比が優雅に見え、アメジストの紫がそれを際立たせている。本当によく似合っている。

きっと、今まで行ったこともないような宝石店に行って、店の人と一生懸命に相談しながら選んでくれたんだろう。わたしのことを店の人になんと言ったのかな？　友達、仕事仲間、恋人？

鏡の中のわたしがうれしそうに微笑んでいるのが見えた。でも、ハリーの手には何か月、いえ、もしかしたら何年も貯《た》めたお金が握られていたかもしれない。そう思うと胸が痛くなってきた。

ねえ、なんでこんなステキなプレゼントをくれるの？　まだ、好きとも言ってくれてないのに。

だけど、こんなことをさせてはいけない。今の関係で十分、それ以上を望んではいけない。

そう思いながら、髪留めを外して胸の前で握りしめた。鏡の中に悲しそうなわたしが映り、目から涙が一筋こぼれるのが見えた。

髪留めは化粧台の引き出しの奥に大事にしまっておくことにした。わたしの思いと共に――。


それからも、ハリーとの関係は以前となにも変わらなかった。いえ、変えなかった。

一緒に庭仕事をする仲の良い友人、それ以上にはならないように注意した。それでも若い年頃《としごろ》の男女なので、例えば、重い荷物を二人で運ぶときなどに体が近づくと、ちょっと微妙な雰囲気になってしまったりするが、感情を抑え込んで平静を装う。

そして季節は冬になった。

バラの枯れた枝を丁寧に折っていく。力仕事の後でヒマそうだったハリーも手伝ってくれるが、あまり器用ではなさそうで見るからに危なっかしい。

「つっ！」

ほら、やった。指先に血の玉が見えた。

「見せて」

ハリーの人差し指を右手に取り、観察すると、ちょっと深そうな刺し傷だがトゲは残っていない。

園芸家の習性で反射的に人差し指を口に含んで吸った。目を閉じて意識を傷に集中する。

ばい菌や汚れが傷に入っていくのが心配。弟たちに庭仕事を手伝わせると、しょっちゅうこうなる。

「ポピー……」

ハリーの声にハッと我に返って目を開いた。家族でもない男の人の人差し指を口にくわえている。

カーと顔に血が上ってくるのがわかった。あわてて口から人差し指を抜いた。

「ごめんなさい！　よく、弟たちが――」

ハリーの人差し指を持つわたしの右手が逆に彼の手で優しく包まれた。驚いて口の動きが止まった。

握られた手はそっと引かれ、体もそれについていく。そして、ハリーはわたしを優しく見つめながら、顔を近づけてくる。どう反応していいかわからず、話を途中で止めた口も開いたまま。きっと、まぬけな顔になっているだろう。

ハリーの指に下あごを少し持ち上げられ、口が閉じた。そして、なぜだろう、目も閉じてしまった。

ハリーの唇がわたしの唇に重なり、柔らかな感触が伝わる。わたしの右手を離した手が背中に回され、両手で引き寄せられて胸が触れ合うと頭の中が真っ白になってなにも考えられなくなった。

その時、ハリーの唇がいきなり離れ、わたしの体は突き放された。

「ごめん！　薬つけてくる！」

ハリーはバツが悪そうに走り去っていった。

血が出ていたとはいえ男の人の指をくわえるなんて、そんな思わせぶりなことをするから。

悪いのはわたし。思わせぶり？　ちがう。全部、自分の感情に従っただけ。

でも、なんで、あやまるの？　まだ感触が残る唇に触れながら、小さくなる後ろ姿を見送った。

その日、ハリーは戻ってこなかった。次に会うとき、どんな顔をして会えばいいのだろう？

いいえ、こんな時は、なにもなかったように普段通りにすればいい。

だって、ハリーがあやまった理由は、きっと、たいした意味もないたわむれだから。

もうじき春。春が来て、この庭が花に包まれたとき、契約も終わりなんだから。

でも、初めてだったのよ、キス――。

☆　☆　☆　☆　☆　☆　☆　☆　☆　☆　☆　☆　☆　☆　☆

俺の苦心のプレゼントも効果はなく、逆に、時々、よそよそしさを感じることもあるようになってしまった。高価な贈り物が警戒心を引き起こしてしまったのだろうか？

そして秋が過ぎ、冬になったある日、バラのとげが刺さった俺の指をくわえるポピーの唇に誘われるように彼女を引き寄せてキスしてしまった。しかし、すぐに我に返った。

一体、なにをやってるんだ！　好きだとも言っていない女性にキスして抱きしめている。

俺は最低の男だ！　恥ずかしさと自分への怒りにカッと顔が赤くなるのがわかった。

唇を引き、両手で肩を押して彼女の体を離れさせる。

「ごめん！　薬つけてくる！」

いたたまれなくなって、走り去ってしまった。ちがう、言うべき言葉は『ごめん』じゃなかった、そう思いながら。

その日、心を落ち着かせて戻ったときにはポピーはすでに帰ってしまっていた。


次にポピーに会ったとき、彼女はなにも変わっていなかった。

「さあ、今日も頑張っていきましょう！　もうじき春でーす！」

いや、いつもよりも、もっと明るい感じだった。キスについては、どちらからも触れることはなく、いつも通りに作業を進め、いつものベンチでサンドイッチを食べ、その日の作業は終わった。

もうじき春。このままではなにも変わらない、いや、変わらないではだめなんだ。俺が変えなければ。


「えっ、なんですって？　ポピーさんにプロポーズする？　一緒に園芸店を始めるですって？」

やはり母は驚いた。

「園芸店は彼女中心で運営して、私は手伝うぐらいですので伯爵の仕事に支障は出ないでしょう」

「ポピーさんはいい娘さんだけど、わかってるの、あの子は平民ですよ？」

「……平民出の母上がそう言われますか？」

母は元々、花屋で働く平民だった。それを父が見そめて、大恋愛の末に結婚したという。表面上だけ貴族の養女にしたりとか結構大変だったと聞く。知る人ぞ知るカルバート家の秘密であった。

「だから言うのよ。やれ、敬語ができないとか、使用人に丁寧語使うなとか、こんな、堅苦しい世界に入ることを彼女は望んでいるのですか？」

思わず、『貴族の男なんて大っ嫌い』と言い切ったポピーの怒った顔を思い出し、ため息が出た。

「その辺はこれからですが、まず、ちゃんと意思表示をしたいと思い、母上に相談する次第です」

今度は母が、ヤレヤレと言いたげに、ため息をついた。

「もう、心を決めてしまっているのでしょう。相談と言うより報告ですね。まったく、一途《いちず》で頑固なところは父親そっくりですよ」

「そんな父上を母上は好きになったのでしょう？」

母は昔を思い出すように、愉快そうにクスクスと笑った。

「わたしが恋をしたとき、あの人は金持ち商人の息子のフリをずっとしていたのですよ。結婚の約束をして結ばれたあとで、実は……って」

えっ？　これは初めて聞く話だ。街で出会って恋に落ちた、と父から聞いていたのだが。恋のためとはいえ人をだますなんて、と思ったが自分も大して変わらないなと気づいて苦笑した。

「ひどい話よね。もっとも、最初に伯爵と聞いてたら、引いちゃってこうはならなかったでしょうね」

なるほど、ポピーにもその手は使えるかもしれない。まず二人の愛情を固めてから、実は……か。

「それに、既成事実もできちゃってたし」

「既成事実？」

母は照れくさそうに笑いながら、俺を指差した。

「ハリー、あなたのことですよ」

月足らずの早産だったと聞かされていたが、カルバート家にはまだ秘密があったとは知らなかった。

「そこまでマネしろとは言いませんが、伯爵としてではなく、人として愛されること。あとは、まず、反対しそうな人は説得して了解をもらっておくこと、できれば国王陛下と王妃様のお耳にも入れておくこと。プロポーズした後で誰かに反対されてダメになったら、ポピーさんを傷つけるか、駆け落ちするしかなくなりますからね」

ありがたい先輩のアドバイスだが、ため息がまた出るほど大変そうだ。

「あなたが考えているより、ずっと大変ですよ」

母は俺に念押しをするように深いため息をついた。気づくと、二人でさっきから、ため息ばかりついている。それぐらい大変なことなのかと思うと、また、ため息が出た。


それからは親戚や有力貴族を訪問して説得する日々。彼らの反応はほとんど一緒だった。まず反対、考え直せ、苦労が多いぞ。だが最後には『やれやれ、血は争えんなあ……』で納得してくれる。

先達の父の努力と母の人徳というものだろう。二番煎《せん》じというのも時にありがたいものである。

国王陛下にも短時間だが、謁見のお時間をいただいた。

「なんと、そのほうも平民を娶《めと》りたいというのか！　うーむ、血は争えぬのお」

国王といえども反応は一緒だったが、隣に座る王妃が助け船を出してくれた。

「よいではありませんか。カルバート伯爵の選ばれる女性なのですから、素晴らしい方なのでしょう」

「まあ、良き前例もあるしのお」

やはり、偉大なる父と母に感謝である。

「ソフィアは少しは元気になりましたか？」

王妃は夫と娘を同時に亡くした母をずっと気にかけてくれている。

「はい、妹の庭をもう一度美しくしようと、一年近く前から女性庭師を雇って手入れを始めています」

「まあ、それは良かった。あのお庭は本当に素晴らしかったもの」

エミリーが生きていた頃、評判を聞いた王妃が庭を見に来られたことが何度かあった。

「その庭師がわたくしの意中の人であります」

「花屋の次は庭師か」

王と王妃の目が点になるのがわかった。

一通り根回しが終わったときには春になっていた。本人の承諾はまだもらっていないというのに。

☆　☆　☆　☆　☆　☆　☆　☆　☆　☆　☆　☆　☆　☆

春が訪れた。わたしとハリーの一年間の努力をたたえてくれるように春の花が次々と咲き始めている。奥様も大変喜んでくれて、エミリーさんの友達など、毎日、お客さんをお招きしてはうれしそうに庭を見せていた。エミリーさんがいたころも、花が咲くころに多くの友達が呼ばれていたのだろう。

わたしは、自分のこの一年の仕事の成果に満足した。

そして、春の訪れは、わたしとカルバート家との契約の終わりも意味していた。

「はい、最後のサンドイッチ。今までのお礼を込めて、ハム厚切り」

二人とも最後の後片付けで、服のあちこちに土がついて、まさに土まみれだった。ハリーは黙って受け取って黙々と食べた。やはり、最後となると彼も悲しいと思ってくれているのだろうか。

「ねえ、ポピー」

ハリーが思いきったように顔を上げて私を見た。

なんだろう、なにを言うのだろう。胸が高鳴った。だけど、なにを期待しているのだろう。

「二人で園芸店でもやらない？　毎日、土をいじって、花に囲まれて」

それは、もしかしたらと期待したものだった。だけど、返事ができない。

「きっと、俺たち、幸せになれると思う」

ハリーはじっと、わたしの目を見つめる。

わたしも、そう思う。毎日、土をいじって、花に囲まれて、ごはんをおいしそうに食べてもらって。きっと楽しい日々を送れる。だけど、そう簡単ではない。なんと返事すればいいかわからない。

父と母の顔が思い浮かんだ。両親に相談したら困った顔をしつつも『ポピーの好きにしなさい』、そう言ってくれると思う。だからこそ、できない。現実と夢物語を一緒にはできない。

ハリーが私に好意を持ってくれていることは十分わかっていた。それを受け止めることは難しいとわかっていたのに、好かれる心地よさに酔っていた。その罰は受けなければならない。

わたしが口を開こうとしたとき、庭を見ていた若い女性が近寄ってきてわたしに声をかけた。

「あら、土まみれ姫！　ポピー、こんなとこでなにやってんの？」

遠い親戚、知り合いの伯爵令嬢のグレースだった。なにかにつけて身分差をひけらかすので、我が家では『イヤミなグレース』で通っている。

「子爵令嬢のあなたが、そんな服着て。でも、そっちの汚い方とはお似合いね」

イヤミな笑いが聞こえるが、いきなり立ち上がったハリーに気を取られる。

「子爵令嬢だって⁉」

ハリーはガク然として目を見開き、わたしを見た。突然のことに固まってしまったわたしは、あわてて言い訳しようと立ち上がった。

「ちがうの！　だましたんじゃなくて――」

ハリーの顔に浮かんだ表情に言葉が途中で止まった。怒っている。彼の心の声が聞こえた気がした。

下男の自分が貴族の令嬢にプロポーズ？　ちくしょう、もてあそばれた。そんな怒りの感情だろうか。

ハリーは顔をそらし、うつむき気味に歩いていくが一瞬立ち止まってなにかつぶやいている。

もしかしたら、戻ってきてくれる？　でも、その期待は裏切られ、ハリーは走り去ってしまった。

悪意はないが結果は同じ。思いを寄せてくれた人をだまして傷つけた。罪の意識に心がつぶされるように感じる。これが罰。言うべき言葉も見つからず、わたしは凍り付いたように立ち尽くした。

☆　☆　☆　☆　☆　☆　☆　☆　☆　☆　☆　☆　☆　☆　☆

「子爵令嬢だって⁉」

俺は驚いてガク然として立ち上がった。

困ったようなポピーの顔から本当なのだろうとわかった。さまざまな感情が一気に押し寄せてきた。

本当なのか？　国王陛下にまでご報告したというのに。この二か月の俺の苦労はなんだったのだ？

どうして本当のことを言ってくれなかったんだろう？

「ちがうの！　だましたんじゃなくて――」

いや、だましていたのは俺の方だ。俺が本当のことを言えなくさせたんだ。こんな格好で近づいてキスまでして、俺の方がよっぽど卑劣じゃないか！

自分に対する怒りがこみ上げた。今、俺はきっとひどい顔をしている。思わず顔をそらし、立ち上がったポピーに背を向けた。イラついた気持ちを抑えるように足が自然に動いて歩き始める。

そもそも、結婚したいという相手の身元ぐらい調べるべきだったのだ。問題のあるような娘では決してない、そう信じた俺の眼《め》は正しかったのだが思えばマヌケな話だ。なんて滑稽《こっけい》な！

ハッと気づいて立ち止まった。

俺はなんで怒っているんだ？　これはいいことではないか、子爵令嬢と伯爵、なんの問題もない。

だが、俺のこの格好はいったいなんだ？　この状況をどう説明する？　俺も実は伯爵でした？

落ち着け、落ち着け。うつむいて自分に言い聞かせるが、気づいたときにはポピーから離れてしまっていた。俺が今やるべきことはなんだ？

正式なプロポーズだ！　伯爵として子爵令嬢に礼を尽くしてプロポーズをしなくては！

急いで走って部屋に戻り、服を着替えて、髪をとかしてなでつける。

よし、これでいい！　鏡に映る伯爵と呼ぶにふさわしい凛々《りり》しい自分の姿に満足する。

庭に走り出て、息を切らせてベンチの所に戻ったときにはポピーはすでにいなくなっていた。

庭を見渡してポピーの姿を探しながら、作業着のままですぐに戻っていればと強い後悔の念にとらわれる。『貴族は体裁と見栄ばっかり気にして』、ポピーのセリフを思い出した。彼女は正しかった。

まだ近くにいるはずだ。すぐに屋敷の門から外に出て周囲を見渡しても彼女の姿はどこにもない。

庭のベンチに戻っていき、一体なにをやっているんだと己の愚かさにあきれて力なく座り込んだ。

「ハリー、ポピーがあわてて帰っていきましたけど、なにかあったの？」

通りがかったアイラが話しかけてきたのであわてて尋ねた。

「ポピーはどこに住んでいるんだ？　住所は？」

「住所？　聞いていませんよ。契約と言っても契約書があるわけじゃないですし、朝、時間通りに来て、週の終わりに料金払って、ですから」

絶望、そんな二文字が心に浮かんだ。

「用がおありなら、来週のエミリー様の庭のお披露目パーティーに奥様がご招待されてますから、その時お会いできますよ」

「そうか、それはいい！」

絶望の二文字は希望へと変わった。彼女が手入れした美しい庭で花に囲まれて、ちゃんと伯爵として子爵令嬢にプロポーズしよう。なんて素晴らしいアイデアだろうと思った。


ところが、パーティーの前日になってアイラが浮かない顔で話しかけてきた。

「パーティーには出られないと、使いの人がポピーからの手紙を持ってきました」

なぜだろう？　貴族なのに庭師として働いていたことが恥ずかしくて合わす顔がないのか？

ただ都合が悪いだけかもしれない。いや、あれほど力を注いだ庭のお披露目、欠席する理由がなにかあるはずだ。俺に会いたくないのか？　そんなことはないはずだが。

「アイラ、そもそも、ポピーとは最初にどこで知り合ったんだ？」

「街の東側の庭がきれいなお屋敷で、名前は確か、クラリネット？　クライバーグ？　クライ……」

「クライトン？」

「そう、それです、クライトン」

「クライトン子爵の令嬢だ！」

フフ、思わず笑みがこぼれた。正体がわかってしまえばバタバタすることはない。

☆　☆　☆　☆　☆　☆　☆　☆　☆　☆　☆　☆　☆

あの日、ハリーが見えなくなると最後の挨拶《あいさつ》もそこそこに、最終日なので自分のスコップとかクワなど、結構な荷物を持ち帰るために門の前に手配していた馬車に乗って逃げるように家に帰った。

それから三日が過ぎ、日々は以前に戻りつつあった。自宅の庭の手入れをし、日銭稼ぎ用の鉢植えを世話するだけの単調な日々。以前は嬉々《きき》としてやっていたことが、退屈に感じてしまう。

冬が始まったころ、奥様からは約束の一年が過ぎても庭の手入れをつづけて欲しいと言われて迷っていたが今となっては、とても続ける気持ちにはなれなかった。とりあえず屋敷の庭師に手入れをさせるが、いつでも戻ってきてくださいとまで言ってくださっていた。男性の庭師が入っても、さほど気にされなくなったというのはエミリーさんを失ったショックから立ち直りつつあるということで良いことなのだけど。

この三日間、ハリーのことはもう忘れようと思っても、一人で部屋にいるときは、もらった髪留めを手に取って楽しかった日々を思い出してしまう。やっぱり、わたしはハリーが好きなんだ。

あのときは追いかけることもできず、逃げ帰ってきた。それは罪の意識から。じゃあ、彼の言葉に返事ができなかったのはなぜ？　彼が平民で下男だから？　好きなのに？　よくわからない。でも、とにかく今からでもハリーに会って謝らなければ。そして、わたしも好きだと告白して話をしたい。

そのためには、父にはわかっておいてもらわないといけない。大丈夫、父はいつでもわたしの最大の理解者だったし、そもそも、わたしはクライトン家の跡取りというわけじゃない。

そんなふうに自分を勇気づけて、書斎にいる父に会うためにドアをノックした。

「お父様、お話があるのですが」

おつきあいしたい人がいます。平民です。ほら、ときどき話題に出る、あの人のいい下男です。だけど、独立してわたしと一緒に園芸店を開く計画を持っています。父の困った顔が思い浮かぶけど、きっと『ポピーの好きにしなさい』と言ってくれる……かもしれない。そう思いつつドアを開けた。

「おお、ポピー、ちょうどよかった。ワシも話があるんだ」

そう言って机のイスから立ち上がり、打ち合わせ用の小さなソファーにわたしと並んで腰かけた。

「今日、ある会合でレオポルト侯爵という方と一緒だったのだが、奥様が大の園芸好きでバラをたくさん育てているそうなんだ。それでお前の話になって、一度ぜひ、奥様に会って欲しいというんだ」

これまでの経験から園芸好きの人は優しい方がほとんど。同じ趣味の方との交流は楽しいので快く了解し、こちらの話を切り出そうとしたが父の話はそれで終わらなかった。

「二十三歳のご子息がおられるが特別なお相手もいないそうで、そのときに同席させたいという話になってな。次男で跡取りというわけではないが、奥様の園芸の手伝いもよくするそうだ。前回の男のように、お前が肥料をいじっているのを見ただけで婚約破棄とかバカなことにはならないだろう」

えっ？　要するに、お見合い？

「ワシのカンだが、この話、きっとうまくいくぞ。お前には貴族の令嬢らしい暮らしをさせてやれず、申し訳なかったが、レオポルト家はかなり裕福なようだから、ワシも肩の荷を下ろせるというもんだ」

「ですが、家族みんなが健康で笑って暮らしている今の生活で、わたしは十分に幸せです」

そう言うわたしの両手を父がぎゅっと握った。

「うんうん、わかっておるよ。だがな、子供にはできるだけ幸福になって欲しい、それが親の願いというものなんだ。お前も親になったらわかるよ」

心から嬉しそうに微笑む父を見て、わたしを連れてきてくれた勇気はどこかに消え失《う》せてしまった。

沈んだ気持ちのまま、さらに二日経《た》った。

エミリーさんの庭の春の花は今が真っ盛り。そのタイミングに合わせて明日《あす》、奥様が庭のお披露目パーティーを計画しており、もちろん、わたしも招待してくれている。だけど、つらいことを思い出しそうなので人を頼んで欠席の連絡をさせてもらった。着ていけるようなドレスもないし、なにより、ハリーに出会ったりでもしたら、どんな顔をすればいいのかわからない。もし、今でもわたしのことを思ってくれていても、わたしにはそれに応えることができない。

「主役に欠席されては困るのですが」

パーティーの当日、アイラさんが家に訪ねてきた。

着ていくようなドレスもろくにないとか言い訳じみたことをいったが全く聞いてもらえない。

「こちらで準備いたします」

ほとんど強引に文字通り、ひきずられるようにして馬車に乗せられ、連れていかれてしまった。

お屋敷に着くと奥様がわざわざご自分でエミリーさんの着ていたドレスやアクセサリーで、わたしを着飾ってくれた。レースのフリルがついた華やかなドレスの淡いラベンダーの色が亜麻色の私の髪を引き立てている。後ろ髪を宝石のついたヘアクリップでアップにしていく。

わたしは家から持ってきたハリーからもらった髪留めを取り出した。

「前髪にはこれを使いたいんですが」

「まあ、素敵な髪留め。恋人からの贈り物かしら？」

手に取った奥様にそう言われて、ズキッと胸が痛くなった。

「……いいえ。でも、大切な人からのプレゼントです」

うつむいて答えるわたしの表情を見たのか、奥様は何も言わずに前髪を留めてくれた。

仕上げに大粒のパールの二重のネックレスを着けてもらうと、髪の毛の亜麻色とドレスのラベンダーとがよく合い、華麗で上品に見えるわたしが鏡に映っている。今まで沈んでいた心がいっぺんに明るくなり、右に左にくるくる回って子供のようにドレスの裾《すそ》を翻《ひるがえ》してみる。

「エミリーとだいたい同じ背格好だから似合うと思ってたんですよ」

奥様は満足そうにわたしを眺めた。きっと、エミリーさんにもこうして着せてあげていたのだろう。

「どこに出しても恥ずかしくない、お姫様ですよ」

アイラさんもそう言ってくれた。

お姫様……。『土まみれ姫』としては、これほどうれしい言葉はない。


庭でパーティーが始まった。三十人ぐらいの参加者がわたしとハリーが手入れした庭を眺めて、咲き誇る花々をほめてくれている。エミリーさんもきっと喜んでくれているだろう。

こういうパーティーには慣れておらず、ドレスや礼服で着飾った人たちの隅っこに目立たないように交ざるが、遠くで作業している使用人たちの中にハリーの姿がないか探している自分に気が付いた。

わたしはなにをしてるんだろう？　ハリーがいたとして、わたしはどうしたいの？

「やだー、誰かと思ったらポピーじゃない！　なによ、そのドレス？」

聞き覚えのある声に振り返ると、あの『イヤミなグレース』だった。

「土まみれ姫がそんな服着たら、この前のステキな下男の彼と釣り合わなくなっちゃうわよ。着る物着ればあんたも貴族令嬢なのに。まったく、なにが良くてあんな男に引っかかったのよ？」

わたしを小馬鹿にして笑うグレースを、カッとなってにらみつけた。

「あんたなんかに、ハリーのなにがわかるって――」

思わず言葉が止まった。わたしはわかってるの？　ハリーの優しさ、人柄、そして、わたしへの思い。わかってる、全部わかっていた。だったら、なぜ受け止めることができなかったの？

身分の差？　そんなことじゃない。家族のため？　ちがう、そうじゃない。じゃあ、なぜ？

「もっとも、作業服を着てベンチに並んで座る二人は、とってもお似合いの幸せそうな恋人同士に見えてたわよ」

本人はイヤミのつもりでも言葉がそのまま胸に突き刺さり、わたしの記憶を呼び覚ます。

そうよ、わたしはハリーと一緒にいて幸せだった！　並んで座っているだけで幸せなのよ！

あっ！　そうか。わたしは気が付いた。あの時、わかっていなかったのは自分の思いだったんだ。

だからハリーの思いを受け止められなかった。

だけど、今ならはっきりとわかる！　わたしはハリーのそばにいたい。それだけでいい。着ている服なんて関係ない。好きな人のそばにいて笑って生きること、それがわたしの幸せ、わたしの思い！

「ありがとう、グレース！　ようやくわかったわ！」

驚いて笑いが止まったグレースに構わず、遠くの使用人の中にハリーの姿を懸命に探す。

ハリーに会おう。まず、プレゼントしてくれた髪留めをつけて、きれいになった姿を見て欲しい。もうなにも隠さない。そして、とにかく謝る。でも、だましたわけじゃない、成り行きで言うきっかけがなかっただけ。それはわかって欲しい。それでも、この前と同じことを言ってくれるなら、今度は大きな声ではっきりと『はい！』と言おう。

でも、もし言ってくれなかったら？　その時は、こっちから言っちゃおう。『この前、言ってた園芸店の話、ぜひ一緒にやりましょう！』と何事もなかったように言ってみよう。

父や母もわかってくれる。だって、わたしの両親だから。わたしの幸福こそ両親の願い、父もそう言ってたじゃない。わたしが幸福かどうかをきめられるのは、わたしだけ。わたしの幸福は貴族という家柄でも、お金でもない。一緒に笑い合える恋人、家族。わたしが幸福なら両親も喜んでくれる。

単純なことだった。いったい、わたしはなにを悩んでいたんだろう？

遠くで働く使用人たちの方を目を凝らして見てハリーを探すが見つからない。

しょうがない、パーティーが終わったらアイラさんに、どこにいるか聞いて飛んでいこう。

その時、いつのまにか隣に来ていた奥様がわたしの腕を取り、大きな声で参加者にわたしの紹介を始めた。

「皆様、ご紹介します。なくなった娘、エミリーのこの庭をよみがえらせてくれた恩人が二人います」

二人ですって？　二人なら、わたしとハリーしかいないはず。ハリーがここに来ている！

驚いて会場を見渡すが、それらしい人は見当たらない。

「一人は、クライトン子爵のご令嬢、ポピー・クライトン。こちらのお嬢様です」

奥様に軽く背を押されて一歩前に出たわたしは拍手を浴びた。

「もう一人は、エミリーの兄、つまり私の息子、ハロルド・カルバートです」

奥様を間に挟んで横に立っている、品の良いブルーの礼装を着て金髪をきれいに後ろになでつけた男性を横目で見てわたしは首をかしげた。

この方は誰だろう？　奥様のご子息ということはカルバート伯爵？　だけど、お目にかかったことは一度もないし、まして、庭いじりなどするはずもないだろう。

意味がわからず不思議そうに首をひねるわたしの方を向いたカルバート伯爵が、ちょっといたずらっぽい笑顔を浮かべながらわたしの顔をのぞき込んだ。

「作業服も似合っていたけど、今日はとてもきれいだよ、ポピー」

聞き覚えのある声、顔を正面から見てアッと気が付いた。きれいになでつけている髪をボサボサにしたところを想像すると、その顔はハリーそのものだった。

ハリーは拍手を浴びながら、驚いて目を丸くしているわたしの正面に立った。

「俺も、だましたわけじゃないんだよ」

少し照れたようにそう言うハリーの頭から足まで、もう一度、食い入るように見た。

礼装がとても似合っているが、着ているのは確かに作業服が似合うあのハリーだった。

「その髪留め、やっぱり、ポピーの亜麻色の髪によく合っているね」

ハリーはわたしの髪留めを見てうれしそうだったが、わたしはまだ信じられなかった。

「だ、だけど、アイラさんは呼び捨てにしてたし……」

「彼女は俺の乳母だから、二人のときは、いまだにハリーって呼ぶんだ。まだまだ子供扱いだよ」

ハリーがわたしのそばに立っているグレースに気づいた。

「俺とポピー、今日も二人はお似合いでしょう？」

グレースはポカンと口を開けただけだった。

「あらためて、ポピー」

ハリーが地面に片膝をついてひざまずき、わたしの右手を取ってわたしを見上げる。

『おお！』『まあ！』と周囲の人たちから歓声が上がった。

「この庭をずっと守ってくれないか」

一瞬、意味が理解できなかった。

「……契約の延長ですか？」

二人の間に微妙な沈黙が生まれた。

「……いや、プロポーズのつもりなんだけど」

プロポーズ！　その一言に心臓がギュッと握られるように感じられて息が詰まった。

「昨日《きのう》から会いたいのを我慢して、この場でカッコよく決めて二人の一生の思い出にしようと思ってたんだけど。わかりにくかったかなあ」

ハリーは照れくさそうに笑いながら頭をかいている。

やってしまった。自分が大ボケの返事をしたことに気づいて、恥ずかしさに顔が真っ赤《まっか》になっていくのが感じられるが、わきあがる喜びと涙が一瞬にしてかき消した。

早く返事をしなければ、大きな声で『はい！』と言わなければ。そう思ったが、のどが詰まって声が出ない。かわりに、わたしはうなずいた。大きく、しっかりと力強くうなずいた。

「ありがとう、ポピー！」

立ち上がったハリーはわたしを抱きしめて、わたしの目からこぼれる涙にも構わずキスしてくれた。

わたしも、周囲のことなど全く気にせず、彼を抱きしめてそれに応える。今度は突き放されることも、謝られることもない長い長いキスだった。

拍手の音がわたしたちを祝福するように鳴り響き、庭の花たちの香りもひときわ強く感じられた。


パーティーが終わった後、父の進めている例の見合いの話もあるので、善は急げということで礼装のまま我が家に行き、両親に正式に挨拶をしようということになった。

カルバート家の高級そうな馬車に乗って、我が家に着いたとき、『ご息女の婚儀に関して相談したく』と先ぶれを出しておいたせいか、正装で緊張した様子の父と母が屋敷の正門で出迎えてくれた。

せっかくなので、わたしも着替えをせずにドレスとアクセサリーをつけたまま帰宅したので、わたしが馬車から降りていくと、両親、特に母から『まあ！』という驚きの声が漏れた。

「カルバート伯爵、ようこそおいでくださいました。突然のことで、何のおもてなしもできませんが」

父と握手をして屋敷へ向かうハリーを見ながら、母が近寄ってきた。

「詳しい話はあとで聞くとして、どうしたの、その格好？」

「髪留め以外は全部お借りしたの。髪留めも彼のプレゼントだけど」

母は視線をドレス、パールのネックレス、髪留めや他のアクセサリー、そして表に停《と》まる豪華な馬車へと動かして感心したようにつぶやいた。

「さすがは、伯爵家ねえ」

どうやら、カルバート家の経済状況を把握したらしい。親としては気になるはずなので馬車に乗るには面倒でもドレスのままで帰ってきたのは、両親の心配の種をなくすのに役立ったようだった。

応接室のソファーにみんなで座り、わたしは隣のハリーを正面の両親に紹介した。

「こちらはハロルド・カルバート伯爵。ほら、何度か話したことのある、あのハリーさん」

「あのハリーさん……って、人のいい下男のハリーさん？」

父と母は顔を見合わせて不思議そうな表情をしている。ハリーという名前は我が家の食卓で話題になることがあったが、わたしの仕事を手伝ってくれる『人のいい下男のハリーさん』としてだった。

それが、突然、カルバート伯爵に変身して現れたのだから、わたし同様に両親もびっくりしている。

わたしから簡単に経緯を説明して、もちろん、ファーストキスとか両親に話すのはちょっと、という部分は省いてだけど。そしてハリーから二人の結婚をお許しいただきたい、と正式に言ってもらった。その物腰は、いつも見慣れている『人のいい下男のハリーさん』ではなく、伯爵の威厳のある立派なものだった。わたしは初めて見る伯爵としてのハリーに思わず見とれてしまった。

子爵令嬢の縁談としては申し分なく、なによりもハリーの隣で幸せそうなわたしを見て、父も母も心から二人を祝福してくれた。

翌日、ハリーと二人でいつもの作業服を着て、パーティーの参加者に踏まれたりした庭の傷んだ部分を直していた。やはり、わたしたちにはこの格好の方が似合っていると思う。

作業が終わり、二人でいつものベンチに座って、のんびりと花を眺めていた。

これまでと違って、もう婚約者同士なので体を寄せて手を握り合っているが、わたしにはどうしても聞いておきたいことがあった。

「ねえ、ハリー、あの時、なんで立ち去ったの？」

「ポピーが子爵令嬢だって知ったとき？」

わたしはうなずき、ちょっとだけ責めるような口調で言ってしまった。

「あの時、その場で『俺も実は伯爵なんだ、ちょうどいいね』とか言ってくれたら、悩まなくてもすんだのに。それに、なんだか怒ってたみたいだった」

「びっくりして動転したし、あの日のプロポーズは準備が結構大変だったから、しなくてもいい苦労をしていたマヌケな自分に腹を立ててたんだ」

ハリーは苦笑しながら平民の庭師の女性と結婚するために、親戚や有力貴族、さらには国王と王妃にまで二か月かけて根回しをした苦労話を聞かせてくれたので、彼に申し訳ない気持ちになった。

「ごめんなさい。どこかのタイミングで、ちゃんと言えればよかったんだろうけど」

「うーん、でも、そういう機会はなかったんじゃないかなあ。お互いに」

二人が出会ってからのことを思い出してみるが、確かにそうかもしれない。

「隠し事はやめよう、といういい教訓だね」

「そうね。なんでも話し合える家庭にしたいわ」

家庭、思わず出た単語に自分で恥ずかしくなるがうれしくもあり、ハリーの肩にもたれかかった。

「じゃあ、さっそく、ひとつ聞くけど、なんで、ここにはポピーを植えてないの？」

わたしは目を伏せて答えた。

「ここは、エミリーさんの庭。ポピーは植えたくなかったの」

「もう、ポピーの庭でもあるんだよ。それに、エミリーはポピーが好きで、昔はここにもポピーがたくさん咲いていたんだ」

そう言ってハリーは肩を抱いて、わたしを見つめた。

「それに、今では俺の一番好きな花だよ」

わたしはうれしくなって笑顔で答える。

「じゃあ、来年はたくさん植えるわね」

「もう、花言葉の『恋の予感』じゃないけどな」

エミリーさんから教わったというポピーの花言葉。わたしに教えてくれたのはハリーだった。

思えばあの日から恋は始まったのかもしれない。

わたしの名前はポピー。花好きの父と母が付けてくれたこの名前に感謝しよう。

そして、誰が付けたのかも覚えていない『土まみれ姫』、このあだ名にも――。

妹扱いする初恋の次期公爵に「あなたより素敵な人はいない」と伝えた結果

西《にし》根《ね》羽《は》南《なみ》

ill. 鳥《とり》飼《かい》やすゆき

「私、お見合いしてみようと思います」

暖かな日差しの降り注ぐ庭。いつものように紅茶を飲みながら、フローチェ・ブラウエル子爵令嬢は正面に座る初恋の相手に一世一代の賭《か》けを仕掛けた。

ティーカップを持ったまま微笑《ほほえ》むと、小刻みに揺れる紅茶の水面を隠すように口をつけて飲み込む。

ディルク・フェルバーン公爵令息は何度か瞬《まばた》くと、そのままゆっくりと手にしていたティーカップを置いた。緊張しすぎてフローチェの心臓は爆発しそうだが、どうにか平静を装って次の言葉を待つ。

「そうか、フローチェもそういう年齢になったんだね。……わかった」

ディルクは椅子《いす》から立ち上がるとフローチェの頭を撫《な》で、少し前屈《まえかが》みになり目線を合わせる。ようやくわかってくれたのか、と全身の血液が沸《わ》きたった瞬間。

ディルクはその美しい笑顔と一言で、フローチェの心を鋭く突き刺した。

「君に相応《ふさわ》しい相手を見つけてあげる」

――終わった。

一縷《いちる》の望みも、木《こ》っ端微塵《ぱみじん》に砕け散って霧散した。

もうどう転んでも、ディルクがフローチェを女性として見ることはない。別の誰かと結婚すれば、ディルクとは会うことすら難しくなるだろう。妹扱いから脱したいという賭けは、妹という関わりすらなくなるという最悪の形で幕を閉じたのだ。

……さようなら、初恋。

懸命に笑みを返すフローチェの視界は、ぼんやりと滲《にじ》んでいた。

フローチェ・ブラウエル子爵令嬢とディルク・フェルバーン公爵令息の縁は、祖父母の代にまで遡《さかのぼ》る。

ブラウエル子爵家は領地での薬草栽培が盛んで、その加工技術も他に抜きん出ていた。王都に流行《はや》り病が蔓延《まんえん》した際にいち早くその治療薬を作ったのがブラウエル子爵家であり、その薬で一命を取り留めたのが当時のフェルバーン公爵夫人。ディルクの祖母に当たる人物である。

最初は恩義による挨拶《あいさつ》だったのだろうが、祖父達の気が合ったことでその後も長く交流は続き、孫の代のフローチェとディルクは幼少期からまるで兄妹《きょうだい》のように親しくしていた。

容姿が美しいばかりでなく優しく聡明《そうめい》なディルクを慕ううちに、フローチェの中に恋心が芽生えたのはごく自然な流れだろう。初恋のときめきに翻弄《ほんろう》されながらも、フローチェはディルクにその好意を伝えようと努力した。

だが物心つく前から仲良く過ごした年月は、もはや本物の兄妹よりも長く強く心に根を張っている。更に四歳という年の差に加え、フローチェは同じ年頃《としごろ》の女性の中でも小柄で華奢《きゃしゃ》だ。ふわふわとした亜麻色の髪に紫色の瞳《ひとみ》で容姿は決して悪くないと思うけれど、どう頑張っても「可愛《かわい》い」止まりで「美人」には程遠い。艶《つや》のある黒髪に深緑色の瞳を持つ美青年の隣に立てば、妹……いや、何なら愛《あい》玩《がん》動物にしか見えないだろう。

それを裏付けるかのように、社交界デビュー後は夜会でもディルクのそばにいるフローチェに対して、女性達は大した反応を示さなかった。美しく優秀な独身の次期公爵という最高の条件を満たすディルクには、女性達の熱い視線が常に注がれている。そのそばにいても放置されているのだから、完全に眼中にないと全員が認識しているわけだ。

もちろん、フローチェだって努力をした。少しでも美しくありたいと美容には気を付けたし、勉学にも励んで会話についていけるように努めた。想《おも》っているだけでは伝わらないと言葉にも出している。

だが「好きです」と伝えれば「俺《おれ》もだよ」と返され、「一緒にいたい」と言えば「いいよ」と微笑まれる。そして仕上げとばかりに頭を撫でられるのだ。誰《だれ》がどう見てもそこにあるのは情であって、愛ではない。ペットの犬猫にすり寄られたので、よしよしと撫でているのと何ら変わりがなかった。

せめて同世代の女性なのだと認識してほしくて、「男性として好きです」と訴えたこともある。それに対して返ってきたのは「フローチェもそんなことを言う年齢になったんだね」という言葉だ。目を細める姿も相まって、成長を見守る親にしか見えない。

あるいはわかっていないふりをしている……それだけフローチェは眼中にないし、迷惑なのかもしれない。それに気付いてからは、さすがに直接的な告白はためらわれた。

それでも懸命に努力を重ねること、数年。一向に変化することのない関係に、フローチェは賭けに出ることにした。

フローチェも十七歳になり、結婚相手を探す年頃。ここで縁談を持ち出せば目の前の生き物は女性なのだと認識してくれるかもしれないし、あわよくば嫉妬《しっと》してくれるかもしれない。儚《はかな》い望みではあるが、何もしないよりはましだ。

――妹扱いから抜け出すには、もうこれしかない。

そうして定例の公爵家のお茶会でついに話を切り出し……見事に玉砕したのである。


「うーん。難しいですね」

初恋終了のお茶会から数日後、フローチェはブラウエル子爵邸のテーブルいっぱいに資料を広げていた。ディルクに完全失恋した以上、吹っ切るためにも本当にお見合いをしてみよう。そう思ったのだが、相手を選ぶのが意外と難しい。

あまりにも身分違いだと色々面倒なので同じ下位から中位の貴族。年齢は離れすぎていない方がいいし、美しくなくていいから清潔感は欲しい。欲を言うなら薬草や薬学に強い家柄だと実家にも利益になる。

……ああ、何て気分が乗らない作業だろう。フローチェはため息と共に手に書類を置いた。

「お嬢様、お見合いするというのは本当ですか？」

テーブルがいっぱいなのでワゴンの上で紅茶を用意しながら、侍女が問いかけてくる。長年のディルクへの想いを最前線で訴え続けられていたわけだから、俄《にわ》かには信じがたいのだろう。

「そうでもしないと、吹っ切れませんから」

このまま変わらぬ生活を送っていたら、ディルクから離れることはできない。お見合いをして結婚をして人妻になれば気軽に他《ほか》の男性と会えなくなるのだから、いい加減に諦《あきら》めもつくだろう。

それにディルクよりも好きになる人ができる可能性だって、ゼロではないはずだ。

「ちょうど研究中だった新薬の開発に成功したところなので、我が家は経済的に順調。まだ行き遅れという年齢でもないし、今ならお見合いも上手《うま》くいく気がします」

「ブラウエル子爵家とお近付きになりたいという家は多いですし、お嬢様は可愛らしいですから。お見合いは問題ないでしょうが……本当によろしいのですか？」

テーブルに広げられた資料の一部を片付けると、侍女はティーカップをそこに置く。爽《さわ》やかなハーブの香りがするお茶はフローチェのお気に入りで、もともとはディルクが好んで飲んでいたものだ。

こういうこともやめるべきなのかもしれないが、お茶が美味《おい》しいのは事実なので仕方がない。

「フェルバーン公爵令息に、しっかりと気持ちを伝えてみたのですか？」

「好きだ、一緒にいたい、と散々伝えたのは知っているでしょう。それでも妹扱いで、お見合いすると言ったら『君に相応しい相手を見つけてあげる』と言われたのですよ？」

この致命的な言葉に対してはさすがに擁護する術《すべ》がないらしく、侍女も小さく呻《うめ》き声を上げている。

「このままだとディルク様の結婚式で呪《のろ》いの言葉を吐くことになります。今までのように近くにいられなくても、せめて笑ってお祝いを言えるようになりたいのです」

ディルクはまだ婚約していないけれど、年齢からしてそう遠くない未来に起こることだ。今から覚悟と準備が必要だろう。

「随分と大人《おとな》になりましたね」

「駄々をこねてもディルク様が困るだけですから」

もしかしたら、泣きながらディルクと婚約したいと訴えたら実現するかもしれない。それくらい両親達は仲が良く、ディルクはフローチェを大切にしてくれている。だがそれでは誰も幸せになれない。

「もともと、叶《かな》わない恋だったのです」

本来ならば、顔を合わせることも言葉を交わすことも難しい身分の差。今まで沢山の時間を一緒に過ごせたのだから、十分幸せだったのだ。

「ということで、明日《あす》はお見合い初日！　もしかしたら、運命の人に出会えるかもしれませんよ！」

無理やり自分を鼓舞すると、ハーブの香りの紅茶を飲み干す。

そうだ、これからは新しい恋がフローチェを待っているのだ。

だが翌日。精一杯おめかしをして向かった庭にいたのは、お見合い相手の伯爵令息と黒髪の美青年……ディルクの姿が何故《なぜ》かそこにあった。


「……え？」

事態が呑《の》み込めず、フローチェは首を傾《かし》げる。

ここはブラウエル子爵邸の庭で、今日《きょう》はお見合いの初日で、お見合い相手は伯爵令息。失恋の日以降、フローチェはディルクと会っていないし、連絡も取っていない。それなのに何故、さも当然と言わんばかりにお見合い相手の隣に座っているのだろう。

謎《なぞ》は深まるばかりだが、とりあえず一礼するとフローチェも椅子に座る。

「フローチェ。こちらはダミアン・カンプス伯爵令息だよ」

知っている。

何故なら縁談の申し入れを受けてこのお見合いの場を整えたのは、フローチェ自身だからだ。

「領地ではガラスの加工が盛んで、技術は他の地域よりも優れている。ブラウエルの薬を入れる瓶にも応用が利くだろう」

その通り。まさにその理由で、彼とのお見合いを決めたのだ。

どうせ好意ゼロのスタートなのだから、実家の利益になる人物を選択するのは貴族令嬢として珍しいことではないが……問題はそこではない。

「あの……」

「こちらはフローチェ・ブラウエル子爵令嬢。小柄で華奢だけれど意志の強い瞳が可愛らしい、子猫のような令嬢だ」

事態の把握をしたいフローチェの言葉を遮るように、ディルクがダミアンに紹介を始める。可愛いという言葉に鼓動が跳ねるが、その言葉が帰属するのは「令嬢」ではなくて「子猫」だろう。

ディルク本人に「愛玩動物のようなものと認識している」と言われたも同然で、一気に心に重しを乗せられた気分だ。

「あの、ええと、存じています」

ダミアンにまで駄目押しされてしまったが、よく考えたら社交界中の女性に無害認定されているのだから今更か。何だかお見合いへの意欲が削《そ》がれてしまい、ろくに会話もしていないのにもう終わらせたくなってきた。

「それで、フェルバーン公爵令息は何故こちらに……？」

それもそうだった。フローチェが連絡していない以上、お見合いの日程を知るはずがない。知っていたとしたら、なおさら来るはずがない。ということは、偶然何か用事があって訪問したのだろうか。

それにしたって事情を理解したら帰りそうなものだが。

「そりゃあ、大切なフローチェをどこの馬の骨とも知れない男にはあげられないからね。俺がしっかりと見定めないと」

「……はい？」

フローチェとダミアンの上擦《うわず》った声が重なるが、ディルクに気にする様子はない。

「ところでカンプス伯爵令息。小型の瓶に薬液を入れるとひびが入る事故が報告されているようだが。これについてはどういう対応を取っているのかな」

「え!?」

急な話題の変化に、ダミアンの口からまたしても妙な声が漏れた。

「複数の種類の薬液で事故の報告が上がっているからには、瓶の方にも問題がありそうだけれど」

「そ、それは今、調査中で」

瓶の破損に関しては初耳だが、そもそも調査中の事故を何故ディルクが知っているのだろう。

「フローチェが手にした瓶にひびが入って、薬液がこぼれたら一大事。玉の肌に傷をつけるかもしれない。とても安心して任せることはできないな」

「何故、私が瓶の破損で負傷する想定なのですか。それに今は関係ない話だと思います」

何だか色々謎な言葉が聞こえたような気もするけれど、とにかく瓶の破損を理由にダミアンを問いつめていることだけはわかる。だがそれは彼一人が背負うべき責任ではないし、お見合いの場で取り上げる話題でもない。

というか本当になんでここにいるのだ、ディルクは。

「フローチェと結婚するということは、その一生を命を懸けて守るという誓いに等しい。安全を最大限考慮し努力するのは当然のことだろう」

「あ、あの！　今日のところは失礼いたします！」

ディルクの視線に耐えられなかったのか、ダミアンは勢いよく立ち上がって頭を下げると、そのまま逃げるように走り去ってしまう。正直お見合い気分ではなかったので中断するのは構わないのだが、この状況はさすがにおかしい。

フローチェは一口紅茶を飲んで心を落ち着けると、黒髪の美青年を見据えた。

「ディルク様をお招きした覚えはありませんが？」

我ながらだいぶ嫌な口ぶりだとは思うけれど、せっかく一念発起して行動を起こしたのに出鼻をくじかれたのはつらい。せめてその理由くらいは聞かなければ納得できなかった。

「いやだな、もう忘れたの？　君に相応しい相手を見つけてあげる、って」

「覚えていますが」

それどころか、今でも心の奥に大きな棘《とげ》として突き刺さっている。

「お見合い相手は俺が探してあげるし、同席もする。フローチェを幸せにする素晴らしい人を見つけてあげるから、安心して」

……何一つ、安心できない。

非の打ちどころがないどころか感謝の拍手を送りたいほどの眩《まばゆ》い笑みで、ディルクはフローチェの心に更に太い棘を突き刺した。


「国境警備の一翼を担う働きは素晴らしい。けれどそれだけ頻繁に領地に移動するとなるとフローチェの体には負担だ。こんなに愛らしいフローチェを王都に一人残すというのも、心配だと思わない？」

「隣国との取引の功績は知っているよ。だがそれを利用して隣国の女性と関係を持っていると聞いたが。フローチェとのお見合いにどういう心積もりで臨んでいるのかな？」

「質素堅実でお手本のような領地経営手腕は、皆が見習うべきだね。しかし姉妹のドレス代すら出し渋っているとか。女性の社交に必要な最低限の費用を出さないというのは、可愛いフローチェを任せるに値しないと思うのだが？」

今日もディルクはお見合いの場に同席し、笑顔で相手の男性に問いかける。

公爵令息が隣に座っている時点で、大抵の男性は尻込《しりご》みする。それも容姿から身分までどれをとっても文句なしの、国内最高峰の貴公子相手だ。萎縮しない方がおかしい。

その上でどこから仕入れてきたのかわからない情報で追いつめるのだから、逃げ出すのも仕方ない。

かくしてフローチェのお見合いは、男性を追い出してディルクとお茶を飲むという、謎の行事になりつつあった。

「……ディルク様。お見合いは自分で頑張るので、同席しないでいただけますか」

フローチェが気に入らないと断られるのならまだしも、この調子でディルクがいてはお見合い相手がいなくなってしまう。

だが当のディルクは不思議そうに首を傾げるだけだ。さらさらと揺れる黒髪が美しくて、目を奪われる自分が悔しい。

「可愛いフローチェの一生を託す相手を探すんだよ。一切の妥協はできない」

妥協以前に検討の余地すら与えられていないのだが。

「ディルク様の基準が厳しすぎます」

「これでもかなり譲歩している。本来ならば厳正な書類審査の後に、フローチェへの想いを綴《つづ》った手紙を提出。更にエスコートや基本的な世話の手腕を確認した上で、面接を経てお見合いに臨むべきだ」

困ったとばかりに息を吐いているが、ため息をつきたいのはこちらである。

大体、世話とは何なのだ。やはりフローチェのことを犬猫と勘違いしている気がする。

「国境警備がお仕事なら、その妻は待つことも大切な務めでしょう？」

「フローチェを一人にして、何かあったらどうする？　寂しい思いをさせる相手は相応しくない」

「結婚後の浮気は嫌ですけれど、女性との噂《うわさ》があるからといって真実とは限りませんし」

「火のないところに煙は立たない。フローチェを泣かせる可能性が高い男は論外だ」

「多少質素なドレスでも、浪費で家を傾けるような人よりはいいと思います」

「倹約にも限度がある。ドレス代すら出さない男は、それ以外でもフローチェを縛るだろう。そんなことを許すわけにはいかない」

何を言っても認められないので、だんだん腹が立ってきた。

ディルクには関係ないのだから、もう放っておいてくれればいいのに。

「だって、すべてを叶える相手なんていないでしょう?」

呆《あき》れながらも諦めの言葉を吐くと、ディルクはゆっくりと首を振った。

「俺ならフローチェを一人にしない。寂しい思いをさせない。他の女性を見ることはないし、フローチェだけを大切に守る」

「――へ⁉」

まっすぐに深緑の瞳に見つめられ、フローチェの口からは変な声が漏れ、手にしていたティーカップはがちゃんと大きな音を立ててソーサーに着地した。衝撃に耐えられず紅茶がこぼれたが、今はそれどころではない。

まるでプロポーズのような言葉に、呼吸すら忘れ、ディルクから視線を逸《そ》らせない。

「だから、探せば絶対にいい相手が見つかるはずだ。頑張ろう、フローチェ！」

「……え」

キラキラと瞳を輝かせて鼓舞するディルクを見て、今度は掠《かす》れた吐息のような声が漏れる。

それはつまり、ディルクはその相手ではない……フローチェを女性として見ていないし、その生涯を守るつもりはない、ということか。

わかってはいたけれど、あらためて突き付けられた現実に抉《えぐ》られ続けた胸はそろそろ穴が開きそうだ。このままではお見合いが上手くいくとは思えないし、何よりもフローチェの心が死ぬ。

お見合いが駄目なら、他の方法を探そう。とにかく一刻も早くディルク以外の誰かを見つけ、距離を取らなければ。

フローチェは決意と共に、こぼれて量が減った紅茶を喉《のど》の奥に流し込んだ。


「古来より出会いの場と言えば、夜会よね！」

親が決めた婚約者がいない場合には、社交界での出会いが結婚につながることが多い。フローチェも社交界デビュー後には何度か参加しているが、毎回ディルクと一緒だったので他の男性と交流を持つことはなかった。

だが状況は変わったし、世の結婚事情を知るためにも積極的に会話をしていくべきだろう。あわよくば、素敵な男性との出会いでディルクを忘れられるかもしれない。

気合いを入れたフローチェの装いは、淡い水色のドレスだ。白のレースがふんだんに使われて華やかで、濃い青のリボンがそれを引き締める。可愛いのでお気に入りではあるが、いかんせん子供っぽい気がしないでもない。

今まではディルクに褒められるので可愛らしいデザインを選ぶことが多かったけれど、今度は大人っぽいものにも挑戦してみよう。

少しずつでも、ディルク離れしなければ。千里の道も一歩からである。

早速会場入りすると、既に中では多数の招待客が歓談していた。

邸《やしき》から同行した執事には、交流のために入場してすぐに離れてもらった。おかげで大勢の中にぽつんと一人になり、なんだか急に寂しさと恐怖がやってくる。

今までどんなに大きな舞踏会に参加しても、隣には必ずディルクがいた。だが、緊張するフローチェの手を取って優しく微笑んでくれたあの人は、ここにはいない。決別すると決めたのだから、勇気を出さなければ。

意を決して一歩足を進めると、それを阻むように目の前に人影が現れた。

「こんばんは、ブラウエル子爵令嬢。良い夜ですね」

「え？　ええ、そうですね」

この男性は確か侯爵令息だっただろうか。愛想よく笑顔を向けられたことでどうにか笑みを返すと、男性は何故か息を呑んだ。

「フェルバーン公爵令息はご一緒では？」

「今夜は私一人です。いつまでもディルク様の手を煩わせるわけにはいきませんから」

「よくあの方がお許しになりましたね」

いつの間にか周囲には男性が増えていて、フローチェを取り囲むように並んでいる。身長差の威圧感で少し怖いけれど、それでも大人の女性ならば毅然《きぜん》として対応するはずだと自分を鼓舞する。

「今まではフェルバーン公爵令息が常に目を光らせていたので、ブラウエル子爵令嬢に声をかけることはかないませんでしたから」

「目を光らせる……？」

確かにディルクはいつでも隣にいてくれたけれど、妹の付き添いのようなものだったと思うのだが。

「ブラウエル子爵令嬢の可憐《かれん》な姿に惹《ひ》かれ、一度お話をしてみたいという男性は多いのですよ。ですがフェルバーン公爵令息に視線で圧倒され、実際に声をかけようものなら警告されるとかで。なかなかお近付きになれませんでした」

圧倒や警告などディルクとは似ても似つかない言葉が飛び出すが、男性達が皆うなずいているところを見ると、どうやら嘘《うそ》ではないらしい。

「きっと、妹のような存在を守ろうとしてくださったのでしょう。ディルク様は優しいですから」

ほう、と息を吐くフローチェと共に、何故か周囲の男性達も静かに息を吐いた。何となく男性達は頬《ほお》が紅潮しているというか、呼吸が荒いというか、視線が怖い。

しかしこれもフローチェが場慣れしていないから、そう見えるということなのだろう。ディルクという防波堤がなければ、それだけ心細いのだ。

「よろしければ、踊っていただけませんか？」

最初に声をかけてきた侯爵令息に手を差し出され、一瞬の躊躇《ちゅうちょ》が生まれる。

この人と踊りたいかと言われたら、否だ。だが今後を考えれば、他の男性との交流に慣れておいた方がいいはず。

そう思ってうなずきながら、社交界デビュー以来人前でディルク以外と踊ったことはないと気が付いた。……ああ、今までのフローチェの世界は、本当にディルクだけでできていたのだな。

しみじみと思い返しながら、侯爵令息に手を引かれて踊り始める。

腰に回された手も、絡み合う指も、時折かかる吐息も、どれも不快だ。ディルクと踊っている時はただ楽しくて、嬉《うれ》しくて。こんな風に気になることなんてなかったのに。

「フローチェ嬢は、とても良い香りがしますね」

そう言うと侯爵令息はフローチェの髪にそっと顔を近付ける。その瞬間にぞわりと寒気が背を撫で上げ、本能が限界を告げた。

「あ、あの。私、そろそろ」

曲の途中だとわかってはいるけれど、我慢できない。だが離れようとするフローチェを嘲笑《あざわら》うかのように、腰に回された手が体を引き寄せる。

「そう言わずに。この後、庭でゆっくりお話ししませんか？」

舐《な》めるような視線と共に告げられた言葉に、嫌悪感からフローチェの肩が震えた。

夜の庭に二人きりとなれば、ただの歓談で済まない可能性がある。侯爵令息がどういうつもりなのかは知らないが、この視線と態度からしてあまり良くないことになりそうだ。

「いいえ。結構です」

必死に睨《にら》みつけるが、何故か侯爵令息は楽しそうに笑みを浮かべる。

「ああ、まるで毛を逆立てた子猫ですね。可愛らしい」

そう言いながら侯爵令息の手がフローチェの頬に伸びる。恐怖から思わず目をつぶったその瞬間、フローチェの体は大きな手に引き寄せられ、同時に張りのある美しい声が耳に届いた。

「――一体、何をしているのかな？」

鋭い声に顔を上げれば、そこには黒髪と深緑の瞳の美青年。フローチェを片手で抱き寄せ、もう片方の手で侯爵令息の手を捻《ひね》り上げたディルクは見たことのない冷たい眼差《まなざ》しを向けている。

「私は、ただ、フローチェ嬢と」

腕が痛いのかディルクの視線のせいか、侯爵令息の声はかすかに震えている。するとディルクの眉《み》間《けん》にさっと皺《しわ》が寄った。

「気安くその名を呼ばないでもらおう。嫌がるフローチェに触れた罪は、贖《あがな》ってもらうぞ」

聞いたことのない低い声に、侯爵令息ばかりか周囲の男性達もびくりと震える。

ディルクはその美しい瞳を鋭く細めると、フローチェの肩を抱き寄せたまま会場を後にする。

馬車に乗って隣に腰を下ろすと、ディルクは珍しく苛立《いらだ》ちを隠さないため息をついた。

「どうして一人で夜会に行ったんだ」

それは、質問というよりも非難に聞こえる。

実際に助けてもらった形だし、手間をかけさせたのは間違いない。男性達に接近されるのも、触れられるのも怖かったし、あの状況を抜け出せたのはありがたかったけれど、釈然としなかった。

「ディルク様は、どうしてあの場に来たのですか」

フローチェは連絡していないし、夜会の参加を知る術はないはずなのに。

「ブラウエルの執事が教えてくれた。俺と一緒だと思ったら一人で参加すると知って、慌てて連絡したらしい」

まさかの裏切りに衝撃を受けるが、よく考えたら今までずっとディルクと一緒だったし、目的を知らない以上は純粋に心配してくれたのだろう。実際ディルクのおかげで助かったので、怒るわけにもいかない。

「それは、お手数をおかけしました。今後は連絡しないよう伝えます」

「違うだろう。何故俺に知らせなかったの？　夜会に行きたいなら言ってくれればいいのに」

「お見合いが上手くいかないから出会いを求めたのです。男性との交流に慣れようと思って」

「でも、嫌そうだったよ。あんな顔をさせる相手はフローチェに相応しくない」

そんなもの、親しくも何ともない相手に急に接近されたら嫌に決まっている。それでもこのままではいられないのだから、行動するしかないのだ。

何も言えずに黙っていると、ディルクはそっとフローチェの肩に手を添えた。

「心配ないよ。君に相応しい相手を見つけてあげるから、任せて」

優しい、優しい、どこまでもフローチェを甘やかすその言葉に、悲しさと苛立ちが一気に燃え上がって胸の奥を焦がした。

「――あなたより素敵な人なんていない。だから、もう邪魔しないでください！」

悔しくて苦しくて、そう叫ぶと同時に視界が一気に滲んでいく。

こんなのはただの八つ当たりだ。酷《ひど》い言いがかりだ。わかってはいるけれど、もう心がぐちゃぐちゃでどうにもならない。いっそ、嫌いだと言ってほしい。うっとうしいからどこかに行け、二度と顔を見せるな、と。

そうしてディルクに見限られなければ、いつまでも優しさに縋《すが》ってしまいそうで怖い。たとえ妹としか思われていなくても、愛玩動物のようなものだとしても。失恋しているのにそばにいたいと思ってしまう、未練がましい自分が嫌になる。

……こうなったら、修道院に入ろうか。正直なところ信心など皆無だが、強制的に関係を断ち切るのならそれもいい気がしてきた。幸いお金はあるので、寄付の力でどうにか受け入れてもらえるはず。

いや、それなら領地で薬草栽培や薬の開発に一生を捧げた方が家のためになる。

現実的な案に少し気持ちが落ち着いて涙が引いていくと、ディルクが深緑の瞳を瞬かせているのに気が付いた。

妹分の尻拭《しりぬぐ》いをさせられた上に、厚意でお見合いを手伝ったのに文句を言われたのだ。さぞ気分を害したことだろう。ここは今までのことを含めて誠心誠意謝罪しなければ。

「……フローチェにとって、俺は誰よりも一番素敵な男性ということ？」

「え？　そ、そうですが」

言うまでもなく素敵の塊である。容姿や身分も確かに文句なしだけれど、何よりもその優しさが大好きで……だからこそ吹っ切るのに苦労しているのだ。

すると合点がいったとばかりに、ディルクが何度もうなずいている。何だか機嫌が良さそうだが、一体どうしたのだろう。

「じゃあ、俺で良くない？」

「……はい？」

何の話かわからず首を傾げると、ディルクはいつものようにフローチェの頭を撫でる。そして手をすくい取ったかと思うと、その甲に唇を落とした。

「ひゃっ⁉」

反射的に悲鳴を上げて手を引こうとするが、放してくれない。手の甲へのキスは儀礼的なものとして経験したことがあるけれど、それは公衆の面前でのお決まりの仕草としてのものだった。こんな風に二人きりの場でされたことなどなかったのに、どういうことだろう。

理由は不明だが長年の想い人からのキスだ。フローチェの心臓は一気に鼓動を速め、おかげでちょっと息苦しくて呼吸が乱れる。

「だから、お見合い……というか婚約相手。フローチェにとって俺が素敵な男性なら、俺と婚約すれば万事解決だ」

「……はいいぃ⁉」

情けないほど上擦った声を上げるフローチェに、美貌《びぼう》の青年はただ楽しそうに笑みを返す。

謎の宣言に混乱している間に邸に到着したのだが、フローチェを送り届けるディルクの表情はいつもと変わらぬ穏やかな笑みだった。

これはもしかすると、フローチェの積年の片想いがこじれて幻聴をもたらしたのかもしれない。実に未練がましく都合の良いことだが、それならば納得だ。

……そう、思っていたのに。


夜会の翌日、フローチェはブラウエル邸のソファーに腰掛けた状態でゆっくりと首を傾げた。

……何がどうなっているのだろう。

テーブルの上には花が飾られ、ティーカップとクッキーが並ぶ。ここまでは普通なのだが、少し顔を横に向けるとそこに違和感の正体があった。

目の前に差し出されたクッキーを凝視すると、その向こうにある深緑の瞳が細められる。

「フローチェはチョコ入りのクッキーが好きだよね。はい、どうぞ」

「好きですけれど、でも、何故……？」

食の好みがバレているのは長年の付き合いからだと察するけれど、どうしてディルクはクッキーを手ずからフローチェに食べさせようとしているのだろう。

これはいわゆる「あーん」というやつで、恋人同士などが甘い時間と共に繰り広げるいちゃいちゃの一つのはずだ。ディルクの中では親鳥の給餌《きゅうじ》のようなものなのだろうかと思ったが、それにしたって今までこんなことはなかったので、やはりおかしい。

「フローチェが美味しそうに食べるところを見たいから。駄目？」

大好きな人からクッキーを食べさせたいと言われて、嫌な人間などいない。慌てて首を振るフローチェを見て微笑むと、ディルクは再度目の前にクッキーを差し出した。

食べる一択の状況で口を開けると、そっとクッキーが差し込まれる。かすかにディルクの指が唇に触れ、思わず身震いをすると、楽しそうに微笑まれた。甘いチョコが入っているはずなのに、ちっとも味を感じない。

どうにか咀嚼《そしゃく》して飲み込むと、目の前でディルクが自身の指についたクッキーの欠片《かけら》をぺろりと舐めとった。

「……あ⁉」

その指はクッキーを持っていたもので、先ほどフローチェの唇に触れていて。つまり、いわゆる間接キスというものではないのだろうか⁉

それに気付いてしまったらもう駄目で、フローチェの頬はどんどん赤く染まっていく。

「どうしたの？」

「ゆ、指、指が」

混乱と興奮で上手く言葉を紡げずにいるとディルクは何度か目を瞬かせ、ああ、と声を上げる。

「フローチェが舐めてくれるの？」

邪気のない笑みと容赦ない色気に、フローチェは思わず身震いする。

ディルクの指はフローチェの唇に触れていて、その指を舐めたから間接キスで、更に唇に触れたら間接の間接で……これはもう直接キスしたも同然なのでは⁉

混乱のあまりすべての限界を超えたフローチェは、「きゅう」という声帯を絞り上げたかのような声を漏らす。遠のきそうになる意識を必死に保つためにうつむいて呼吸を整えていると、ディルクがそっと背中を撫でた。

「フローチェ、大丈夫？」

駄目に決まっているのだが、顔を上げて深緑の瞳を見てしまえばもう何も言えない。何せ幼少の頃から大好きな初恋の人だ。こうしてそばにいるだけで嬉しいのである。

「ディルク様。その、何というか、急に態度が変わりましたよね？　一体、どうして……」

「うん？　だってフローチェは俺と婚約するだろう？　婚約者に対して愛情を注ぐのは当たり前のことだと思うけれど」

後半はわかるのだが、前半がおかしい。

「え？　私とディルク様は婚約するのですか？」

「突然結婚したらあらぬ噂を流されるだろうし、まずは婚約が妥当じゃないかな。両家の親には話を通したし、結婚に向けて準備も始めたから安心して」

「行動が早すぎませんか!?」

安心どころか大混乱なのだが、まだ幻聴が続いているのだろうか。

すると、ディルクが少し寂しそうに目を伏せた。

「俺が相手じゃ、嫌？」

「――まさか、全然、あり得ません、ディルク様が世界で一番です！」

即答で叫ぶと、ディルクの口元がゆっくりと綻《ほころ》んでいく。

「良かった」

ディルクはソファーから立ち上がるとフローチェの頭を撫で、そのまま額に唇を落とした。

「またね、フローチェ」

笑顔と共に部屋を出るディルクを見送ると、フローチェは「ぴゅう」という気道を絞め上げたような声と共にソファーに倒れ込んだ。


「今日もとても可愛いよ、フローチェ」

ブラウエル邸に迎えに来たディルクは、開口一番にそう言って微笑む。

夜会のお迎えもドレスを褒めるのも、今まで通りのこと。それなのにフローチェの鼓動が落ち着かないのは、ディルクの態度というか視線のせいだ。

愛玩動物の成長を見守っていた優しい眼差しから、女性を見る目に変わったとでもいうのだろうか。端的に言うと、色気が割り増しで耐えられない。

ディルクが美しいのも、色っぽいのも、優しいのも、何も変わらないはずなのに。それでも確実に変化したものがあって、フローチェはそれを受け入れきれずにいた。

「フローチェ、大丈夫？」

夜会会場でもそばを離れずに甲斐《かい》甲斐しく世話を焼いてくれる。これも今までと同じだけれど、顔を覗《のぞ》き込む瞳の色っぽさにどうしても怯《ひる》んでしまう。普段ならディルク目当ての女性達に囲まれるのだが、今夜は彼女達を遠ざけて二人きりのせいもあって視線の威力が倍増していた。

「平気です」

手にしていたグラスの中身を一気に飲み干すと、葡萄《ぶどう》の香りが鼻に抜ける。ただのジュースなのに酔ってしまいそうなのは、ディルクの放つ色気のせいだ。

「ディルク様、あの」

「勢いよく飲むから、水滴が飛んでいるよ」

何のことだろうと思う間もなく、ディルクの手がフローチェに伸びる。

「甘い香りだね。……食べてしまいたいくらいに」

フローチェの唇の真横を指で拭ったその瞬間、周囲が一気にざわめき、悲鳴のような声まで聞こえた。

ディルクに食べこぼしを拭かれたことはあるけれど、こんな風に人目のあるところで、しかも指で拭われたことはない。やっぱり、何かが違う。ディルクのことは大好きだし、触れられるのは嫌ではないけれど、どうしたらいいのかわからない。

「お、お化粧を直してまいります！」

爆発しそうな心臓を抱えながら叫ぶと、フローチェは逃げるように会場を後にした。

「……刺激が、強すぎます」

フローチェは廊下を歩きながら、深いため息と共に呟《つぶや》く。

ディルクは容姿が整っているし、色気のある大人の男性だ。それはわかっていたのだが、こうして真正面で向き合うととんでもない威力なのだと今更ながらに痛感させられる。

何故かフローチェと婚約するとか言い出したけれど、この調子では体と心がもちそうにない。

「ブラウエル子爵令嬢、ごきげんよう」

「え？　あ、ごきげんよう……」

気が付くと複数の女性に囲まれていたフローチェは、とりあえず一礼する。身分はまちまちだが、彼女達はディルクに熱い視線を向けている女性の一部だ。

この手の人達は二種類にわかれていて、一つはフローチェを完全に放置、無視するタイプ。そしてもう一つが、ディルクに近付くための足掛かりとして愛想良く接してくるタイプ。

彼女達は、主に後者に属している。

何人かはワインが入ったグラスを手にしているし、散歩だろうか。ディルクに紹介してくれと言うか、フローチェを社交辞令で褒めるのかと思っていると、一人の女性があからさまに表情を曇らせた。

「無害だからと目溢《めこぼ》ししていたものを。随分と図々しくなりましたわね」

明らかな敵意。ディルクの様子が変化したので仕方ないのかと思うものの、初めてのことに驚いてすぐに言葉を返せない。

「ディルク様を独占し、手ずから飲み物を渡され、手を握られ、常にそばにいる。……どうせ眼中にない妹のようなものだとわかっていてもあり得ないことでしたが、いくら何でも今回は度を越えています」

「え？　でも飲み物とかは普通のことですよね？」

先ほどのように口元を指で拭うのはやりすぎだけれど、それ以外はそこまでおかしなことではないと思うのだが。

「男性にだって付き合いというものがあります。パートナーをエスコートするのは当然ですが、片時も離れずにその世話を焼くなんて聞いたこともありません」

では、ディルクの行動は異質なものだったのか。

社交界デビューからずっとディルクと一緒だったので、世の男性達はああいうものだと……いや、恋仲の男女はもっと凄《すご》いものなのかと思っていた。

「妹……いえ、子供をあやしていると思って皆我慢していましたが、さすがに一線を越えました」

女性達はうなずき、全員が嫉妬と憎悪の眼差しをフローチェに向ける。文字通り肌に突き刺さるようなそれに怯んでいると、女性の一人が口元を歪《ゆが》めて笑った。

「ブラウエル子爵家で新薬が開発されたそうですね。その利益確保のために構われているのだと気付けない、哀《あわ》れなお子様」

「新薬……」

そういえば、ディルクが急に態度を変えたのは開発成功が世に知られた頃だ。

まさか、あり得ない。そう思うのに、急な変化と綺麗《きれい》に一致する事象を否定できない。

だって、ずっとずっと長い間、フローチェは好意を伝えていた。今になって急にそれを受け入れる態度になったのだから、理由があるはずだ。

お子様で妹分で愛玩動物だった存在を婚約者にしてもいいと思える何か……何らかの、利益が。

「この、卑怯《ひきょう》者！」

吐き捨てるような言葉に続いて、水音と共に何かがぶつかる衝撃とひんやりと冷たい感覚。亜麻色の髪にぽたぽたと赤紫色の雫《しずく》が滴るのを見て、ワインをかけられたのだとようやく気が付いた。

危険な薬液ではないし、多少濡《ぬ》れたところで大した問題はない。ワインによる物理的な被害よりも、新薬開発のタイミングという精神的な衝撃が勝っており、正直濡れたのはどうでも良かった。

だがその無言で自信を深めたらしく、女性達の暴言はさらに加速していく。

「薬のおまけでしかない存在が、調子に乗らないことですね」

「身の程を知りなさい」

「──誰が、身の程を知るって？」

低い、無機質な声にその場の全員が一瞬、体を震わせる。

女性達が錆《さ》びついたネジのようにぎこちなく顔を動かした先には、黒髪と深緑の瞳の美青年が立っていた。

「……ディルク様」

その姿を見て思わず名を呼ぶと、ディルクの眉間にすっと皺が入る。

「ディ、ディルク様、これは違うのです。ブラウエル子爵令嬢がぶつかってきて……」

焦ってしゃべる女性達にかまわずフローチェの前にやってきたディルクは、そのまま自身の上着を脱ぐ。そうしてフローチェの肩を包み込むように上着を着せると、ハンカチでワインを拭き始めた。

「ディルク様、汚れてしまうので」

「いいから。少し黙っていて」

フローチェの顔を濡らすワインを拭き取り、わしゃわしゃと髪の毛も拭くと、ようやくその手が止まった。

「それで、これはどういうつもりなのかな」

決して声を荒らげていないのに、伝わる怒り。それは女性達にもわかったらしく、怯《おび》えた様子でただ「違います」と何度も繰り返している。

ディルクはそれを一瞥《いちべつ》すると、吐き捨てるようにため息をつき、次いであっという間にフローチェを抱き上げた。

「きゃっ⁉」

びっくりして声を上げるが、深緑の瞳と目が合ってしまえば、抵抗する気力を奪われてしまう。

ディルクはフローチェの様子に微笑むと、ちらりと女性達に冷ややかな眼差しを向けた。

「……身の程を知るのは、どちらだろうね」

ディルクは静かにそう言うと、フローチェを抱えたまま足早に夜会会場である邸を出る。

馬車に乗るとフローチェを椅子に座らせ、そのまま首元に手をかけて荒々しくクラバットを解いたディルクは、手にしたそれで再びワインを拭き取った。

「フローチェ、大丈夫？　他に何かされた？」

首を振りながらも、だんだん視界が滲んでいくのを止められない。

「私、利権目当てでもいいです。だからディルク様のそばにいさせてください」

「は？」

愛情はなくても、ディルクのそばにいられる大義名分を得られるのなら。もう、それだけで十分だ。

ディルクはぽろぽろとこぼれるフローチェの涙を指で拭いながら、困惑の声を上げる。

「待って、利権ってどういうこと？」

「急に私と婚約すると言い出したのですから、何か目的がありますよね？　ブラウエルの新薬開発の利権も関係しますか？」

「は⁉　そんなはずがないだろう。大体、フローチェと結婚しても俺がブラウエル家に入るわけじゃないし、経営上の話ならとっくに両家は協力関係だ」

そう言われてみればディルクは嫡男なので婿入りするはずがないし、両家の仲の良さは折り紙付き。経営上の協力云々《うんぬん》はよく知らないが、ディルクがそういうのなら既に上手くいっているのだろう。

「つまり、妙な入れ知恵をされたフローチェは、俺が利益を求めて婚約しようとしていると思ったの？」

「だって、他に理由がありませんもん」

フローチェはワインで赤紫色に染まったドレスをぎゅっと握り締める。

「私はずっと、ディルク様に好意を伝えてきたつもりです。好きだとも、一緒にいたいとも、何度も言いました。それでも妹扱いだったのに、急に婚約とか言い出すから……」

自分で言っていて情けなくなり、また涙がこぼれ始める。乾いたワインの跡を涙が伝って濡れたせいか、少しお酒の香りがよみがえった。

「どうせ、私のことは妹か愛玩動物くらいにしか思っていないのでしょう……？」

「フローチェ」

名前を呼ばれたと思う間もなく、すっぽりとディルクの腕の中に収められる。上着を脱いだ状態なのでシャツ越しに肌のぬくもりが伝わってきて、どきりと鼓動が跳ねた。

「――好きだ」

頭上から降り注ぐ美声とまさかの言葉に、フローチェは紫色の瞳を見開いてゆっくりと顔を上げる。

「……ディルク様？」

何だかとても都合の良い台詞《せりふ》が聞こえたけれど、夢だろうか。ディルクに抱きしめられている気がするし、やっぱり夢かもしれない。

「ずっとそばにいて大切な存在だったたし、妹のようというのも当たっている。フローチェがお見合いを始めると聞いてモヤモヤしたけれど、あの時ようやくその理由がわかった」

ディルクの大きな手が頬をなぞり、目の前の深緑の瞳にはフローチェだけが映り込んでいる。

「フローチェが男として見てくれるなら、俺が隣に立っていたい。……好きだ。たぶん、ずっと昔から」

優しい声音に導かれるように、紫の瞳にまた涙が浮かび始める。

「知らない。だって、私ずっと言っていたのに。ずっと、好きだったのに！」

何を言いたいのか自分でもわからない。ディルクが自分を好きだということが信じられないし嬉しいし悔しいいし、ただ涙が溢《あふ》れてくる。

これだけ人の情緒を乱高下させておいて、夢だったらどうしてくれるのだ。

「もう、知らないぃ……」

「フローチェの『好き』は、誰に言われるよりも嬉しかったよ。俺がもっと早くその意味に気付くべきだった。ごめん、フローチェ。これから沢山言葉にする、伝えるように努力する。だから俺のそばにいてほしい」

色々な意味で限界だったフローチェは、ただ泣くことしかできなくて。「知らない」とか「好き」とか「馬鹿」とか断片的な言葉を紡ぐのが精一杯だった。

やがて疲労のあまりディルクの腕の中でうとうとと意識を飛ばし始めると、それを促すように優しく頭を撫でられる。

「……さて。フローチェを追いつめた連中には、身の程を知ってもらおうかな」

薄れゆく意識の中で聞き取ることができたのは、その言葉までだった。

王宮で開かれる舞踏会の夜。会場入りするや否やディルクは楽しそうに微笑んでいる。

「フローチェ、今夜もとても可愛いよ」

満面の笑みを浮かべるディルクの視線の先には、フローチェのドレスがあった。

白い生地のフリルとレースがピンク色の生地に重なって、華やかでありながら品がある。ちりばめられたリボンには緑玉《エメラルド》がきらめき、首元を飾るネックレスに髪飾りまですべて緑玉で統一されている。

宝石がただ並んでいるのではなく、銀糸で編み込むようにして作られた葉の間から覗くという圧巻のデザイン。繊細な細工と使われた宝石の大きさや数からして、どう考えてもとんでもない価値だ。

これらの装飾品はすべてディルクからの贈り物だった。今までもブローチを貰《もら》ったりはしたけれど、こんな風に身を飾るものを一式揃《そろ》えられたことはない。

明らかに高価なアクセサリーのせいで、フローチェの動きは誰が見てもぎこちなかった。

「本当はドレスもすべて贈りたかったけれど、さすがに時間がなかった。また次の機会だね」

「ディルク様。何故緑玉なのか、聞いても……？」

「俺の瞳の色だから」

「……ですよね」

「ちなみに俺のクラバットを留めているピンが紫水晶なのは、フローチェの瞳の色だからだよ」

「……ですよね」

そんな気はしていたし、とても嬉しいのだが、それを凌駕《りょうが》する恥ずかしさが襲い掛かってくる。これでは「私達、互いのことが大好きです！」と宣言しているのと同じではないか。世の恋人達はよくもまあ、こんな恥ずかしいことを平気で実行できるものだ。ディルクのことは好きだが、それを世間一般に知らしめたいとは思わないので、正直つらい。

そしてこれだけあからさまにアピールすれば、ディルクに思いを寄せる女性達も黙ってはいないだろう。先日はワインをかけられたが、贈られたアクセサリーだけは死守せねばなるまい。

緊張しながら周囲を見回すが、普段なら隙《すき》あらばディルクのそばに寄ってくる女性達が、今夜は何故か遠巻きにしている。大きな舞踏会なので女性の参加者も多いのに、珍しいことだ。それどころか、先日ワインをかけてきた女性達に至っては誰一人姿が見えなかった。

「フローチェ、どうしたの？」

きょろきょろと視線を動かすフローチェに気付いたディルクが、そっと顔を覗き込んでくる。見慣れているはずの美しい顔だが、あまりの近さに思わず肩がびくりと震えた。

「いえ。今日はディルク様に近付く女性がいないなと思いまして」

「ああ、そんなことか」

ディルクは苦笑いと共にフローチェに手を差し伸べた。ダンスを踊るのかと思いきや、そのまま会場内を進む。大勢の中を通り過ぎる間に、人々の話し声が風のようにフローチェの耳をかすめた。

「何でも税収の不正に加えて、国の予算の着服が発覚したとか。処罰は重いだろうな」

「娘やその友人も悪い噂がありますし、貴族令嬢としての人生はもう終わりでしょう」

会話の中にワインをかけた女性達の家名が聞こえ、フローチェは歩きながらディルクを見上げる。

「ディルク様。今の話……」

「ああ、可愛いフローチェに手を出したんだから、自業自得。気にする必要はないよ」

それはつまり、ディルクが彼女達に制裁を加えたということだろうか。いつも通りの優しい微笑みにフローチェの知らないディルクが垣間見え、少しだけ背筋に寒気が走る。

そのままディルクの手に引かれて進んでいくと、やがて賑《にぎ》やかな舞踏会会場から回廊を抜けて庭にたどり着いた。紺碧《こんぺき》の空に銀色の月が浮かび、手入れの行き届いた木々の中、風に乗って甘い花の香りが届く。ところどころに配置された照明には優しい光の炎がともっていて、揺らめく明かりが一層庭を引き立てる。その美しい光景に、思わず感嘆の息がこぼれた。

「フローチェ、こっちにおいで」

そう言って指し示されたのは、庭の中心にあるガゼボの中。ガラス張りの天井越しに月を見上げれば、銀の光がきらきらとこぼれるように降り注いでいる。夢のような光景に目を奪われていると、ディルクがその手をすくい取ってひざまずいた。

フローチェを見上げるディルクの瞳には銀の月が映り、輝く光を受けて黒髪が絹糸のように艶を放つ。あまりにも絵になる美しさにぼうっとしてただ見つめていると、ディルクは懐から取り出した指輪をフローチェの左手の薬指にはめた。

「フローチェ・ブラウエル。愛しています。妹ではなく、俺の妻になってほしい」

その言葉を待っていたかのように風が吹き抜け、フローチェの亜麻色の髪を揺らした。甘い花の香りに包まれながら立ち上がるディルクを見つめ、そしてゆっくりとうなずく。

つないだ手を愛《いと》おし気に引き寄せて指輪に唇を落としたディルクが、にこりと微笑んだ。

「君に相応しい相手……俺でいいよね？」

「はい！」

満面の笑みでディルクに抱き着くと、逃がさないとばかりにぎゅっと抱きしめられる。

ディルクは滑るようにフローチェの頬を撫でるとその顔を近付け、銀の月が生む二つの影は一つに重なって離れることはなかった。

BL世界に転生したお邪魔虫令嬢です…と思ったのに何故か壁ドンされてます!!

翠《スイ》

ill. くまの柚子《ゆずこ》

私、どうやらBLの世界に転生したようです。

ということに突然気付いたのは、政略結婚で初夜に旦那《だんな》様と顔合わせをした時でした。

主人公の第二王子ライオネルの白い結婚相手に選ばれた公爵令嬢こと、私ミリフィーナ・エージレンス。

ライオネル殿下は、キラキラと光に反射して輝く銀髪の隙間《すきま》から紫色の冷たい眼差《まなざ》しでこう端的に告げた。

「君を愛することはない」

…………ということは。

ネル様の睦言《むつごと》を間近で拝見できるというわけですか⁉

あーんなことやこーんなことが繰り広げられるのを特等席で見られる⁉　しかも実写で⁉　脳内で目まぐるしく繰り広げられる前世の記憶に翻弄《ほんろう》されながらも妄想を巡らす私。

――前世の私は腐女子でした――

心の雄叫《おたけ》びを淑女の微笑《ほほえ》みで隠し、にっこりと笑って返した。

「貴方《あなた》の傍《そば》にいられるだけで十分ですわ（出来ればこっそり睦み合いを見させてくださいー‼）」

「……そ、そうか」

何故《なぜ》か私の反応に困惑する殿下。

もしかして、怒り出すとでも思われたのかしら？　いえいえ、私にとってはご褒美ですもの‼　どうぞどうぞ、存分に睦み合ってくださいませ！

＊＊＊＊＊＊＊＊

ライオネル第二王子。

【幸せな日常を君と】通称ハピ君と呼ばれるBLゲームは、ライオネルが主役の物語。

傾国の美女と言われていた母親そっくりの容貌《ようぼう》のライオネルは、さらさらな銀髪とアメジストのように光輝く紫色の瞳《ひとみ》をしていた。儚《はかな》げな表情は母性を擽《くすぐ》り、整った顔立ちは歪《いびつ》な恋情へと繋《つな》がった。

幼少期から多くの女性に過度な愛情を向けられ女性が苦手になったライオネル。そんななか、大人《おとな》の女性に襲われた経験が決定打となり嫌悪感を抱くように。

自ずと恋愛対象はいつも支えてくれた身近な男性になっていった。

……というのがプロローグで語られていた。

私の記憶しているBLゲームで主人公だったネル様（ハピ君ファンの愛称）は、そのお相手によって受けと攻めが入れ替わるという設定だった。

当時このシチュエーションには賛否両論あって、入れ替わるとかあり得ない！　受けは受け、攻めは攻めでしょとネット上は大炎上してたけど、ネル様至上主義の私にとっては最高の展開である。

どっちも楽しめるなんて2倍お得!!　攻めの格好良さも受けの可愛《かわい》さも全部見られるなんてご褒美でしかないでしょ!?

そんなハピ君の基本ストーリーは、第二王子の日常を舞台に繰り広げられる。第二王子というと第一王子との王位争いや陰謀渦巻くドロドロなお話も多いけれど、このハピ君はストレスフリーをモットーとしていて、ただひたすらに攻略対象者との甘い甘い恋愛シーンが盛りだくさんの珍しいタイプのＢＬゲームだった。

ハッピーエンド好きな私は難しいことを考えずに麗しのネル様との恋愛を存分に楽しめるこのお話が大好きだった。

とはいえ、物語には起承転結は必要不可欠。誰《だれ》かが怪我《けが》をしたり病気になったりライバル発生したり別れそうになったりというハプニングはある。

その一つとして出てくるのが、私こと白い結婚相手の公爵令嬢。通称、お邪魔虫令嬢。ＢＬ世界に出てくる唯一の女性キャラの障害キャラである。

ネル様に『君を愛することはない』と初夜に堂々白い結婚宣言され、当然のことながらそれ以降一度も閨《ねや》を共にしていないミリフィーナではあるが、他《ほか》のライバル男性と違い、公然と妻の立ち位置にいて、明確に邪魔をしてくる。ミリフィーナは、このままネル様に閨に呼ばれることもなく処女のまま一年が経過すると白い結婚とみなされ離縁されてしまうと焦り、何としてもこの白い結婚を本当の結婚に変えたくて、何度も何度もアプローチという名の邪魔をしてくるのだ。

ネル様がそんなに好きなのか……ふーんとゲーム初期に思っていたのだけど、ストーリーを進めるうちにネル様とミリフィーナが仲良くなっていき打ち解けていくように見えたのに、実は見目麗しい王子の外見とその権力に惹《ひ》かれただけだと語られ、ネル様自身をまるで見ていなかったことが判明。それを知りネル様は更に女性不信になり、本格的に攻略対象の男性と関係を深めていくというオチだ。

それを見ながら、あ〜ぁ、バカだなぁ。と思っていた前世の私。

ま・さ・か!! そんな、おバカなお邪魔虫令嬢に転生するとは思いもしませんでしたわ!!

とはいえ、私にとって殿下はあくまで観察対象。愛《め》でる用。

お邪魔なんてしません! ……その代わり、その……殿下と、お相手の情事をこそっと盗み見るくらいは許されますわよね……?

そういえば記憶が蘇《よみがえ》ったのが初夜だったので、気付いたらネル様の婚姻相手になっていたわけなのだけれど、落ち着いて考えてみると実はゲームとの違いがあった。

ゲームの中で何故ミリフィーナが婚姻相手になったかというと、ネル様が好きなミリフィーナのゴリ押しで婚姻が決まったと設定にあった。娘を溺愛《できあい》する父親と女嫌いでいつまでも結婚相手を探さないネル様を心配した国王の意見が一致し、本人の意思を無視して強引に婚姻を結んだという。

でも、現実の私、ミリフィーナはというと……。

『ミリフィーナ。私の愛《いと》しい娘、ミリー。……突然だが、結婚が決まったのだ』

『あら、それはおめでとうございます。それで、どなたが私の新しいお母様に？』

にっこり笑って聞いてみれば、憤《ふん》怒《ぬ》の表情で怒鳴られた。

『何を言うか!! 私の最愛は妻のエリーただ一人だっ!! 大体、我が国は重婚など認められてないだろうが……っ。まったく、不穏なことを口にするのではない』

『失礼致しました。十分気を付けますわ。……それで、モテない私に一体どなたが名乗りを上げてくださったのかしら？』

『モテないのではなく鈍……、いや言ったところで無駄か……』

何やらぶつぶつ呟《つぶや》くお父様。あんまり悩みごとを抱えるとまた胃を痛めますわよ？

『いいかい、よく聞きなさい、ミリフィーナ。我が娘は何処《どこ》に出しても恥ずかしくない美貌《びぼう》と教養、そして礼儀作法を身に付けている。それは親の贔屓《ひいき》目を抜きにしても間違いがない』

『お褒め頂き恐縮ですわ』

私はにっこりと笑って返す。確かに、私の容姿はお父様が溺愛する私のお母様そっくり。緩やかなウェーブがかかった長い金髪に海の底を思わせる深い青色の瞳。けれど、その瞳は少しだけきつく見られがち。身長も普通の貴族令嬢よりちょっと高めで体つきは十六歳という年齢に対して大人びて見える。

（……今思い返せば、それって悪役令嬢の立派な特徴よね？）

『……だがしかし。それは例の妄想癖さえなければ、の話だ』

上げて落とすなんて、お父様ってばずるいわ。私は少しだけ膨れながら言い返した。

『そう仰《おっしゃ》いますが、私、他のご令嬢方の前では趣味のことは口にしていませんのよ？　聞きたくて聞きたくて仕方ない時も我慢しているせいで、なかなかお友達も増えなくて悲しいくらいだわ』

『……はぁ、これが高嶺の花令嬢の実態と知ったら、皆はどう思うのか……』

何かまたお父様が肩を落としてぶつぶつ呟いていらっしゃるけれど、私そんなに変なことを言ったかしら……？

『とにかく!!　これは王命だ。ミリフィーナ・エージレンス。ライオネル第二王子殿下の婚姻相手に選ばれた。くれぐれも……くれぐれも!!　粗相のないように嫁ぎなさい』

『え、私が……殿下の婚姻相手……!?　何かの間違いでは……？』

『間違いであってくれと私も何度も思ったし、陛下にも何度も確認したが……正式な書類まで用意されて呼び出されれば疑いようもないだろう……私はミリーが心配で仕方ない……』

お父様ってば、悲壮感満載過ぎませんこと!?　何処に出しても恥ずかしくないとか言いながら、さっきから言ってることが失礼極まりないわ。

『安心してくださいませ！　政略結婚であろうとも、絶対に妄想癖は表に出しませんし、公務も立派にやり遂げてみせますわ』

『公務に関しては心配してない。それより、その発言はする前提という意味だ！　それを心配していると何度言えば……』

そんなやり取りを延々としていたわね……。

これが現在の私の婚姻事情。ネル様のことは初めから知っていたけれど、たまに夜会で見かける遠い存在だったわ。それこそ、密《ひそ》かな妄想をするくらいの観察対象。

実は、前世のことを思い出す前から腐女子の片鱗《へんりん》をみせていたのよね。それこそ、幼少期から。もしかしたら、ミリフィーナの中には最初から前世の記憶があったのかもしれないわ。この国じゃ理解されないと思いながらも、貴族子息を見ては腐女子妄想をしていたのだもの。男女の恋愛物語を見るより冒険譚《ぼうけんたん》に出てくる男の子達の関係性について妄想する方がドキドキワクワクしたわ。きっと理解者はいないと思うし、変人だと思われたくなくてずっと誰にも言えずにいたけれど……。

そういえば一人だけ受け入れてくれた幼馴染みがいたのよね。今頃元気にしているかしら？


白い結婚宣言をされたとはいえ、あくまでそれは初夜での出来事。王族行事として大々的にお披露目をしてからはや数ヵ月経《た》った。

私は婚約期間を飛ばし婚姻したため、妃《きさき》教育をしながら公務をすることになった。これは王命による完全なる政略結婚。更に言うなら女性が恋愛対象じゃないネル様にとっては私という存在は実は邪魔でしかない。さすがお邪魔虫令嬢。その名に恥じない立ち位置だわ！

けれど、それはあくまでネル様の恋愛においての立ち位置。推しが健やかにそして幸せになるためならこのミリフィーナ。全能力を注いでお飾りの妃として相応《ふさわ》しい振る舞いをしてみせるわ!! 有り難いことに公爵令嬢として申し分ない教育を受けさせてもらったし、気力も十分。どんなハードスケジュールも全く苦ではなかった。

そんな妃教育と公務の合間に、自由時間と称してこっそりひっそり殿下の観察に徹した。

私付きの侍女や近衛《このえ》騎士は、『愛することはない』発言は知っているので、旦那に愛されないながらも健気《けなげ》に片想《かたおも》いする妻……という事実無根の美談を信じていて私の怪しい観察行為も生暖かい目で

（時に涙ぐみながら）見守っていた。

私はというと、周りから不審がられないことを良いことにBL展開がいつ来るのかと生スチルを見届ける瞬間を今か今かと狙《ねら》っている。

どうやらこの世界はネル様直属の近衛騎士ダイアンが恋人の世界のようだ。何度か情事と思《おぼ》しき光景を目撃。眼福〜！　と楽しんでいる。

……でも何か変……なのよね⁇

明らかに接触が少ない。勿論《もちろん》主従関係だから、そういう葛藤《かっとう》とかもあるのかしら？　とは思ったのだけれど、私が見たのは剣の稽古《けいこ》の後に肩を組むとか笑い合うとかその程度。それでも麗しいスチル!!　ゲームで見たことない絡みだわ!!　とテンションは上がっているのだけれど、これではただの友情だわ……⁇

ゲームと違って、やはり公の場ではキスやその先には進まないということかしら……？

と、いうことは夜はかなり激しいのかしら……っ⁉

思わずはしたない妄想をしてしまい、頬《ほお》を染めてしまった。

その瞬間。バチッとどこかから凄《すご》い圧を感じた。ハッと顔を上げると、数十メートルは先にいる殿下と目が合った気がして慌ててその場を離れた。

声を掛けなくて良いのかと聞いてくる侍女の言葉を無視して、急いで部屋に戻った。

い、いけないいけない。

殿下の逢瀬《おうせ》を邪魔してしまったわ。あれは、きっと牽制《けんせい》ね。次は気を付けなくちゃ……と思った私は、この時の殿下の眼差しの意味など考えもしなかった。

その日以降、何故か殿下がやたらとダイアンといることが多くなった。……というより、私といる時にダイアンを重用することが増えた。

これは……やはり牽制……？

私にはこいつがいる、お前などお呼びでない！　と言いたいのかしら……？　えぇえぇ、存じ上げておりますわ!!

でも、でもね？　私の目の前に揃っていても睦言にはならないじゃない……??　それでは意味がないのよ!!

私はこっそり観察してその光景を愛でたいだけなのに……っ！

そんな内心はおくびにも出さず、微笑んで公務をこなし静かに落胆したのだった。


私のネル様観察の不調以外は、全くもって順調な日々。

お父様から誕生日の贈り物を頂いて、そういえば私の誕生日だったとその時初めて気付いたのは今までの王子妃生活が怒涛《どとう》のように過ぎていったからかしら？

でも勉強は嫌いじゃないし、孤児院や視察に行くのも気分転換になるし、何よりここには見目麗しい男性がたくさんいるから妄想し放題だし！　なかなかネル様と攻略対象者が仲良くしてるところに遭遇できないけれど、一体ダイアン以外の人はどこで何をしているのかしら？

そんないつもの日常に変化が起きた。ネル様からお茶会のお誘いを頂いた。首をかしげながら了承して呼びに来たダイアンについていったのだけど、定期的なお茶会は開いているのに、今日《きょう》はどうしたのかしら。

先日の孤児院のバザーの提案で何か不備でもあった？　それとも、隣国の外交官の訪問先の手配が上手《うま》くいってないとか？　……そうやって考えて、思わず笑ってしまった。

思い出せる出来事が仕事のことしかないなんて、本当に仮面夫婦よね。私はゲームの中のネル様を知ってるから、なんとなくプライベートも知ってる気になってるけれど、それも別に本人に確認したわけじゃないし。

……いやいやいや、寂しいなんて、そんなそんな。恐れ多いにも程があるわ。

そんなことを考えていたら、いつの間にか中庭のテーブルに案内されていた。目の前にはどこかで見たことのある輝きが私を見ていた。

「……え、あの殿下……？　これは……」

思わず声が震えてしまった。だって……この、ネックレスは……！

「……今日は誕生日なのだろう？　私の妃として相応しいものを用意した」

本当に待って!?　え、どうして……これがここに……？

周りの言葉も耳に入らないくらい、私は動揺した。

ソッと傷付けないようにケースに入ったネックレスを両手に持って光にかざす。太陽の光に反射してキラキラと輝く淡い紫色のネックレス。これは、どう見てもネル様の瞳の色。

「綺麗《きれい》……」

ポツリと溢《あふ》れた言葉。

感動しすぎて涙が出そうになるのを必死に堪《こら》えて、きゅっと表情を引き締めた。

「……お、おいどうした。何か気に入らなかったのか」

困惑する声が聞こえて慌てて否定した。

「いいえ！　そのようなことございませんわ！　……大切に大切にさせて頂きます。ありがとうございます」

「……あ、あぁ……」

なんとか淑女の微笑みを浮かべてこの場を乗り切ったけれど、ネル様を見ると憂いを帯びた顔をされていた。私の対応が間違っていたのかと不安になったけれど、それ以上何も言われなかったので、もう一度丁寧にお礼を伝えてその場を辞した。

部屋に戻って侍女に下がるように伝えて、放心した。

（待って待って待って、なんで私の元にネル様からのギフト『瞳の色のアクセサリー』があるの――!?）

思わず令嬢らしくない叫び声を上げそうになるのを必死に堪えて悶絶《もんぜつ》した。

このアクセサリーは親密度が高い攻略対象者に告白する時に渡すものだった。上手くいくと後日相手からお返しが貰《もら》えて無事個別恋愛ルートに入るのだ。

仮初の妻でしかない私に何故!?　とひとしきり動揺もしたけれど、どう考えてもこれは体裁を繕うための贈り物よね。

そうよね、当たり前だわ。ネル様がミリフィーナを好きだなんて……現実であるわけがないもの。

気持ちを切り替え、そっと丁寧にネックレスを元の箱に入れクローゼットの中の鍵《かぎ》付きケースにしまった。

……これだけは誰にも見られちゃいけないわ。だって、ここには推しカラーの紫色の小物やアクセサリー、果ては肖像画までネル様の推しグッズが山のようにあるのだもの！　今日頂いたプレゼントも尊過ぎて使えないわ……っ!!　どうしましょう!?


結婚して半年。

未《いま》だに決定的な場面には遭遇できていない。

いっそ他の人と……！　と思いつつもそんなラブな展開にはならず。

あ、ちなみに、私と殿下の関係は変わらず白い結婚ですのよ？　夜も別々ですし、公務では民にそれなりに仲の良い姿を見せておりますが、それはあくまで公務。

パーティーではいつもファーストダンスを終えたら、一歩下がって控えてるわ。妃教育で鍛えた社交術で会話のサポートをしつつ、周辺国からの来賓の相手をしたり。

外交に力をいれているネル様の力になりたくて、隣接する全《すべ》ての周辺国の言語や文化も習得したのよね。流石《さすが》にこの短期間で数ヵ国語の習得と歴史を詰め込むのは苦労したのだけれど、ネル様ルート全制覇するために連日の仕事の傍ら徹夜しまくった前世を考えれば、今は全ての時間をネル様のために費やすことが出来るのだもの。こんなに快適な環境ってないわ！

不思議なんだけれど、最近何故か結婚した頃より交流する場が増えたのよね。普段何をしているのか、何か欲しいものはないのかと聞かれた気がするけれど、公費を無駄遣いしていないか探られているのかしら??

ご安心くださいませ、殿下。私はそのような悪事には手を出さない善良な令嬢でしてよ？　必要最低限あればそれで良いのです！

出来れば、BなLな展開を見せて頂ければもう満足ですわ！

最後の言葉は心に隠しつつ殿下に無害な人間アピールをしたのに、何故か不服そうな表情をされました。……え、これでもまだ疑いが晴れないの……??　さすがお邪魔虫令嬢だけありますわ。存在そのものが邪魔なのですわね……。

最近よく胸がチクリと痛むけれど、その理由には気付かないふりをしてそっと蓋《ふた》を閉じた。

「どうか、殿下を見捨てないでくださいね、ミリフィーナ様」

「……え？」

書類を持ってきたダイアンに不思議なことを言われた。

「見捨てるなど……私がそのようなことするはずありませんわ」

むしろ見捨てられるとしたら、私の方ですわよね？

そう思いつつ、にっこり微笑みながら書類を受け取り中身を確認していく。

「そう言って頂けて安心しました。殿下は、そのとても……不器用な男ですから。きっと、あの方には貴女《あなた》のような人が必要だったんです」

「そんな……過分な評価ですわ。むしろ、殿下にダイアン様がいてくださったことが幸いでしたのよ」

「ミリフィーナ様……」

お邪魔虫令嬢として必要だったかもしれないけれど、本当に必要なのは貴方でしてよ？

そんな思いを心に秘め、ダイアンとネル様の信頼関係を目の当たりにしてゲーム展開通りに話が進んでいることを改めて感じた気がした。

＊＊＊＊＊＊＊＊

そんな会話をしてから数日後。

「――それで、どうなんだ？」

「どう……とは、何にたいして？」

今日は久々の来客だった。幼馴染《おさななじ》みのリヴィ。リヴィことリヴィウスは侯爵子息で幼馴染み。転生に気付く前から無意識に腐女子っぷりを発揮していた幼少期にその妄想癖に気付かれて以来の腐れ縁である。

実は前世のゲームの記憶を思い出してわかったのだけれど、彼も攻略対象だった。ちなみに、リヴィが攻めだった。

「だから、殿下との結婚生活だよ」

「ん～、まぁ順調といえば順調……？」

BLな展開はいまいち見られていないけど、喧嘩《けんか》することもなく、公務も順調にこなしている。侍女や近衛騎士、それに陛下や王妃には可愛がってもらっている。

まぁまぁ順調な生活なのではないかしら？

「……白い結婚なのにか」

「あら、流石に侯爵子息様には知られてしまっているのね」

結婚してから半年も経っているのに妊娠の兆候もなく、公式行事以外で出掛けることが殆《ほとん》どない私達。いつかバレると思ってはいたけれど、リヴィにはバレてしまったのね。

「ええ。私がそれで構わないと言ったのだもの。ここにいれば観察し放題だし？」

「……はぁ。また昔からの妄想か……？　それはそれとして。……それでミリーは幸せなのか」

厳しい眼差しでそう問うリヴィ。

うん、顔付きは怖いけれど、私を心配してくれているのはわかっているわ。確かに最近思うところはあるものの、ここでの生活は心地好《よ》い。このままここに……ずっと居続けたいと思うくらいには幸せを感じている。

だから私はとびきりの笑顔で返した。

「ふふ、心配してくれてありがとう……リヴィ。私は大丈夫よ。今のままでも十分幸せよ？」

何故かリヴィがほんのり頬を赤らめて目をそらしてしまった。あら？　外の日差しが眩《まぶ》しかったのかしら……？

心配で手を伸ばした私の腕を掴《つか》んで、リヴィは私を静かに見下ろした。

「……もし。もしも、今の状況が辛《つら》いと……嫌だと思う日が来たら……俺《おれ》は……」

「私の妻に何をしている」

背後からひやりと感じる程、冷たい声が聞こえた。

リヴィは慌てて手を離し謝罪しながら一歩引いてしまったけれど、私は硬直したまま動けなかった。

初夜の時の発言以来……？　いえ、その時よりも冷たい鋭利な言葉と眼差しで私は殿下に睨《にら》まれ、そのまま無言で腕を掴まれ殿下の自室に連れていかれた。

――そこからの壁ドンである。

え、ど、どどどうして⁉

「……君はあの男にはあんな嬉《うれ》しそうに笑うのだな」

「……え、なんのことでしょう？」

意味がわからない。私は何故殿下に壁ドンされているのかしら⁇

「私には外向きの顔しか見せないのに、あの男とは随分楽しそうに会話していたではないか。……好きなのか？」

「そんなまさか……っ」

待って待って……っ‼　何故か私が浮気していると思われているのだけれどどういうこと？　浮気するのは殿下ですよね？　ね？

「それでも、君は私の妻だ。そうだろう……？」

ち……ちょっと待って……っ‼

殿下が段々近付いてくるのですけれど、どういうことなのー⁉

「あ、あの、その、いきなりどうなされたのですか……っ⁉　い、色気が駄々漏れ……っ‼　むりぃ……っ」

思わず本音が駄々漏れる私。

「色気……？　君は私に色気を感じてくれているのか……？　顔が赤い……ねぇ、こっちを向いて

「……」

なんだか楽しんでません!?

あっ、そんな強引に顔を向けようとしないでくださいませ!!

「ひ、ひぇ……っ!! と、突然のSモード!! む、むむむ無理です～!! 殿下が麗し過ぎてご尊顔を直視なんて出来ませんー!!」

「そうか……この顔は君の好みか」

えぇ!! それはもう!!

前世からの筋金入りの好みですとも!!

……とは勿論言えず。

「好みとかっもうそういう次元ではなく……！ あぁああ今まで貴族令嬢としての仮面被《かぶ》って必死に取り繕ってきたのにぃ……っもう、全て終わりだわ……」

もう、これで白い結婚すら無理ね。こんな、淑女にあるまじき醜態を晒《さら》すなんて。

離縁はいつかしら……。私に再嫁ぎ先はあるのかしら……。

意識が内に向いてる隙に小さく溜《た》め息をつくと同時にくっと顔を持ち上げられた。

「そうだね、もう終わりにしよう。これからはこの顔に慣れて貰わなければ困る。……ほら、慣れるためにもこっち向いて……？」

ぼーっとこれからの事後処理のことを考えていたから、目の前に殿下の麗しい顔があって物凄く驚いてしまった。

「え……っな、なんでお顔がこんなに近くに……っ!!」

「うん、慣れるにはこれが一番かなって」

そう言って破壊力満点の笑顔で口付けしてきた。

それも、結構しっかりめの。

「……ん……っふ……っ……ぁ」

「……そんな可愛い声出さないで。我慢できない」

お、お色気全開ネル様降臨――!!

「……ふぇ？　な、なななんでこんなことに!?」

「ふふ、何から何まで可愛い反応だ。今まで放置してきてしまった分、たくさん可愛がってあげるから……早く私に慣れて……？」

「ひゃあああ!!」

(BL設定いずこー!!　あれ、殿下攻めだったっけ？　いやこの場合女性の私が当然受け……？　って違う!!　こんなドS殿下見たことないわー!!!)

――そのまま私はベッドの中でこれでもかというくらい溺愛されました。

＊＊＊＊＊＊＊＊＊

彼女は今まで出会ってきた女性とは何かが違っていた。

過去のトラウマから女性を愛せるわけがないと思っていた。だから、白い結婚を告げたのに、彼女は朗らかに笑う。傍にいられるだけで良いのだと。

（……何故、そんな風に笑っていられる？）

だけど、どうせそんなの建前だと思った。きっと、今までのように媚《こ》びを売るか、金にものを言わせて我が儘《まま》に振る舞い散財しようとするかどちらかだろうと。

ミリフィーナは、そのどれでもなかった。

突然の婚姻で妃教育もさほど出来なかったと聞いているのに、文官と対等にやり取りをし書類をまとめていく。更には自ら施策を提案し、実際に現場に視察にまで行くこともある。私の元にも許可を求める嘆願書が届いたが、その内容は至極真っ当でなおかつ女性らしい視点から考えられたものも多く、思わず感心してしまった。

猜疑《さいぎ》心から影武者でも雇って考えているのかと思ったこともあるが、実際に会話をしていれば彼女が聡明《そうめい》なのは間違いなく、本人の手によるものだとわかった。

そこには一切の恋情は含まれていなかった。いつだって淑女の見本のような微笑みを浮かべて一定の距離で接してくる。

（どうして、そこまでするのか。何か他に目的でもあるのか……？）

そんな風にしか見られない自分に自嘲《じちょう》する。

ある日ダイアンとの鍛錬中に視線を感じた。視線の先にいたのは頬を赤らめたミリフィーナだった。こちらに気付くと急いで走り去っていった。

……今のはなんだ。もしかして、本当の目的はダイアンなのか……。

胸が酷《ひど》くざわついた。その時にはまだ自分の気持ちには気付いていなかった。


ミリーの誕生日が近いことをダイアンに指摘され、急遽《きゅうきょ》プレゼントを用意した。自分の瞳の色のネックレスを用意したのは完全に無意識だった。ネックレスを手にしたミリーの輝く瞳と今まで見せたことのない嬉しそうな微笑みを見て、私は魅入《みい》られた。

(もっと……その顔を見たい)

私の中に明確に何かが芽生えた瞬間だった。


それなのに、それ以降あの笑顔を見られることはなかった。ダンスを踊ってもすぐに離れていく。王子妃として完璧《かんぺき》なサポートで公務をこなすが、誰にでも見せる微笑みを同じように私に向けて笑う。ダイアンを傍に置いて観察してみるが、やはり表情は変えない。あれ以降も遠くから私の方を見ている姿を何度か目撃した。

……私の妻だろう。何故そんな遠くにいる必要がある?

お茶会に誘い、何か欲しいものがないか聞いても何も求めない。そうじゃない、そんな言葉が聞きたいんじゃない!!　もどかしい思いが募る。

執務室に戻りダイアンにお茶会でのことを聞かれて話すと盛大な溜め息をつかれた。

「不器用にも程がありますよ、殿下。今頃自分の気持ちに気付いたんですか？　だったら早く伝えないと。後悔しても知りませんよ？」

「自分の気持ちって……」

「だから、ミリフィーナ様のことお好きなんでしょう？」

「……なっ、何故そうなる……っ!!」

「何故も何も……皆に見せる笑顔じゃ満足できない。自分だけに向ける表情を見せて欲しいって、つまりそういうことですよ」

呆《あき》れ顔で言われた。

「……っ」

「このままだと白い結婚が成立して半年後には離縁されますよ？　ミリフィーナ様人気者ですからね。すぐに次のお相手も見つかるんじゃないですか？」

その言葉が脳裏にこびりついて離れなかった。

その後、リヴィウスの存在を知り、私の知らない素顔をあの者にだけは見せているのを見て、嫉妬《しっと》でいてもたってもいられなかった。このまま何も動けない、変わらないままでは、白い結婚が本当になる。

私のもとからミリフィーナがいなくなる。

……それだけは許せない。その衝動から無理やり二人を引き離しミリフィーナを部屋に連れ込んで問い質《ただ》した。その結果、彼女の想いを知ることになるのだが、タガがはずれた私はそのまま彼女の初めてを奪ってしまった。

私のなかにこんな激情があったなんて知らなかった。


その後、改めて話し合った。ちゃんと想いを伝えたかったから。

……その時に初めてミリフィーナが盛大な勘違いをしていることを知ったわけだが、その噂《うわさ》があったからこそ彼女が私の元に来てくれたのだと思えば、そんなに悪いことではないなと思う。

彼女の勘違いはこれから私自身が証明していけば良いのだから。


ミリーがこれからも私と共にあるように。

私は今までの分もたくさん愛を伝えていこう。

Fin

破局する未来しか見えないのに、
運命の人に選ばれてしまった

三《み》沢《さわ》ケイ

ill. 由《ゆ》貴《き》海《かい》里《り》

私、クリスティナ・パスカルには、運命の絆糸《きずないと》を見ることができる特別な力がある。〝絆見《はんけん》〟と呼ばれるその能力は魔眼の一種であり、数万人にひとりの割合で後天的に現れるものだ。

運命とはかくも残酷だ。

この力を得たとき、私はすぐに好きな人に会いに行った。いつも優しく私を甘やかしてくれる彼と、実は両思いかもしれないという淡い期待に胸を膨らませて。

結果として、彼の絆糸は全く見えなかった。即《すなわ》ち彼は私に対して一切の恋愛感情がなく、その日私は失恋したのである。私が十六歳、彼が二十歳のときのことだった。

◇　◇　◇

蝋燭《ろうそく》の明かりを反射してきらきらと輝くシャンデリア。壁面に飾られた著名な画家の風景画。柱や桟に彫られた繊細な彫刻の数々――。

きらびやかな夜会にいる令嬢達は皆、自らを一番美しく見せようと豪奢《ごうしゃ》に着飾っている。

そんな中、私も彼女らに負けず劣らず着飾って……はおらず、地味なメイド服をきっちりと着込んで、せっせと給仕をしていた。

「オレイン産の赤ワインはある？」

「はい、こちらでございます」

「このチーズ、お代わりはないの？」

「すぐにご用意いたします」

滅多にない大規模の夜会に、目が回る忙しさだ。料理を運びつつ、招待客達が放置した使用済みのグラスを回収する。

そのとき、不意に周囲がざわりとさざめいた。

「それでは、ただ今よりオランド侯爵家の伝統に則《のっと》り、古代魔法を用いた花嫁選びを始める」

ひとりの男性――この夜会の主催者であるオランド侯爵の、低い声が響く。夜会の会場は水を打ったようにシーンと静まりかえった。

それはそうだろう。なぜなら、これこそが本日のメインイベントなのだから。

今日《きょう》のこの夜会は何を隠そう、有能な魔法使いを輩出することで有名な名門――オランド侯爵家の花嫁選びをするために開催されたのだ。

会場の前方、一段高い場所に、見目麗しい長身の男性が現れる。オランド侯爵家の血を引くことを特徴的に表す漆黒の髪と金色の瞳《ひとみ》を持つ彼こそが、今回花嫁選びを行うフェルナンド・オランド様。二十四歳の、オランド侯爵家次期当主だ。

フェルナンド様は招待客を確認するように、ゆっくりと会場内を見回す。周囲からは「いよいよだわ」「ああ、わたくしが選ばれないかしら」「今、こちらを見たわ！」など、令嬢達の色めき立つ声が聞こえてくる。

皆が固唾《かたず》を呑《の》んで見守る中、使用人達によって運ばれてきたのは直系五十センチほどの、魔方陣が刻まれた石卓だ。なんでも、オランド侯爵家のご先祖様が作り上げた、とっておきの魔道具らしい。

フェルナンド様がその石卓に一歩近づき、手をかざして魔力を込める。石版に刻まれた魔方陣に沿って白い光が発し、石版の五十センチ位上空に徐々に光の粒子が集まってゆく。

「ちょっと、これ」

「あっ、はい」

招待客に交じってフェルナンド様のほうを眺めていたら、ずいっと横から飲み終えたグラスを突きつけられた。私はそのグラスを受け取って自分の持つトレーに載せる。

（いけないいけない。見入ってないでちゃんと仕事しなきゃ）

正直、結果は気になる。すごーく気になるけれど、私はトレーを両手に持ちバックヤードへ向かう。

そのとき、オランド侯爵が大きな声を上げるのが聞こえた。

「結果が出た」

そこにいた全《すべ》ての人が空中で形作られる物を見る。

「息子の運命の相手は、一センチ飲み残したオレンジジュースの中にチェリーが入ったグラスを持っている令嬢である！」

周囲がざわっとさざめく。

「チェリー入りのオレンジジュースはどこ!?」

その場にいた令嬢達は必死にオレンジジュースを探し始める。そんな最中、今まさにバックヤードに引っ込もうとしていた私は、背後からガシッと肩を掴《つか》まれた。

「ちょっと！　さっきのそれ、返して！」

血相を変えて捲《まく》し立ててきたのは、先ほど私にグラスを下げろと突きつけてきた令嬢だった。長い金髪を緩く巻き、水色の大きな瞳が印象的な美人だ。

「え？　これ？」

私は自分のトレーに載ったグラスを見る。食べていないチェリーが、グラスの底に僅《わず》かに残るオレンジ色の液体から頭を覗《のぞ》かせていた。

「ぼさっとしてないで、さっさと寄越して！」

金髪の令嬢が私に詰め寄ろうとしたそのとき、至近距離から「あったわ！」と若い女性の声がする。その瞬間、私の周囲にはおびただしい令嬢達が集まってきた。それはもう、もみくちゃだ。

「ちょ、ちょっと！　危ないです！」

トレーの上のグラス類が割れるのではないかと危惧《きぐ》した私は両手を高く上げ、トレーを自分の頭上に持ち上げる。

そのとき、ひょいっとトレーの重みが手から消えた。ふわふわと空中を漂うトレーを呆然《ぼうぜん》と見上げると、がしっと右手首を掴まれた。

「見つけた」

蕩《とろ》けるような笑みを浮かべるのはフェルナンド様その人で――。

「え？」

私は状況がよく理解できず、フェルナンド様を見る。

「ティナ。きみが僕の運命の相手だ」

「は？」

「きゃー！」という悲鳴に近い声が至近距離から聞こえて、我に返る。

「えー！　ないないない！　ないです！」

数秒の逡巡《しゅんじゅん》ののちにフェルナンド様が言っていることを理解した私は、思わず絶叫する。

（こんなに多くの美しい令嬢が集まっている中で、どうして私みたいなしがないメイドを！）

――いつか運命の人が現れて私の手を取ってくれる。

そんな乙女《おとめ》チックなことを夢見た日が、私にもあったことは否定しない。

けれど、これは想定外だ。

「いいや、間違いじゃない。クリスティナ・パスカル。古代魔法の導きにより、求婚する。僕と結婚してほしい」

フェルナンド様はそう言って私の手を持ち上げると、その甲に軽くキスを落とした。

（嘘《うそ》でしょ？）

私は目に魔力を集中させ、彼の頭上に目を凝らす。

いつもなら無造作にかき上げている黒髪は今日はきっちりと整えられ、シャンデリアの光を受けて艶《つや》やかに煌《きら》めいていた。そこには、ほこりひとつ見えない。

そう、何も見えないのだ。

「やっぱり無理です！」

私はもう一度訴える。

「私には、あなたの愛が見えません！」

フェルナンド様はその瞬間、驚いたように目を見開く。しかし、すぐにその表情は元に戻り、口元に弧を描いた。

「へえ。面白いこと言うね」

その黒い笑みを見た瞬間、私は自分が答えを誤ったことを悟ったのだった。

◇◇◇

私──クリスティナは元を辿《たど》ればそれなりに歴史のある子爵家の令嬢だった。優しい両親の元で、何不自由ない暮らし。そんな日常が崩れ去ったのは、十四歳の誕生日を少し過ぎたある日のことだ。

──それは冬の足音が近づく、ある肌寒い日のことだった。色付く葉が庭に模様を作り出していた景色を、今でもよく覚えている。

『ティナ。夕方には戻るから、いい子にして待っているんだよ』

『ええ、わかっているわ』

その日、私は両親が出掛けるのを笑顔で見送った。まさか、それが今生の別れになるとも知らずに。

深夜に屋敷に帰ってきたふたりは、変わり果てた姿になっていた。両親の最期を目撃した従者によると、ふたりは買い物をした店を出て通りを歩きはじめたそのときに、暴走した馬車に跳ねられたのだという。

両親を失ったあと、私には悲しむ暇もなかった。パスカル子爵家には私しか子供がおらず、女である私は爵位を継ぐことができない。そのため、ある日突然、私は平民になった。

それでも我が家には私がひとり生きていくには十分な蓄えがあるはずだった。ところが、それを屋敷の使用人のひとりが持ち逃げしたのだ。

両親もおらず、お金もない。途方に暮れていた私を助けてくれたのは、母の古くからの親友だったオランド侯爵夫人だ。

彼女の厚意で私はオランド侯爵家に居候する身となった。少しでも恩返ししたかった私は、自ら望んで十五歳からオランド侯爵家の使用人として働き始めた。嫡男であるフェルナンド様付きのメイドになったのだ。

フェルナンド様は、私の主《あるじ》でありながら妹のように本当によくしてくださった。ときには、両親がいない寂しさから涙を流す私に『僕がいてあげる』と抱きしめてくれたこともあった。

だから、オランド侯爵夫妻とフェルナンド様には数え切れないほどの恩がある。私は彼らが本当に大好きだ。

それだけに、今回の件は絶対に受け入れられない――。

夜会の翌朝、私は強い決意の元、フェルナンド様の部屋を訪れた。

「おはようございます、フェルナンド様」

「おはようティナ。でも、きみは僕の婚約者になったのだから、起こすならもう少し色っぽく起こしてほしいな。例えば、おはようのキスとか」

フェルナンド様は枕元に立つ私の腕をぐいっと引く。その弾みで私はバランスを崩し、ベッドに横たわる彼の胸に倒れ込んだ。起き上がろうとすると、鼻先がぶつかりそうなほど近距離にフェルナンド様の秀麗な顔があった。私は慌てて彼から飛び退《の》く。

（し、心臓に悪い！）

ドキドキしてしまうのは許してほしい。ファルナンド様がイケメンすぎるのが悪いわ。

「い、今なら間に合います！　昨日の花嫁選びの件、なかったことにしてください！」

私は動揺を隠しつつ、少し彼から距離を取って訴える。一方、気だるげにベッドから起き上がったフェルナンド様は不思議そうに目を瞬《まばた》かせた。

「なぜ？」

「当たり前じゃないですか！　どうしてこんなしがないメイドに！　もっと綺麗《きれい》で素敵な人がたくさんいたのに！」

「そんな人いたかかな？　全く気が付かなかったけど」

「いましたよ！」

右を見ても左を見ても、豪奢に着飾った美しい令嬢ばかりだったのに。

「今の発言、昨晩の夜会に参加していたご令嬢が聞いたらショックを受けてしまわれるので、絶対に外で言ったらダメですからね」

「言わないよ。彼女達には興味がないし、もう会うこともないだろうし」

フェルナンド様は心底どうでもいいと言いたげに、右手を振る。女性に興味がなさそうだとは思っていたけれど、ここまで無関心だったとは！

私は、はあっと息を吐き、昂《たか》ぶっていた気持ちを落ち着ける。

「とにかく！　昨日《きのう》の花嫁選びはなかったことにしてもう一度夜会を――」

「それは困るな」

フェルナンド様の低い声が、私の発言を遮る。

「ねえ、ティナ。昨日、どんな人達が招待されていたと思う？　我が国の高位貴族のほとんどが招待されていた。そんな中で、優秀な魔法使いを輩出することで有名なオランド侯爵家の次期当主である僕が魔法を使った。これで、『間違いだったみたいなのでやり直します』なんて言ったらどうなると思う？」

私はぐっと言葉を詰まらせた。

フェルナンド様が言うように、昨日の夜会には未婚の令嬢がいるほぼ全ての名門貴族の家門が招待されていた。そんな人達が見守る中で披露した魔法が失敗していたと判明したら？　きっと、オランド侯爵家の名誉に大きな傷が付くだろう。まさに、赤っ恥だ。

「それに、大丈夫だよ。僕達は上手《うま》くいくはずだ。お墨付きをもらったから」

「……お墨付き？」

お墨付きとは一体？　と、私は眉《まゆ》をひそめる。

「ああ。城下で必ず当たると密《ひそ》かに噂《うわさ》になっている、夜の一時間だけ開く恋占いのお店を知っているかい？　そこで、必ず運命の相手が見つかると言われた」

胸を張るフェルナンド様を見つめたまま、私は動きを止める。

（恋占いのお店？　運命の相手？）

その瞬間、私の脳裏にとある記憶が甦《よみがえ》った。


――それは三カ月ほど前に遡《さかのぼ》る。

その日の晩、メイドの仕事を終えた私はいつものように町外れの小さな占い屋にいた。ここは、いつかオランド侯爵家を出ることになる日に備え、私がこっそりと運営している恋占いの店だ。

目に魔力を集め、目の前に座るふたりの頭上をじっと見つめる。少し緊張した面持ちの男女の頭上からははっきりとしたピンク色の光の筋――絆糸が伸び、それがしっかりと繋《つな》がっているのが見えた。

『おふたりは間違いなく運命の相手です。愛し合い、いつまでも幸せな結婚生活が続くでしょう』

はっきりそう告げると、目の前のふたりは大きく目を見開いた。

『え？　本当に？』

そう尋ねてきたのは、女性のほうだ。

緑色の瞳をまっすぐこちらに向け、信じられないと言いたげに両手で口元を覆っている。茶色い艶やかな髪を三つ編みにして地味なワンピースを着ているが、全く汚れのない生地と一切荒れていない手元を見るに、きっと貴族だろう。

それに対し、男の手はまめだらけで、体格もいい。肉体労働者だろうか。

（〝身分違いの恋〟ってやつかしら？）

私はふたりを観察する。

『俺《おれ》、リーナのためにもう少し頑張ってみるよ。だから、もう少しだけ待っていてほしい』

『ええ、ダミアン。もちろんよ』

男は女の両手を握りしめ、女はこくこくと頷《うなず》く。その目には、薄らと涙が浮かんでいた。

『ありがとうございます。希望をいただきました』

『どういたしまして』

深々と頭を下げて店を出たふたりの後ろ姿を見送る。

男の頭上からは彼女と繋がるピンク色のリボンの他《ほか》に、緑色の鈍い光が見えた。あの緑色の光は仕事に関連する絆糸が現れつつあることを示している。彼は近いうちに仕事で良縁に恵まれるだろう。

『お幸せに』

小さい声で告げた祝辞は、夜の闇《やみ》に溶ける。

『今日はいいお客さんだったな』

ああいう強い絆糸が見えたときは、とても幸せな気持ちになる。真実の愛だと信じて疑っていないふたりに『どうやらそれは勘違いのようです』と告げるのは、とても気まずいから。

『さてと。今日はそろそろおしまいにしようかな』

時刻はいつの間にか午後八時を回っていた。私はいそいそと閉店準備を始める。

と、そのときだ。カランと人の来訪を知らせるドアベルが鳴った。

『申し訳ございません。本日の営業は――』

片付けしていた手を止めて入り口のほうを振り返った私は、ハッとして口を噤《つぐ》んだ。

(フェルナンド様？)

そこにいたのは私が日中メイドとして仕える主――フェルナンド様だったのだ。

咄嗟《とっさ》に着ていたケープのフードを目深に被《かぶ》る。数本の蝋燭の明かりしかなく薄暗い室内は、私の顔を隠すのにはちょうどよかった。フェルナンド様は私に気付く様子もなく、ごく自然な動きでテーブルを挟んで反対側の椅子《いす》に座った。

『ここの恋占いはとてもよく当たると聞いてね。僕のことも占ってもらえるかな？』

『え？』

『実は、父から花嫁を娶《めと》れと口うるさく言われて、婚約者探しの夜会を開くことになった。そこで僕が、運命の相手を見つけられるかどうか』

本当はもう閉店の時間なのだけど、真剣な眼差《まなざ》しで要請されると断りづらい。それに、フェルナンド様がこんなところに来るなんて、よっぽどこの件で頭を悩ませているのだろう。

私は半ば流されるような形で『わかりました』と頷いた。

目の前に置かれた水晶に手をかざす。と言っても、これはただのパフォーマンスで特にこの動きや水晶に意味はない。体の中を流れる魔力を目に集中させると、水晶に映る自分の緑色の瞳が黄金色に揺らめく。

私は顔を上げると、フェルナンド様の頭上に目を凝らした。

(見えた！)

彼の黒い髪の上には、濃いピンク色の光がはっきりと見えた。それは即ち、近い将来に恋の絆糸が誰《だれ》かと結ばれることを意味している。

『見えました。運命の相手と、近いうちに必ず結ばれます』

『必ず？　随分はっきり言い切るね』

『はい。間違いないかと』

私は自信を持って断言する。

普通の人には何もないように見えても、魔眼を通して見ると、フェルナンド様の頭上には後光の如《ごと》く濃いピンク色の光が差していた。

これだけはっきりと絆糸が生まれつつあるのが見えるのだ。ごく近い未来にその相手と恋に落ちることは疑いようがない。

フェルナンド様は私の言葉を聞き、ほっとしたように笑う。

『そうか。安心した』

そう呟《つぶや》いた彼を見て、ズキッと胸が痛む。彼が、あまりにも優しい微笑《ほほえ》みを浮かべていたから。

『ありがとう。お代はこれで足りるかい？』

立ち上がったフェルナンド様は片手を差し出す。私の手のひらに載せられたのは、ピカピカに輝く一枚の金貨だった。

『えっ？　こんなにいただけません！』

私は慌てて突き返そうとする。これでは、定価の十倍だ。

しかし、フェルナンド様はそれを受け取らず、首を横に振る。

『多い分はお礼だ。では、また』

片手を軽く上げて、フェルナンド様は立ち去る。その後ろ姿を見つめながら、私は胸の前で握った手にぎゅっと力を込めたのだった。


夜遅く屋敷へと戻った私は、使用人用の裏口から厨房《ちゅうぼう》に入り、懐から懐中時計を取り出した。

『わっ、急がなきゃ』

色々と物思いに耽《ふけ》っていたら、思った以上に遅くなってしまった。

フェルナンド様は、毎晩寝る前に寝付きにいいハーブティーをお飲みになるのだ。

私は慣れた手つきでお湯を沸かし、ティーセットを用意して二階の奥へと進む。

『フェルナンド様。ハーブティーをお持ちしました』

すぐに入室を許可する声が聞こえ、私はドアを開ける。今日は外出していて入浴の時間が遅かったせいか、艶やかな黒髪はまだしっとりと濡《ぬ》れており、いつにない色香を漂わせている。

『ありがとう』

フェルナンド様はカップを持ってハーブティーを一口飲むと、ほうっと息を吐く。

『今度、花嫁探しの夜会を開くことになった』

『はい』

内心どきっとしたが、私は何事もなかったような態度で相づちを打つ。こちらをじっと見つめるフェルナンド様と目が合った。

『結婚したあとも、こうしてハーブティーを淹《い》れてくれるかい？』

『……もちろんです』

頷く私は、きちんと笑顔を作れているだろうか。

そしてこの日、私はいつまでも引きずっていた初恋に終わりを告げたのだが──。

(それ占ったの、私なんですけど！)

私はハッとしてフェルナンド様の頭上に目を凝らす。あの日ははっきりと見えたピンク色の光が、今は完全に消えている。つまり、なんらかの理由で絆が切れてしまったのだ。

そのなんらかの理由は、昨晩何かの間違いで私が運命の相手に選ばれてしまったからに違いない。

(ということは……フェルナンド様の幸せな結婚を邪魔しているのは完全に私じゃない！)

これはまずい。とにかくまずい。

その瞬間、私は決意した。

「フェルナンド様の運命のお相手、私が見つけて差し上げます！」

声高々に宣言した私のことを、フェルナンド様は面白いものを見つけたかのように見つめる。

「運命の相手なら、もうティナが見つかったけど？」

「だからそれ、間違いですって！」

「なるほど。ティナの言いたいことはわかったよ。では、探してもらおうかな」

フェルナンド様はにこりと笑う。

かくして、私の総力を挙げた〝フェルナンド様の運命のお相手探し〟が始まったのだった。

◇　◇　◇

麗《うら》らかな昼下がり。私は真剣に悩んでいた。

「女性が多いところに行かないと見つかるものも見つからないわ。となると一番手っ取り早いのは――」

モップで床を磨きながらぶつぶつと呟いていると、「何が一番手っ取り早いんだ？」と頭上から声がした。びっくりして顔を上げると、フェルナンド様がすぐ横に立っている。

「随分と熱心に床を磨いているね」

フェルナンド様は私と目が合うと、にこりと微笑む。

「えーっと、ちょうどこの辺りが汚れていて」

私は視線を泳がせる。この辺りだけ異様に床の艶がよくなっているのは、きっと気のせい。

「ふうん？　ティナは将来の女主人なんだから、もうメイドの仕事なんてしなくていいのに」

「いいえ。しっかりとお勤めさせていただきます！」

私はぴしゃりと言い切る。

安易にメイドの仕事を投げ出すわけにはいかない。だって、もしこの屋敷を追い出されることにでもなったら、占い屋の収入だけでは生きていけないもの。

私は目に魔力を込め、フェルナンド様の頭上を見る。今日も運命の絆糸は全く見えない。

全く以《もっ》て、何もない！

やっぱり私とフェルナンド様は結婚しても上手くいく可能性ゼロなのだ。

（それはそうよね）

なにせ、名門侯爵家の次期当主としがないメイドなのだから。釣り合っていないにも程がある。

「フェルナンド様。やっぱり私は違うと思います」

「ああ、それは何度も聞いた。ティナが僕の運命の相手を見つけてくれるんだろ？」

返された言葉にぐうの音も出ない。私は、はあっとため息をつく。

「フェルナンド様。お手紙が何通か届いておりますのでご確認ください。恐らく、舞踏会の案内かと」

「ああ、あれ。欠席で出してくれていいよ」

フェルナンド様はさらりと言う。

オランド侯爵家は名門貴族なので、なんとか縁を作りたい貴族の家門から舞踏会や夜会の招待状がひっきりなしに届く。だが、肝心のオランド侯爵は領地にいることが多く一年の半分は不在だし、次期当主のフェルナンド様はこういう会にあまり興味がないようで行こうとしない。

（もう少し舞踏会とかに行ってくれれば、素敵な出会いもあっただろうに――）

そこまで考えたときに、ひらめいた。

（そうよ、それよ！）

貴族の出会いの場と言えば、舞踏会。舞踏会と言えば、恋の始まり！

「フェルナンド様！　私、舞踏会に行ってみたいです」

「え？」

「せっかくフェルナンド様の婚約者になれたのですから、一日も早く社交界に慣れたほうがいいかと思いまして」

さっきまで自分は運命の相手ではないと言っていたことを棚に上げ、私はもっともらしく訴える。

フェルナンド様は少し考えるように顎《あご》に手を当てた。

「そうか。それもそうだね。じゃあ、ティナが行きたいやつを選んでいいよ」

「はい。ありがとうございます！」

「その代わり、ティナのドレスは僕が選ぶからね」

ドレスは持ってないから選んでもらえると寧《むし》ろ助かる。

（よし、言質は取った。その言葉、忘れないでくださいませ！）

出会いは多ければ多いほどいい。よって、一番大きな舞踏会に行くことに決定だ。

その二週間後。私はフェルナンド様と一緒に、ライセン公爵家の舞踏会に参加した。ライセン公爵家は我が国有数の名門貴族で、オランド侯爵家とも懇意にしている。

会場に到着した私は、感嘆の息を漏らす。そこはまるで別世界だった。

天井から吊《つ》り下がるシャンデリア。壁に描かれた絵画に、柱や梁《はり》に施された精緻《せいち》な飾り彫刻。足元を飾るのは、絢爛《けんらん》豪華で大きな絨毯《じゅうたん》だ。流石《さすが》は公爵家。オランド侯爵家の大広間も豪華だが、ライセン公爵家はそれよりもさらに華やかだ。

そして、会場にはうら若き令嬢がたくさんいた。名門公爵家で行われる舞踏会とあって、皆美しく着飾っている。

（わあ。綺麗な方がいっぱい！）

どうよ、フェルナンド様！　とばかりに私は隣に立つ彼を窺《うかが》い見る。これだけ美しい乙女達に囲まれれば、彼が気に入る令嬢もひとりやふたりいるはず。

フェルナンド様は私の視線に気付いたようで、こちらに視線を向けるとにこりと微笑む。

「ティナ、そのドレス似合っているね。すごく可愛《かわい》いよ」

私は今日、フェルナンド様が選んでくださった白と金色の生地を使った豪奢なドレスを着ていた。

確かにこのドレスは可愛い。それは疑う余地がない。

その瞬間、周囲がざわっとした。

「フェルナンド様が笑ったわ」

「幻覚かな」

「さすがは魔法で探し出しただけある。会場の中心で跪《ひざまず》いて愛を請うて、それは情熱的だったとか」

この言われよう。一体普段、女性に対してどんな態度を取っているのだろうか。それに、最後の人に至っては情報がだいぶ間違っている。跪いて愛など請われていない！

滅多に現れない人が現れたせいか、フェルナンド様は到着早々に複数の人に話しかけられていた。フェルナンド様にお近づきになりたい女性もいれば、有能な魔法使いの一族であるオランド侯爵家と仕事をしたい人など様々だ。

（あなた、頑張るのよ！）

ちょうど近寄ってきた女性に心の中でエールを送り、お邪魔虫はそっと壁際に寄る。さっそく目に魔力を込め、人々の頭上からぼんやりと浮かび上がる光を見た。

少し離れた場所で楽しげに話している男女は光がリボンとなって結ばれつつある。

（あら、おめでとう。その方があなたの運命の方よ）

視線をずらせば、見目麗しい令嬢を切なげに見つめる令息の姿が。令嬢の方は、別の男性と楽しげにお喋《しゃべ》りをしている。

（うん、会話しているふたりの頭上に光は見えないから、あれはただの友人だわ。そこのあなた、まだ可能性はゼロではないわ！）

私は心の中でその男性を激励する。

多くの男女の恋模様が見えて、ついつい見入ってしまう。

（人の恋の傍観者って、最高に楽しいわよね！　……ん？）

そのとき、一際太い絆糸で結ばれた男女がいるのに気付いて私は目を留めた。

あそこまで太いのは珍しいのでつい眺めていたら、女性のほうが私の視線に気付いてこちらを見た。なぜか彼女は驚いたような顔をして横にいる凜々《りり》しい雰囲気の男性に耳打ちをする。

「あの……。間違っていたら申し訳ないのですが、以前お会いしませんでしたか？　裏通りにある占――」

おずおずと話しかけてきた女性の顔を見て、ようやく思い出した。フェルナンド様と同じ日に来た、身分違いの恋（これは私の勝手な推測だけど）のふたりだ。

大きく目を見開いた私の態度で、彼女は『ＹＥＳ』と理解したようだ。表情を明るくして「わたくしはトラリン子爵の娘のセリーナです。先日はありがとうございました」と言った。

「えっと、クリスティナ・パスカルと申します。わざわざご挨拶《あいさつ》ありがとうございます」

私は慌ててお辞儀を返す。

「実は、あのあと彼が王立騎士団の入団試験に合格したんです。晴れて騎士になって――」

隣に立つ男性を見上げながら嬉《うれ》しそうに話すセリーナ様からは幸せが溢《あふ》れていた。

「それはよかったですね」

私は笑顔で相づちを打つ。あの日彼の頭上に見えた緑の光は、騎士団入団を知らせるものだったのだろう。暫《しばら》く歓談したのち、セリーナ様は彼とふたりで大広間の中央へダンスをしに向かう。

私はその後ろ姿を、幸せな気分で見送った。そこに、フェルナンド様が近づいてくる。

「ティナ？　さっき誰かと話していたね」

「え？　あ、たまたま知り合いと会ったんです」

「知り合い？」

「えっと……町に行った際に知り合った方で――」

占い屋のことは言いたくないので、私は適当に話をぼかす。嘘は言っていない。

「へえ。ところでティナ、ひどいな。パートナーの僕を放置して自分だけどこかに行ってしまうなんて。しかも、他の男と話しているってどういうことかな？」

フェルナンド様は口元に薄らと笑みを浮かべているが、私を見つめる目は笑っていない。ご機嫌斜めに見えるのはなぜだろう。

「女性と楽しげにお話しされていたので、お邪魔かと」

「楽しげに見えていたなら、心外だな。興味ないって言ったはずだけど？」

「それは失礼いたしました」

私は改めて、彼の頭上をまじまじと見つめた。

ない。全く見えない。フェルナンド様の頭上から、一ミリの光も見えない！

(これはまずいわ。ここには、彼の気に入る方がいらっしゃらないってこと？　こんなにたくさんのご令嬢がいるのに？)

もしかして、フェルナンド様はものすごーく理想が高いのだろうか。

「フェルナンド様。私はここにいますから、どなたかと踊っていらしてください」

「まだティナとも踊っていないのに、なぜ他の令嬢と？　踊るならティナとだ」

至極真っ当な答えを返される。だって、とりあえず話でもしたら、今は全く見えない光が少しぐらい見えるかもしれないじゃない！　とは言えない。

私は視線をすっと逸《そ》らし、申し訳なさそうな顔をする。

「私は社交界に出る前に貴族でなくなりましたので、ダンスを上手く踊れません」

社交界に出る前に一通り習い終えるので、本当は踊れる。でも、ここは嘘も方便だ。

「ああ、そうか。じゃあ、明日《あす》から一緒に練習しようか」

フェルナンド様はにこりと微笑む。

「へ？」

なぜそうなる。他の方と踊ってほしいのに。

「練習の相手は、僕じゃなきゃダメだよ」

顔を寄せて、耳元で囁《ささや》かれる。思わず「ひゃっ」とおかしな声が出た。

「フェ、フェルナンド様！」

抗議の意を込めて軽く叩《たた》こうとしたが、その手は難なく彼に掴まれた。逆にぐいっと引かれ体がよろめき、フェルナンド様の腕に囲い込まれる。

(見た目よりだいぶ、がっしりしているのね。それにいい匂い)

なんて考えて、はっと我に返る。

(フェルナンド様の恋のお相手を探しにきたのに、自分がウン百回目の恋に落ちかけてどうする！)

慌ててフェルナンド様から離れると、彼はくすっと笑った。

「それで、ティナ。僕の運命のお相手とやらは、見つかったかい？」

「げ、現在捜索中です！」

「そっか。早く見つかるといいね。楽しみだな」

フェルナンド様は私の顔を片手でつーっとなぞる。なぜか異様に甘い微笑みを向けられて、頬《ほお》が赤くなるのを感じた。

ふと自分達が注目を浴びていることに気付く。周囲の人達は口元を扇で隠しながらちらちらとこちらを窺い、驚いたような顔をしている人もいた。

「あのオランド侯爵家のフェルナンド様が――」

女性が隣の人に囁いているのが聞こえる。

「フェルナンド様！　私、喉《のど》が渇きました！」

特に喉は渇いていないが、周囲の好奇の視線に耐えきれない。

「ああ。じゃあ、飲み物を取ってくるよ。何がいい？」

「果実水でお願いします」

普段であれば「私が取りに行きます」と言うところだけれど、今はとにかくフェルナンド様と物理的距離を取りたくて、潔く彼にお願いした。

私はフェルナンド様の後ろ姿を見送り、ほっと息を吐く。長身の体に黒のフロックコートが、憎らしいほど似合っている。

(私がいなければ、他の令嬢とお喋りするわよね？)

今は何も見えないけれど、もしかしたらそれがきっかけで絆糸が現れることだってあるかもしれない。フェルナンド様は私にとって、大切な人だ。だから、彼には絶対に幸せになってほしい。

隠れるなら今のうち、と思って立ち上がると、私はひとりテラスへと抜け出した。

「よし。ここなら見つからないよね」

テラスから階段を下りて、ちょうどそこにあったベンチに座る。空を見上げると、たくさんの星が煌めいていた。

（綺麗……）

そのときだ。「あらあら。こんなところでお会いできるなんて」と、若い女性の声がした。声の方向に目を向けると、三人の令嬢がいる。中心にいる金髪の令嬢を見て、私はハッとする。

「あなたは……」

オレンジと黄色が使われた豪奢なドレスを身に纏《まと》うその女性は、フェルナンド様の花嫁を選ぶ夜会の日、私にグラスを突きつけた令嬢だった。名前は確か――リプトン伯爵令嬢のビアンカ様だ。

「こんなところにひとりでいらっしゃるなんて、もう捨てられちゃったのかしら。可哀想《かわいそう》に」

可哀想に、と口では言っているけれど、その表情から同情の色は一切読み取れない。むしろ、この状況を楽しんでいるように見えた。

（相手にしないに限るわね）

私は落ち込んでいるふりでもして穏便にやり過ごそうと、彼女達から顔を背けて俯《うつむ》いた。ビアンカ様の履く、ビジューの付いた、見るからに高価そうな靴が目に入る。

「ちょっと、聞こえないふり？　人からフェルナンド様を横取りしておいて、いい気なものね。少し調べたのだけど、あなた元子爵令嬢なんですってね。ご両親が亡くなって、平民になったとか。どおりで人のものを盗んでも平然としていられるはずだわ。平民になると、性根まで卑しくなるのね。ねえ、あなた達もそう思わない？」

ビアンカ様は後ろにいるふたりの令嬢に、同意を求めるように問いかける。

彼女達の顔を見て、私は絶望した。なぜなら、彼女達は私がまだ貴族だった頃《ころ》に何度か顔を合わせたことがある人達だったから。私が元貴族であることをビアンカ様に伝えたのは彼女達だろう。

「私は盗んでなんかっ！」

咄嗟に言い返すが、ビアンカ様は蔑《さげす》むような目で、私を睨《にら》み付ける。

「では、あなたは本気でご自分がフェルナンド様に相応《ふさわ》しいと思っていらっしゃるの？　オランド侯爵家の次期女主人に」

「それは――」

自分でも相応しくないとわかっているだけに、言い返せない。私がフェルナンド様と結婚したところで上手くいかないことは、私が一番わかっている。

「図々しいにも程があるわね」

ビアンカ様は私が言い返せないのをいいことに、ふふんと鼻で笑う。

「ねえ。今すぐ、『あの花嫁選びは間違いでした。本当は他の令嬢が選ばれるはずだったのに、卑しい私はグラスを盗みました』とフェルナンド様にお伝えして。それで、彼の元から消えて。そうしたら、今回だけは許してあげる」

ビアンカ様は不敵な笑みを浮かべ、私に顔を近づける。

私は目に魔力を込め、ビアンカ様の頭頂部の辺りを見つめる。

「嫌です。それはできません」

ビアンカ様の絆糸が見えない。フェルナンド様も絆糸が見えないので、今のふたりが婚約したらほぼ確実に破局する。フェルナンド様のためにも、それは断固として阻止したい。

「あなたはフェルナンド様の運命の人ではないわ。あなたに彼は渡せない！」

「何ですって！」

逆上したビアンカ様が片手を振り上げる。

(叩かれる！)

ぎゅっと目を瞑《つむ》る。しかし、痛みが来る前にその場に似つかわしくない穏やかな声が聞こえた。

「ああ、ティナ。こんなところにいたのか」

ハッとして声のほうを見ると、テラスからフェルナンド様が下りてくるところだった。私の前に立つ三人も、彼のほうを振り返る。

「姿が見えなくなって、心配したよ。はい、飲み物」

まるで私の前にいる令嬢達の姿など見えないかのような態度で、グラスを差し出された。

「あ、ありがとうございます」

受け取ったグラスには、オレンジの果汁がたっぷり使われたジュースが入っていた。

ちらっとビアンカ様を見ると、彼女は射殺しそうな眼差しでこちらを睨んでいる。

（こわっ！）

この人は違う。断じて、フェルナンド様の相手ではない。絆糸が見えないし、そもそも性格に問題あるし。よって、フェルナンド様に近づけるわけにはいかない。

そう決意した私は、わざとフェルナンド様の腕に絡みつき、甘えるように彼を見上げた。

「フェルナンド様。早く戻りましょう」

「ああ、そうだね」

フェルナンド様が頷いたそのとき、私達のやりとりを見ていたビアンカ様が大きな声を上げた。

「ふざけないでよ！」

ひゅんと振られた彼女の手によって私の手元が弾《はじ》かれ、今さっきフェルナンド様から手渡されたばかりのグラスが大きく揺れた。着ていたドレスの胸から腰にかけて、零《こぼ》れたオレンジジュースの染みが広がる。

「フェルナンド様！」

ビアンカ様は、フェルナンド様との距離を一歩縮める。

「この女はあの舞踏会の日、私の持っていたグラスを盗んだのです。すぐに返すように言ったのに返さず、ちゃっかりとフェルナンド様の婚約者の座に収まった、とんでもない毒婦ですわ！」

その瞬間、フェルナンド様の視線がすっと冷たいものになる。

「へえ、それは初耳だな」

「すぐに申し上げようと思っていたのですが、あの日フェルナンド様は古代魔法を使われたあと広間から退出されてしまったので、ご報告ができなかったのです」

ビアンカ様はまるでその台詞《せりふ》を前もって準備していたかの如く、すらすらと喋る。

「なるほど。では、きみこそが正当な、僕の運命の相手だと？」

「ええ、その通りです。申し遅れましたが、わたくしはリプトン伯爵の娘のビアンカですわ」

ビアンカ様は目を輝かせ、自分の胸に手を当てて自己紹介をする。

「嘘だわ！　私はグラスを盗んでなどいません。仕事をしていただけです！」

フェルナンド様の運命の相手を探す義務がある私は、上手くいかない相手と一緒になるのをみすみす見過ごすことはできない。フェルナンド様の腕に自分の手を絡めたまま、彼女に抗議した。

「見苦しいですわよ。これだから卑しい者は。それに、目撃者もおりますわ」

「目撃者？」

「ええ。このふたりですわ」

ビアンカ様は背後にいるふたりを指し示すと、勝ち誇ったような笑みを浮かべた。

（嘘ばっかり！）

事実として盗んでなどいないのだから、目撃者などいるはずがない。言い返そうとしたが、先に口を開いたのはフェルナンド様だった。

「なるほど。では、事実関係を早急に検証しよう」

神妙な顔をして頷いたフェルナンド様の態度に、ビアンカ様の顔に喜色が浮かぶ。

「ええ、是非！」

「幸い、オランド侯爵家の屋敷には、過去視の魔道具が複数設置されている」

「え？」

ビアンカ様は目を瞬かせる。

過去視とは、とある場所で何が起こったかを時間を遡って可視化する魔法だ。過去視は古来より魔眼の力の一種として存在していたのだが、名門魔法使い一族であるオランド侯爵家はそれを魔法によって実現させるという超高等芸当をやってのけたのだ。

「何か問題でも？」

「い、いえ……」

フェルナンド様の問いかけに、ビアンカ様は目を泳がせる。問題は大ありだろう。だって、彼女の言うことは根も葉もない出鱈目《でたらめ》なのだから。

「では早速、両家の当主も立ち会いの下で──」

「あのっ、もしかしたら勘違いだったかもしれませんわ」

「勘違い？」

ビアンカ様の手のひらを返したような発言に、フェルナンド様は眉をひそめる。

「面白い冗談だ。どういうつもりか知らないが、きみは勘違いで僕のパートナーを糾弾していたのかな？〝卑しい者〟に〝毒婦〟。きみが発した侮辱の言葉だ。あとは、ジュースを掛けてドレスを汚していたね」

フェルナンド様は薄らと笑う。だが、彼女を見据える金色の瞳は一切笑っていない。フェルナンド様の表情と言葉の端々から、彼がとても怒っていることが伝わってきた。

「それに、きみのその発言は、先日の僕の古代魔法が失敗したと言っているのと同義だ。こんなひどい侮辱を正面切って言われたのは初めてだな」

みるみるうちに、ビアンカ様の顔色が悪くなる。

「ティナは未来のオランド侯爵夫人だ。この度の暴言、リプトン伯爵家はオランド侯爵家に喧嘩《けんか》を売ったととらえていいか？」

「そ、そんなつもりは――」

ビアンカ様の顔色は、もはや見ているこちらが気の毒になるほど青くなっていた。さすがの彼女もフェルナンド様の怒りを感じ取ったようで、恐怖で肩は小刻みに震えている。さっきまでビアンカ様の後ろでニヤニヤしながら私を見ていたふたりも顔面蒼白《そうはく》だ。

「フェルナンド様……」

もうその辺でやめておかないと、彼女達は恐怖で気絶してしまうかもしれない。私は彼の名を呼び、フロックコートの裾《すそ》を引っ張る。

すると、フェルナンド様はすぐにそれに気付き、私のほうを見る。先ほどまでの怒りようが嘘のように、優しい笑みを浮かべた。

「ティナ、どうした？」

「あの……、もう戻りたいです」

「ああ、そうだね。せっかくティナと来た初めての舞踏会なのに、興が削《そ》がれた。リプトン伯爵には今日のことをしっかりと抗議させていただく」

フェルナンド様は立ち尽くすビアンカ様達を一瞥《いちべつ》してから、私を抱き寄せる。それに合わせて、濡れていたドレスの冷たさが消えた。フェルナンド様が魔法で乾かしてくれたのだ。

「せっかく連れてきてくださったのに、ごめんなさい」

私があんなところにいなければ、こんなことにならなかったのに。

大広間に戻った私は、目に魔力を込めて周囲を見回す。頭上にピンク色の光が見える男女は何人かいるのだけれど、肝心のフェルナンド様の頭上にはやっぱり何も見えなかった。

「ティナ、どうした？　疲れた？」

思うような結果が得られずにしゅんとした私の顔を、フェルナンド様は覗き込む。

「疲れているなら、そろそろお暇《いとま》しようか」

「そうですね」

私は頷く。運命の相手がいないのなら、ここにいる意味はない。

（はあ。失敗だわ）

フェルナンド様の運命のお相手を見つけるつもりが、とんだトラブルに巻き込まれてしまった。

つまり、作戦は失敗だ。

◇　◇　◇

初めてフェルナンド様と一緒に舞踏会に参加した日から、はや一カ月が経《た》った。

この日、すっかり仲良くなったセリーナ様がオランド侯爵家に遊びにきてくださった。

「なんですって？」

私はセリーナ様の話を聞いて、目を丸くする。

「だから、社交界はクリスティナ様達の話題で持ちきりよ。あの、誰にも靡《なび》かなかったフェルナンド様が突然現れた謎《なぞ》の美女に骨抜きにされている。彼はもう彼女に夢中だって」

「そんなバカな！」

私は頭を抱える。

「それに、クリスティナ様のことも。彼に女性が近づこうとすると、行かないでと言いたげなお顔をして彼の服をぎゅっと握りしめて離そうとなさらないって。皆、おふたりがどんなに想《おも》い合っているのか、ひしひしと感じているわ」

「あはは……」

思わず乾いた笑いが漏れる。

フェルナンド様の運命のお相手を探し出すために、私はこの一カ月で何度か彼と舞踏会に参加した。しかし、一向にフェルナンド様の絆糸は見えない。

絆糸が見えない相手とは、良縁は望めない。だからそれとなく『その人は違いますよ』と伝えるためにやっていた行動が、周囲からはそんな風に見えていたなんて。

さらに、なぜか私と彼が熱愛中だという根拠のない噂が広がっているとは！　これでは目論見《もくろみ》が外れたどころの騒ぎではない。はっきり言って、逆効果だ。

「一体どうすれば」

「何が『どうすれば』なの？」

隣に座るセリーナ様が、不思議議そうな顔をしてこちらを見る。

「あ、ううん。なんでもないの！」

私は慌てて、両手を胸の前で振る。

しかし、内心では焦っていた。早く婚約破棄してもらわないと、このままでは愛のない悲しい結婚生活になり破綻するという最悪の結果が待っているのだ。

それに、私自身にも困ったことがあった。フェルナンド様の相手が見つからないことに、ホッとしてしまうのだ。捨てたはずの恋心だったのに、彼があまりにも優しく完璧《かんぺき》な婚約者を演じるものだから、このまま一生独り占めしたいと欲が出てしまった。

そんなこと、上手くいかないと私自身が一番よく知っているのに。

(これ以上は無理だわ。これはもう、正直に事情を打ち明けるしかないわね)

占い屋をやっていたことを言うと、絶対に『言ってくれればうちの給金を上げたのに』と言われそうだから言いたくなかったのだけれど、背に腹はかえられない。

その日の晩、私は寝る前のハーブティーを淹れながら、フェルナンド様に話を打ち明けるタイミングを窺う。

「ティナ。どうかした？」

「え？」

「さっきからずっとこっちを見ているけど」

そんなに見ていただろうか。見ていたかもしれない。

私は意を決すると、がばっとフェルナンド様に頭を下げる。

「実は私、絆見の力があるんです。フェルナンド様とは絆糸が見えないので、結婚できません！」

怒るのか、呆《あき》れるのか、はたまた軽蔑《けいべつ》されるのか。一向に返事が返ってこないので恐る恐る顔を上げると、フェルナンド様とばっちりと目が合った。

「うん、知っているよ。ティナに絆見の力があることも、僕達に絆糸が見えないことも」

「え？」

私はびっくりして、フェルナンド様をまじまじと見つめる。

「隠していてごめんね。ティナが必死に僕の運命の相手を探して、今日も見つからないとわかるたびにホッとしているのが可愛くて、つい」

「え、え、え？　どういうことですか？」

フェルナンド様が言っている意味がわからず、私は混乱した。知っているって、一体どこから？

もしかして、占い師が私だったことも最初から知っていた？

「オランド侯爵家では、幼いときに魔眼の力をはね除《の》ける魔眼除けの魔法を使えるように訓練を受けるんだ。こちらが意図しないときにその力を使われると、不利益になる可能性があるだろ？」

フェルナンド様によると、高位の貴族や王族は、魔眼によって知られたくない情報を知られるのを防ぐために魔眼除けの魔道具を身に付けるのが一般的なのだとか。例えば王子の運命の相手を絆見で知られ、誘拐されて交渉の道具にされることなどが考えられるからだ。

ただ、オランド侯爵家は自身が優秀な魔術師なので、魔道具は使わずに魔法でそれをやっているのだとか。魔眼の能力が効くのは、本人が意図的にその魔眼除けの魔法を解いたときだけだ。

「こんなにストレートに態度で示しているのに、愛されている自覚が全然ないんだもんな」

「じゃあ、占い屋に来たときは――」

「うん。意図的に魔法を解いていた」

フェルナンド様はふいっと手を振る。すると、どんなに目を凝らしても一切見えなかったピンク色の光が、彼の頭上にはっきりと見えた。占い屋で見たときよりもずっと太く、はっきりとしている。

そしてその光は私の頭上へと伸びていて――。

「言ってくださいよ！」

私は思わず頭を抱えて叫ぶ。

一体私は、なんのためにあんなに必死にフェルナンド様の運命の相手を探していたのだろうか。

「そうだね。これから毎日、伝えるよ」

フェルナンド様は、私と目線を合わせるように体を屈《かが》めた。

「ティナ、愛してる。僕と結婚してほしい」

蕩けるような眼差しで伝えられたその台詞の破壊力たるや半端なく――。
一瞬で私が陥落したのは言うまでもない。

なお、あの花嫁選びの魔道具は身分違いの恋人と結婚したかったオランド侯爵家のご先祖様が周囲を黙らせるために考えた代物であり、相手の感情に寄らず常に術者の好きな相手が選ばれロックオンされるという超ヤンデレ仕様になっているという極秘事実を私が知るのは、まだずっと先のこと。

〈了〉

恋花令嬢は、まだ恋を知らない

霜月《しもづき》 零《れい》
ill. 鳥飼《とりかい》やすゆき

「そうね、ルルリア・ファラノ侯爵令嬢。わたしも貴方《あなた》のいう通りだと思っていますわ」

わたしは目の前で硬い表情を浮かべるルルリア様に同意して頷《うなず》く。

彼女はこのゾーネンブルーメ伯爵邸へきてからずっとこの表情だ。何かを堪《こら》えて、のみ込んでいる。

事前に調べた彼女好みの甘い香りがする隣国の紅茶にすら、一口も手を付けていない。

緊張しているのが手に取るようにわかる。

「ガーベラ様。わたくしは、彼と、円満に婚約破棄をしたいのですわ」

言葉に、表情に、仕草に、それは嘘《うそ》だとはっきりわかるというのに、彼女自身はそれに気づいていないのだろう。

わたしは、すっと目線をエルデに流す。

エルデはわたしの専属執事だ。彼は、すっと一礼してわたしの名前と同じ色鮮やかなガーベラの花束を取り出した。

ルルリア様の瞳《ひとみ》が花束を見て揺らぐ。

「その花束は……」

「ええ、ご存じでしょう。わたしが恋花令嬢と呼ばれるゆえんを。花で占うことが得意だからですわ」

本当は占いなどろくにできないのだが、わたしはそれで押し切っている。

こくりと、ルルリア侯爵令嬢が頷く。先ほどよりも若干頬《ほお》が染まっている。期待してもらえているのがわかり、わたしは安心させるように微笑《ほほえ》む。

エルデの差し出すガーベラの花束から一本、赤い花弁のものを手に取る。

「では、ルルリア様の婚約者が、ルルリア様を本当はどう思っているのか、端的に占ってみましょう」

すっとわたしは顔の正面に花を差し出す。

そして花弁を一枚一枚千切っていく。

「好き、嫌い、好き、嫌い、好き、嫌い……」

白いガーデンテーブルの上にぱらぱらと散っていく花びらを、ルルリア様はかたずをのんで見守っている。

一枚一枚を丁寧に千切っていくと、最後の一枚は。

「……好き」

驚きと、そして期待の籠《こも》ったルルリア様の瞳が輝く。

(やはりね。エルデの情報は完璧《かんぺき》なのよ)

花びらから出した答えに満足して、わたしはルルリア様をみる。

「どうやらわたしの占いでは、婚約者であるソネル様はルルリア様をお好きなようね」

ルルリア様の婚約者であるソネル・ウェズル侯爵子息は、男性では珍しいピンク色の瞳をした青年だ。ふわりとした水色の癖っ毛で、一見すると女の子のような顔立ちをしている。

嫡男ではなく三男で、性格はとても穏やか。読書を好み、華やかな場はあまり好まない。

そのせいか、夜会で見る彼は、美人ではあるもののきつい顔立ちをしているルルリア様のことを苦手としている風に映っていた。

（でも実のところ、ずっと彼の瞳はルルリア様を追っていたのよね）

チラチラと、隣にいるのに自分を見てもくれないルルリア様を常に気にしていたのだ。

「そ、そんな……だって、彼は、想《おも》う人がいるのよ。貴方も最初に頷いてくれたでしょう」

占いの結果に困惑気味なルルリア様に、わたしは微笑んで頷く。

「えぇ、わたしはルルリア様の『彼には想い人がいる』という言葉に、わたしも貴方のいう通りだと思いますと答えましたわ」

「ならっ」

「ですがそれを、ルルリア様以外だと申し上げた覚えはございませんよ？」

「え……」

その可能性を少しも思い浮かべていなかったのだろう。

ルルリア様はいつもの淑女然としたお姿からは想像できないほど動揺している。

無理もない。

彼女はわたしの所に彼の愛を確かめにきたのではない。彼が『自分を愛していない』、つまり占いの結果は『嫌い』であるというものを突きつけられるつもりだったのだろう。

婚約を解消することは彼女の中で決まっていて、あとはその後押しを恋に関する占いならば百発百中と噂《うわさ》されている恋花令嬢、つまりわたしに相談しにきたのだ。

（でもね、誤解なのよね）

夜会で見かけた彼の様子とエルデの調べ上げた情報を照らし合わせれば、答えはそこにある。ソネル様は、ルルリア様を嫌ってなどいない。むしろ、彼女の前でどうしても緊張して萎縮してしまう自分を恥じて、『従妹《いとこ》に相談』しているぐらいなのだから。

占い結果を受けたルルリア様は、「でも、彼は、マーリ様と……」と小さく呟《つぶや》き、俯《うつむ》く。

マーリ・カペート男爵令嬢。

ソネル様の従妹であり、ルルリア様が婚約解消しなければと思い詰めてしまった原因でもあるご令嬢だ。こちらもすでにわたしとエルデで確認済み。彼女は白だ。ソネル様とそういった関係には全くない。

マーリ様がソネル様が唯一緊張しない女性であるのは幼馴染《おさななじみ》であることと、ソネル様に一切そういった感情を持っていないからだ。異性ではあるが、お互いに同姓とみなしている節がある。

夜会でソネル様とマーリ様を見かけたこともあるが、お互いにそう言った感情を持っていないことが見て取れた。けれどお二人の外見は周囲の人間にお似合いだと思わせてしまう容姿だったのが問題だろう。

ソネル様はもともと女性的な華奢《きゃしゃ》な体格で、マーリ様は小柄で庇護《ひご》欲をそそる愛らしい姿。ソネル様はピンク色の瞳と淡い水色の髪で、マーリ様は琥珀色の瞳とミルクティー色の髪。二人とも色彩がとても淡いのだ。

燃えるような赤い髪と、吊《つ》り目気味の紫の瞳を持つルルリア様とだと、どうしても二人の側《そば》では浮いて見えた。

それに加え、以前よりもソネル様がマーリ様といることが増え、王都の流行《はや》りの喫茶店で二人を見かけたとか、劇場で楽し気に過ごしていたなどの情報が出回り、ルルリア様はすっかり自信をなくされてしまっていたのだ。

「……もう一度、占ってもらえるかしら」

意を決したように、ルルリア様が顔をあげる。

(えぇ、それも予想済みですわ)

わたしはもちろんですと頷く。そしてふと気づいたように装って、彼女に促した。

「もしよろしかったら、ルルリア様自身で占ってみますか?」

「いいのですか」

「えぇ、もちろん。花占いはわたしがしなければいけないものではありませんわ。わたしの前でルルリア様がしても同じ結果が出ます。それに、ルルリア様自身で占った方が、疑いもないでしょう?」

「ガーベラ様を疑っているわけでは……」

「わかっていますわ。でも、そうですね……何の細工もないという証拠に、占う花もルルリア様に選んでいただきましょうか」

エルデがルルリア様の隣に立ち、花束を差し出す。

「わたくしが選んでいいのですか」

「えぇ、ぜひ『ソネル様のことを想いながら』選んでください」

ルルリア様はおずおずとガーベラの花束に手を伸ばす。

そして『ピンクのガーベラ』を手に取った。ソネル様の瞳の色だ。

「それと、そうだわ。公正を期すためにも、今度は『嫌い』から初めてみるのはどうでしょうか」

「嫌い、好き、嫌い、好き、嫌い……」

先ほどのわたしと同じように、ルルリア様はガーベラの花弁を一枚一枚丁寧に千切っていく。そして最後に残った花びらは――――。

「好き」

ぱっと、ルルリア様の顔が輝く。

「良かったですね。わたしの占い結果とやはり同じでしたでしょう？」

「わたくしが自分で選んだ花なのに、嫌いから始めても同じ結果になるなんて……」

「ソネル様の想いがそうであるから、占い結果も変わらないのですよ」

本当はそうなるように仕込んであるのだが、言わなければ気づかれることはない。

「……わたくしは、婚約を解消しなくともよいのかしら」

「えぇ、占いの結果を信じていただけるなら。そうだわ、エルデ。ルルリア様にガーベラを一輪包んでもらえるかしら」

「かしこまりました」

控えていたエルデが恭しくお辞儀をし、すぐに一輪選んで紙を巻き、あらかじめ用意しておいたルルリア様の髪の色と同じ赤いリボンで結ぶ。

エルデから受け取ったルルリア様はやはり少し戸惑ったようだ。

「花束もいいですが、一輪だけでしたら、お土産《みやげ》として渡しやすいのではないかしら」

もちろんこの一輪にも意味がある。

「そうですわね……この後彼に会う予定でしたの。早速届けに行きますわ」

その情報もすでに掴《つか》んでいた。ルルリア様はわたしに占われた後、ソネル様に婚約解消の話を切り出す予定だったのだ。もっとも、占いの結果が彼女の予想と覆ったいま、婚約解消の話がされることはないだろう。

頬を染め、嬉《うれ》しげな様子のルルリア様にわたしは心からの笑顔で頷く。

「素敵な未来を歩んでくださいませ」

馬車に乗るまで見送って、わたしは隣に佇《たたず》むエルデに頷く。

「今日《きょう》も下準備ありがとう。特にガーベラの花びらを数えるのは大変だったでしょう？」

一見すると同じに見えるガーベラの花束だが、実は色によって花びらの枚数が違うのだ。

わたしが最初に手にした赤いガーベラは奇数。二十一枚だ。

そしてルルリア様が選んだピンク色のガーベラの花弁は二十枚。『嫌い』から始めた場合、必ず『好き』で終わる偶数だ。

だからこそわたしはその色を選んだルルリア様に、嫌いから始めるように誘導した。

事前にエルデにすべてのガーベラの花弁を数え、花びらの枚数を色で揃《そろ》えておいてもらったのだ。

もしもルルリア様がソネル様の髪の色である水色のガーベラを選んだ場合は、二十一枚の花弁だ。

こちらを選んだ場合は嫌いから始めさせることなく、わたしと同じ好きから始めてもらえばよいようになっていた。

『ソネル様のことを想いながら』選ぶように促したことで、ルルリア様は自然と彼の色であるピンクか水色を選ぶように仕向けた。

ルルリア様はとても真面目《まじめ》で、慎重な方だ。そして必ず、自分でも試してみる人でもある。だから、彼女が「もう一度占って欲しい」ということも、できれば自分でやってみたいと思っていることも予想済みだった。

ガーベラの花を使っているのは、花弁が多いから。

ぱっと見て花弁の枚数がわかってしまう花では、この方法は使えない。そしてわたしの名前である花をわたしが使うことは、誰《だれ》かに尋ねられたら「わたしの名前だから」で通せる。通年咲いている花だから、いつでも用意できるのもいい。

「ソネル様は、ガーベラの意味に気づかれるでしょうか」

「わかっていて聞かないで。ソネル様が花言葉を学んだことを調べたのはエルデでしょう」

一輪だけのガーベラの花言葉は『一目惚《ぼ》れです。貴方がわたしの運命の人です』となる。本数によって意味が異なる花なのだ。十一本の『貴方は私の最愛の人です』という意味の花束も捨てがたかったが、一本だけのガーベラの方が一目見てわかる点でよいし、ルルリア様も受け取ってくれるだろうという予測だった。

(ルルリア様は花言葉はご存じなかったはずだから、ソネル様から聞かされたらきっと真《ま》っ赤《か》になってしまわれるわね)

そうすれば、ソネル様も自分が両想いであることに気づけるはずだ。

ルルリア様が誤解してしまったマーリ様との目撃情報は、ソネル様がマーリ様と共にルルリア様を連れていくエスコートのコースを事前に調べていただけなのだから。人気の喫茶店も、劇場も、恋人同士が多くて、ソネル様一人では気後れして入れなかったらしい。

この情報をもたらしてくれたのもエルデだ。

わたしは人の表情や些細《ささい》な仕草でその人の感情を読むことに長《た》けてはいるが、情報収集能力はさほどない。なのに恋花令嬢などという大層な二つ名で高位のご令嬢からも親しまれるようになったのは、すべてエルデのおかげなのだ。

わたしが本当はできもしない占いを続けてしまうようになったきっかけは、二年前の夜会での出来事が原因だ。

ゾーネンブルーメ伯爵令嬢を名乗ってはいるが、わたしはゾーネンブルーメ伯爵夫人の娘ではない。伯爵が娼婦《しょうふ》に産ませた娘。

それがわたしだ。

娼婦の娘なのだから本来なら誰の子かわからないというのに、ゾーネンブルーメ伯爵家の髪色は特殊だった。金髪ではあるのだが、毛先に向かって赤みがかったグラデーションがはいるのだ。わたしの髪色はまさにその色だった。

だからこそ、母が亡くなった後にわたしは娼館《しょうかん》ではなく父であるゾーネンブルーメ伯爵家に引き取られることになった。

礼儀作法も教養も何もない平民の母は、わがままで暴力的でお世辞にも性格が良いとはいえなかったが、その顔立ちだけは貴族に引けを取らない美貌《びぼう》だった。

そして色彩は伯爵の色を受け継ぎ、顔立ちは母にそっくりなわたしも、整った容姿をしているのだ。

伯爵令嬢として何不自由ない生活を送らせてもらえているのは、愛情からではなく政略の駒《こま》にするため。容姿は元々整っているのだから、あとは淑女としてどこに出しても恥ずかしくないようにしつければ、ゾーネンブルーメ伯爵が繋《つな》がりを持ちたい権力者に嫁として差し出せるという思惑からだ。

社交もその一環で一通り教育が間に合って夜会に出たわたしは、庶子でありながら人目を惹《ひ》く顔立ちのために高位令嬢の悪意の的になった。

とはいっても二年前はまだわたしは十四歳。わたしを敵視してきた高位令嬢達は当然同い年ぐらい。数歳年下の少女達はまだ夜会には来られないし、三年以上年上のお姉様方は既に婚約者がいる方が多く、年の離れた庶子の令嬢一人ぐらいに目くじらを立てなかった。

『あらあらぁ？　卑しい出自の娘は、母親と同じように男性に媚《こ》びるのがお上手ねぇ！』

そんななかで直接的な言葉で絡んできたのは一つ年下のベルラージュ・ザデナ公爵令嬢だ。

取り巻きのご令嬢を引き連れてあれやこれやと絡んできたのはずばり、彼女の想い人がわたしに話しかけてきていたから。

その彼が離れた瞬間に、わたしを牽制《けんせい》しに来たのだ。

いろいろと蔑《さげす》まれるなかで何一つ特技を持たないと罵《ののし》られたので、ふと、出来心で占いができると言ってみた。

もちろん、できやしない。

けれどわたしには勝算があった。

『占い？　どんなのよ』

ふんっと鼻を鳴らしながらも興味津々な様子のベルラージュ様をあの手この手で誘導し、愛《いと》しの彼も隣に呼んで、インチキ占いで二人の仲を取り持った。二人の表情や仕草を読みながら言葉を選んで誘導していくだけだったから、とても簡単だったのだ。

『そ、そのっ、あんたの占いの腕だけは認めてあげなくもないわよっ』

顔を真っ赤にしながら意中の彼と占いで両想いになれたベルラージュ様は、まんざらでもなさそうだった。以降わたしは嫌味を言われなくなった。大成功である――ここで、そのまま終わっていれば、だけれど。

想い人と恋仲になれて婚約者にまでなったベルラージュ様は、しなくていいのに取り巻き令嬢達にはもちろんのこと、友人知人にガーベラ・ゾーネンブルーメ伯爵令嬢の占いはすごいと言って回ってしまったのだ。

そこから先は、言わずもがな。

公爵令嬢たるベルラージュ様が言うならと、次々と占いの依頼が入ってしまったのである。しかも、断れない高位貴族令嬢達から。そのことごとくが恋占い。

まさかこんなことになるとはと内心冷や汗をかいていたら、エルデが次々と情報を仕入れてきてくれたのだ。

『ヴァネル侯爵令嬢には三つほど年上の従兄《いとこ》がいますね。ヴァネル侯爵としては公爵家か王家に嫁がせたいようですが、伯爵令息の従兄とよくいる姿を見かけているようです』

『……確かにノーランブルグ辺境伯令嬢は王都に強いあこがれを持っていらっしゃいますし、彼女が憧《あこが》れるルデワーダ伯爵令息であれば爵位的には問題はないでしょう。ですが、ルデワーダ伯爵令息には平民に想い人がいるようですね。彼の隣によくいるザードルンデ侯爵子息は、ノーランブルグ辺境伯令嬢のことを常に気にかけているようです』

次々と舞い込む高位貴族のご令嬢方の周辺情報を、エルデはわたしが何も言わずとも集めてきてくれた。その情報をもとにご令嬢と会い、占いと称して実際は令嬢達のわずかな表情や仕草から欲しい言葉を与えているだけのインチキ占いが成立してしまった。

いまのところエルデの情報が詳細で正確なおかげで、どのご令嬢も占いのあとは幸せな婚約者を得ている。

いくらご令嬢が好意を持っていても、相手の令息に想い人がいたり問題があればそれは幸せになりえない。けれどエルデが事前に情報を教えてくれるから、わたしはご令嬢達の想いを踏まえつつ、より幸せな結末へ誘導できている。

わたしの将来はゾーネンブルーメ伯爵の一存で決まる。

年老いたお爺《じい》ちゃんでも、伯爵と変わらない歳《とし》の男性でも、伯爵家において有利になる家に嫁がされるのだ。そこにわたしの意思が反映されることは一切ないだろう。

幸せは、そこにはきっとない。

だからこそ、せめてわたしを頼ってくれたご令嬢達には幸せな恋愛をしてもらいたいものである。

「いつでも冷静で表情が読めないと噂のファラノ侯爵令嬢を誘導できるのは、ガーベラ様ぐらいのものでしょうね」

「表情が読めない？　あんなにもわかりやすいのに。でもそうね、貴族令嬢はいつでも微笑んでいるものね」

どんな時でも常に淑女らしく。

微笑を浮かべているのはその最たるものだ。

けれど実の母親から殴られないために常に表情や仕草を読んで過ごしてきたわたしにとっては、表情や仕草からその人が望むことを読むのは息を吸うのと同じぐらい簡単なことだ。

もっとも――――。

（エルデのことだけは、さっぱりわからないのだけれど）

伯爵家に引き取られてからわたしの専属執事として仕えてくれているエルデは、出会った時からまったく表情が変わらない。微笑を浮かべていても上辺だけで、心の内を決して悟らせない。

些細な表情の変化を見逃さないわたしをもってしてもなにを思っているのかわからないのだ。

それでも、ずっとわたしを支え続けてくれている彼への信頼感は揺らぐことがないのだけれど。

「次のお客様は三日後ですね。モルタ子爵令嬢の事は既に調べてあります」

「ありがとう。頼りにしているわ」

わたしはもう十六歳。

そろそろ、ゾーネンブルーメ伯爵家のためにどこかへ嫁がされるだろう。

エルデとこうして過ごせるのも恐らくあとわずか。

婚約期間もそこそこに、有力貴族のもとへわたしは行くことになる。そこにエルデがともについてきてくれることはないだろう。侍女ならともかく、エルデは男性だ。護衛騎士を連れていくことはあっても、執事はありえない。

わたしは何とも言えない気持ちからそっと目をそらした。

◇◇◇◇◇

「どうして、王家から、招待状が届くのかしら……？」

ルルリア・ファラノ侯爵令嬢の恋占いをしてからはや一か月。

その間にもひっきりなしにやってくる占い希望のご令嬢達を準備が整い次第占ってきたのだけれど、王家の末姫であらせられるミノーレ・コムラシェル様直々に招待状を受け取るような出来事はなかったはずだ。……なかった、わよね？

「ガーベラ様。とても動揺していらっしゃることはわかりますが、招待状がそのままでは握りつぶされてしまいます」

エルデの言葉にはっとする。

この招待状は王城に入る時に衛兵に確認されるはず。ぐちゃぐちゃになってしまっては最悪不敬罪だ。

ぷるぷると震えてしまった手から招待状を逃がすように、そっとテーブルの上に置く。すでに少ししわっとしてしまったけれど、許容範囲だろう。

「行かなくちゃ駄目かしらね」

「当然でしょう」

エルデが無表情のまま頷く。わかっている。王女の招待を無視するなどありえない。けれど招待状の内容が内容だけに、現実逃避したくなるのだ。

「拒否権はありません」

「それは、わかっているのだけれど……」

ミノーレ王女の噂は知っているし、夜会でご挨拶を一度だけしたことがあるのだが、王族とは思えないほどに人の好《よ》さが滲《にじ》み出ている方だった。

けれどわたしの恋占いが希望となると話は別である。

わたしの占いはインチキだ。偽物だ。占いは当たらないことがあるのも常だから、当たらなかったからといって処罰はないだろう。けれど王族を占うなどと、恐れ多すぎる。

「先ほども言いましたが、ガーベラ様に拒否権はありません。この招待状の内容から察するに、その場で占いをさせられることはないでしょう。指定の日時は一週間後です。万が一その場で占いを求められてもある程度は占えるように準備しておきましょう」

「頼りにしてるわ、エルデ」

エルデが入れてくれた紅茶はすっかり冷めてしまったけれど、わたしはそれを飲み干した。

◇◇◇◇◇◇

「よく来てくれましたね。さぁ、おかけになって」

ミノーレ王女に促されて、わたしは王女の侍女が引いてくれた席に座る。

客室ではなく、ミノーレ王女専用の中庭に案内されたのは、初めてのことだ。王女の少し離れた後ろに数人の護衛騎士が控えている。緊張で心臓がバクバクと音を立てているが、わたしは淑女らしい笑みを浮かべてミノーレ王女と対峙《たいじ》する。

ミノーレ王女は今年で十七歳。わたしの一つ年上の王女だ。艶《つや》やかな黒髪と、大きな青い瞳が印象的な方だ。エルデと同じ色彩だから親しみが持ちやすい。

(エルデと違ってミノーレ様は表情豊かだけれどね)

初めて出会った時と同じく、ミノーレ王女は人の好い笑みを浮かべて、わたしをもてなしてくれている。天気のこと、社交のこと、隣国のこと――そして、婚約者候補のこと。

「ガーベラ様はご存じかしら。わたくしには、三人の婚約者候補がいるのよ」

何気なさを装いつつも、ミノーレ王女の瞬きの回数が増えた。

ここから先が本題なのだろう。エルデの情報通りだ。わたしは気を引き締める。

「お噂では、少し聞いたことがあります。クオレ公爵子息とリルベート侯爵子息、それにルデヴァレ伯爵子息ですね」

「えぇ、そうよ。三人とも、とても良い方だわ。わたくしは、三人のどなたに嫁いでも幸せになれると思うの。王女ですもの。大切にしてもらえると思うわ」

「ミノーレ王女がおっしゃる通りだと思います」

「……でもね、三人とも、本当に良い人達だから、わたくしは、迷ってしまっているの」

長いまつ毛を伏せて、ミノーレ王女は苦笑する。

「三人の中で、特にお好きな方はいらっしゃらないのですね」

「えぇ、そうね。三人のうちの一人を深く愛せていたなら良かったのだけれど」

「占って欲しいことは、三人との相性ということですね」

「恋花令嬢と呼ばれる貴方に、三人のうち誰を選べばわたくしは幸せになれるか聞きたいの。もちろん、無理にとは言わないし、はずれたとしてもわたくしが貴方にこの件で不利益をもたらさないと誓うわ」

王女の眼差《まなざ》しは真剣そのものだ。インチキ占いであることが申し訳なくなってくる。

「もし、重荷になってしまうなら、断ってもらっても構わないの。ただ、もしも受けてもらえるなら、わたくしが貴方に合う婚約者を紹介してあげられたらとも思っているわ」

「……婚約者、ですか」

不意の発言に、一瞬反応が遅れてしまった。

「えぇ。失礼ながら、貴方の境遇は調べさせていただいたわ。このままでは、ゾーネンブルーメ伯爵の一存で、ガーベラ様の結婚は決まってしまう。そうよね？」

「そう、なりますね」

わたしに決定権はない。

貴族の結婚は政略が基本とはいえ、そこに全く愛情がないかといえばそうでもない。親が決める政略結婚とはいえ、双方の相性が良ければその分両家のきずなは確固たるものとなるからだ。

けれどわたしのような親の愛情などない庶子に、結婚相手の愛情を得られるかどうかは甚だ疑問だ。

わたしが父親以上の年齢の男性の後妻に入れられることはほぼほぼ決まっているからだ。

わたしは娼婦の娘。

その事実は表立って口にされることは少ないが、社交界では広く知れ渡ってしまっている。わたしを娘として迎え入れることを知ったゾーネンブルーメ伯爵夫人と義姉が、夜会やお茶会のたびに『娼婦の血を引く娘を迎え入れなければならないなんて』と盛大に愚痴をこぼして回ってしまったからだ。

ゾーネンブルーメ伯爵は二人に激怒したけれど、それはわたしを想ってのことでは当然なく、令嬢としての価値を下げたからだ。

もっとも、あとから知られて婚約を破棄されたりするよりはましだからわたしにとっては別にばらされてもかまわなかったし、いまでは二人とわたしはそれなりに上手《うま》くやっているので問題はない。

けれど適齢期の子息との縁談はまずなくなった。

お金か、権力か。

そのどちらかゾーネンブルーメ伯爵家にとってより利益のある方へと嫁がされるだけだ。

「わたくしなら、ゾーネンブルーメ伯爵が望み、なおかつ、ガーベラ様と釣り合う殿方を紹介できると思うの」

確かに、ミノーレ王女なら可能だろう。

『王女の紹介』というだけでも、王家と繋がりも持てる。

ゾーネンブルーメ伯爵が断る可能性は低い。

ミノーレ王女の人柄からして、婚約者がいる男性を無理やり別れさせてあてがうこともしないだろうし、素性のはっきりしない人間もありえない。家柄、人柄、そして年齢。すべてが釣り合う方を紹介していただけることだろう。

(まともな結婚が、わたしにもできるかもしれない……？)

降ってわいてきた幸運に、わたしの胸はどきどきと高鳴る。

「お願い、できるかしら……？」

ほんの少し不安そうなミノーレ王女に、わたしは力強く頷いた。

◇◇◇◇◇

伯爵家に戻ると、いつもの鉄面皮でありながら冷えた口調のエルデに迎え入れられた。

「なぜご依頼を受けたのですか」

怒っている、と思う。表情が一切変わっていないけれど、わかる。

けれどエルデがなぜ怒っているのかがわからない。

「エルデも言っていたでしょう？　王女からのご依頼だもの。もともと断れるものではなかったわ」

「ですが、婚約者の紹介など……」

「失敗しても、ミノーレ王女はわたしを咎《とが》めることはなさらないと誓ってくださったの。彼女の不安を取り除いて、幸せな婚約をして欲しいと思うわ」

インチキ占いではあるが、エルデのおかげでいまのところ不幸になった依頼者は一人もいないのだ。

婚約者を紹介してもらえる話がなかったとしても、わたしはこのご依頼を受けたと思う。

「……手伝いませんよ」

「エルデ？」

無表情で一切表情が読めない。いつもよりもさらに気持ちが遠いように感じる。

「ガーベラ様だけで、今回は占ってください。失礼します」

すっと一礼される。

「エルデ、ちょっと待って、いったい……」

わたしの呼び止めに振り返ることもなく、エルデは去っていった。

謝ろうにも何を謝ったらいいのかわからない。

とにかく、明日《あす》になったら、エルデともう一度ゆっくり話をしなければ——そう、思っていたのに。

次の日の朝部屋を訪れたのはエルデではなかった。

「エルデなら長期休暇を取りました。本日より、私がお嬢様の身の回りのお世話をさせていただきます」

いつもわたしを起こしに来てくれるエルデがこなくて、代わりに別のメイドが部屋に来た。

身の回りの世話といっても、わたしは特にしてもらうことなどない。

夜会のドレスはさすがに一人では着られないのでメイド達に手伝ってもらっているが、それ以外の普段着はすべて自分で着られるのだ。だてに平民出身ではない。だからこそ男性のエルデ一人がわたし付きの使用人だったのだ。

(そんな、嘘でしょう?)

手伝わないとは言われたが、まさか屋敷から去ってしまうなんて。

エルデがいなければ、わたしはただちょっと表情を読むことに長けているだけの人間だ。

彼がもたらす情報がなければ、令嬢達を幸せになんてできなかった。ましてや今度の相手はミノーレ王女だ。不幸な結末になんてさせたくない。

なら、どうする?

(自分で情報を集めるしかないわ)

幸い、王女はエルデの予想通りその場での占いは希望されなかった。次にミノーレ王女に会うのは一月後。それまでに、できる限り三人の婚約者候補について調べ上げるしかない。

(エルデがどこに行ってしまったのか気がかりだけれど……)

彼は行き先を告げてはいなかったらしい。この家の執事を辞めたわけではなく、休暇なのだから、必ず戻ってくるはず。

(戻ってきてくれるわよね?)

どうにもならない不安を抱えながら、わたしはミノーレ王女の婚約者情報を得るために家を出た。

◇◇◇◇◇◇

まず最初は、クオレ公爵子息から。

夜会で何度かお見掛けしたことがある。ミノーレ王女の婚約者候補だけあって、見目麗しく社交的。それでいて、わたしのような出自のものにも分け隔てなく対応してくれる方だ。

(でも、この方をミノーレ王女の婚約者に推薦することは躊躇《ためら》われるわね……)

わたしはメイド服姿で物陰に隠れている。

印象的な髪を鬘《かつら》で隠し、眼鏡《めがね》をかけるとそれなりに埋没できるのだ。庶子でありながら美貌の伯爵令嬢と評されるガーベラ・ゾーネンブルーメだなどとは誰も気づかない。

王都の商店街で朗らかに微笑みながら歩くクオレ公爵子息と、アマリエ伯爵令嬢はわたしに気づくこともない。そしてその二人のご友人達である他の貴族子息も子女も。

数日間クオレ公爵家に臨時のメイドとして潜り込み、出かける情報を掴んだ。

そしてこっそり彼らの立ち寄る店を調べて張り込んでいたのだが……。

クオレ公爵子息はアマリエ伯爵令嬢と二人で出かけたことはなかった。いまだって、多くの友人の中の一人という立ち位置を崩さない。けれどこうして間近でこっそりと様子をうかがってしまうと、わたしにはわかってしまう。

お二人は、相思相愛だ。

人目もはばからずべたべたすることもない。手を触れることもない。友人として、貴族としての適切な距離感。

けれど、瞳が物語っているのだ。

ふとした瞬間に見せる柔らかな笑み。貴族らしい張り付けた笑みではなく、つい、ほっとして、心を許した時に浮かぶ安堵《あんど》の表情。

一瞬伏せた、瞳の意味。

お互い、わずかに宿るその瞳にこもった想いを、決して言葉にすることはないのだろう。

少なくとも、ミノーレ王女の婚約者が正式に決まるまでは。

(クオレ公爵子息は×、と)

わたしは心のメモ帳に×を書き込む。

(後二人の婚約者も、できる限り探らなくては)

クオレ公爵子息に意外と時間をかけてしまった。ミノーレ王女の恋占いまで残り二週間しかない。

エルデがいてくれたならという想いはのみ込んで、わたしはぐっと気を引き締めた。

◇◇◇◇◇◇

「え、うそ……」

思わず出てしまった声に慌てて口に手を当てて押さえる。

ごく小さく呟いた声は、幸い誰にも聞かれることはなかったようだ。

(どうして、ここにエルデがいるの?)

二人目の婚約者候補であるリルベード侯爵子息は、婚約者候補という立場を使って王宮図書館に入り浸っているらしい。

王宮図書館は王族とその配偶者、婚約者などが主に使用できる禁書庫がある。そして通常の王宮図書館内は、貴族であれば誰でも自由に使用することができる。

だからわたしはゾーネンブルーメ伯爵令嬢として王宮図書館を訪れたのだけれど……。

ミノーレ王女の側に、エルデがいる。

咄嗟《とっさ》に本棚と本棚の間に身を隠してしまったが、向こうはこちらに気づいてはいないようだ。

どきどきと心臓が嫌な音を立てる。

ここ二週間、エルデとは一度も会えていなかった。

わたしがクオレ公爵家にこっそりメイドとして紛れ込んでいたせいもあるだろうけれど、それだって、通いのメイドのふりをしていたから夜にはきちんと伯爵家に戻っていた。

手紙すら寄越してくれなかったエルデが、どうして、ミノーレ王女の隣にいるのか。

そしてなによりも――――。

(どうして、優しく微笑んでいるの?)

わたしの前では一度だって崩したことがないのに、ミノーレ王女には心から優し気に微笑んでいるのだ。

そこに、恋慕の情は浮かんでいない。

あるのは、大切な家族へ向けるようなそんな想いだ。

わずかな表情と仕草でそれはわかるけれど、だからって、受け入れられるものじゃない。

そもそも、王族であらせられるミノーレ王女の使用人に何故《なぜ》エルデがなれているのか。そこからしてもうわけがわからない。

（エルデ。貴方は、もうわたしの執事じゃないの……？）

わたしがゾーネンブルーメ伯爵家に引き取られてからずっと、エルデだけがわたしの使用人だった。

たまたまわたしは表情を読むことに長けていて、だから最初は虐げようとしていた義母と義姉とも今はそれなりに上手く付き合えている。母屋にも暮らせているし、将来の結婚のこと以外は何不自由のない生活を送らせてもらえてもいる。

けれど、わたしがゾーネンブルーメ伯爵家で一番信頼していたのはエルデだ。

表情が読めず、何を考えているかいつだってわからなかったけれど、それでもわたしを裏切ることだけはないとなぜか信じていられたのだ。

なのに――――。

（情報を集めなくちゃ……）

ここに来たのはリルベード侯爵子息を調べるためだ。

けれどとてもではないができそうにない。

離れた場所にいるエルデとミノーレ王女が気になって仕方がない。

何を話しているのか声が聞こえないからわからない。これ以上近づいたら、きっとエルデに気づかれてしまう。

わたしはいま、きっと酷《ひど》い顔をしている。

こんな顔、絶対に見られたくない……。

「……大丈夫ですか？」

不意にかけられた声にはっとする。

さらさらとした長い灰色の髪と、神秘的な紫の瞳。眼鏡をかけた青年が心配げにわたしを見下ろしている。

よもやまさかの、リルベード侯爵子息だ。

思わず一歩後ずさる。

「あ、驚かしてしまいましたね。良かったら、こちらをお使いいただければと」

ハンカチを差し出され、首をかしげる。

瞬間、ぽたぽたと雫《しずく》が落ちた。

（わたし、まさか、泣いていた？）

受け取ったハンカチで目元をそっと拭《ぬぐ》う。無意識に泣いてしまっていたようだ。

「ありがとうございます。お見苦しいところをお見せして申し訳ありません」

小声でお礼を言うと、彼はあからさまにほっとした表情を浮かべた。

その表情に、わたしも警戒心を解く。

娼婦の娘で整った容姿の伯爵令嬢であるわたしは、異性からの好意を得やすいのだ。好意といえばまだいいが、はっきり言ってしまえば手を出して傷物にしてもいい相手として見られることが多々ある。

こんな至近距離で涙などを見られた日には、相手にそのつもりがなかったとしても気の迷いを起こさせかねない。

けれどこのリルベード侯爵子息は、わたしにそう言った感情を一切抱かなかったようだ。さすがミノーレ王女の婚約者候補である。

「そうですね……よかったら、こちらで少し休まれますか。あぁ、禁書庫ではないですよ。その隣の資料室です」

リルベード侯爵子息は王宮司書官に断りを入れて、わたしを資料室に連れていく。もちろん、扉は少し開いており、密室になどならない状態だ。きちんとした対応に、さらに好感度が上がる。

「紅茶を淹《い》れますね」

彼が棚に向かいてきぱきとお茶の準備を始める。その姿にわたしは首をかしげたくなる。

(彼は、冷遇されているわけではない、わよね……？)

美しく手入れされた指先を見る限り、侯爵家での待遇はきちんとしているようだ。ではなぜ自分でお茶を淹れようとするのか。平民ならともかく、侯爵家の子息が自分でお茶を淹れるなど、まずありえない。

わたしが唖然《あぜん》としていると、リルベート侯爵子息ははっとする。

「あぁ、またやってしまいました。女性には、お茶菓子ですよね」

ふふっと照れ笑いをして、彼はいそいそと焼き菓子を用意する。

違う、そうじゃないとわたしは突っ込みたくなったが、淑女らしい笑みを浮かべて押しとどまった。

(どうしましょう。リルベート侯爵子息には全く悪意が見られないのですけれど、明らかに何かがずれているわよね?)

動揺しながらも、入れていただいた紅茶はとても美味《おい》しくて、だからわたしは「良い香りですね。柑橘《かんきつ》類の香りがするのも珍しいですよね」と素直な感想を口にしてしまったのだけれど。

これが、大きな間違いだった。

「そうですよね! 実は紅茶の茶葉にも秘密がありまして、私が独自に開発を進めている薬草を交ぜているんです。そもそも紅茶の茶葉というものは――」

まさかの怒涛《どとう》の説明が始まった。

最初こそ笑顔で頷いていたのだが、口をはさむ隙《すき》もないほどの薬草への深い愛情に心の中で×を付ける。いい人なのは間違いないのだけれど、この人はいわゆる研究馬鹿だ。薬草一筋。ミノーレ王女にもとても優しく接する一方で、研究している薬草とミノーレ王女だったら薬草を選んでしまう人だ。

リルベート侯爵子息はそういえば薬草の本も出していた。毒草にも詳しいし、毒薬がもしもミノーレ王女に使われたなら、すぐに解毒剤を作れるだろう。

家格だけでなく、人柄の良さとそういった知識の豊富さも婚約者候補として選ばれた理由だと思う。

けれどミノーレ王女が幸せになれるかというと、やはり難しい気がする。

肌艶がより一層良くなるという彼ご自慢の調合紅茶をお土産にいただいて、わたしはぐったりと帰路に就いた。

◇◇◇◇◇

（ついに、この時が来てしまったわね）

この間と同じく王女の私的な庭で、わたしは緊張に倒れそうになりながら淑女の笑みを浮かべてカーテシーをする。

国王と王妃までいるだなどとは聞いていなかったのだ。

（三人の婚約者候補のことは聞いていたのだけれどね）

私的なこととはいえ、王女が婚約者を決めるきっかけになるのだから、両陛下がいらしてもおかしくはなかった。そして事前に聞いていた三人の婚約者候補達は、すでに席についている。

一番緊張しているのはルデヴァレ伯爵子息のようだ。

わたしの調べたところ、彼が一番ミノーレ王女と婚姻を結ぶのにふさわしいと思う。

商売人ではあるものの、クオレ公爵子息のように想い人はおらず、リルベード侯爵子息のように何かに没頭しすぎている様子もないからだ。

ミノーレ王女の側には護衛騎士達と、そしてエルデが控えている。

（エルデ……）

胸がギュッと押しつぶされそうな感じがする。

無表情で何を考えているのかわからない彼は、やはり今日も表情が読めない。どうしてミノーレ王女の側にいるのか。なぜ、帰ってきてはくれないのか――――。

わたしは、ふっと息をつく。

いまは、エルデのことを考えている場合ではない。

ミノーレ王女のために、わたしは精一杯、占いをしてみせる。

「では、早速、皆様を占わせていただきたいと存じます」

わたしはもちこんだガーベラの花束をテーブルに置き、バッグからおもむろにトランプを取り出す。

「とても綺麗《きれい》なカードね。ガーベラが描かれているのは、特別に作らせたのかしら」

「はい。本日はこちらのカードを主に使用していきたいと思っていますが、よろしいでしょうか」

「ええ、もちろんよ。とても楽しみだわ」

楽し気に目を細めるミノーレ様の隣にいた護衛騎士が、一歩前に出た。

「失礼ながら、中身を改めさせていただいても？」

「まぁ、アイザック！　失礼ですよ」

「いいえ、ミノーレ様。彼の心配はもっともです。わたしは気にしませんから、どうぞ中身を改めてください」

わたしはアイザックと呼ばれた護衛騎士にカードを手渡す。

一枚一枚丁寧に確認する彼は、真剣そのものだ。ミノーレ王女に害のあるものはすべて排除してくれそう。それにこうして皆の前で調べてもらえれば、特注ではあるものの、ガーベラが描かれていること以外にこれといって細工のあるトランプではないとわかってもらえるだろう。

「……異常ありません。失礼しました」

深くお辞儀をして、アイザックは王女の背後に戻る。

「多少の細工もしていないのかい？」

「えぇ、クオレ公爵子息様。花が導いてくれるのです」

嘘です。細工はしてあるし、占い結果は誘導します。

「ガーベラの花は美しいですからね。薬草にもその色をまとえるようになったらさらなる展開が望めそうです」

「そうですね。紅茶の色も様々に変えることができるかもしれませんね」

薬草を描いていなくてよかった。もし薬草なら、きっと気づかれていた。

リルベード侯爵子息に頷きながら、わたしはトランプを切っていく。表面に描かれた『ガーベラの花びら』を見ながら細かく、いくつかの山を作る。

「占いというと水晶を使うものだと思っていたよ。トランプを見るのは初めてだ。色鮮やかなカードは飾ってもよさそうだね」

「そう言っていただけると、このカードを作ってくれたものも喜ぶと思います」

エルデが昔作ってくれたものだけれどね。

ちらりと隠し見るが、エルデは相変わらず無表情だ。

わたしは小分けしたカードの山を、三人の婚約者候補にそれぞれ選んでいただく。

そして選んでいただいた山を彼らの前で広げ、どのカードがいいかさらに選んでもらう。

選んでもらったカードを中心に広げ、カードを左右上下に分ける。望むカードが残るように仕向けていく。

カードが減るにつれて、段々と緊張感が増していくようだ。

「王女の婚約者はこの中にはいませんね」

ふいに、とんでもない発言が零《こぼ》された。

エルデだ。

相変わらず無表情のまま、けれど今、はっきりと聞こえた。

「エルデ。貴方は何を言い出すの？」

驚いたのはミノーレ王女も同じようで、青い瞳を見開いてエルデを振り返る。

その直後、ほんの一瞬、護衛騎士のアイザックと王女の視線が絡み合う。

（えっ）

本当に、一瞬のこと。

けれどわたしは、気がついた。

わたしは、とんでもない間違いを犯すところだった。

三人の婚約者候補の手元のカードはまだ確定していない。

まだごまかせる。

わたしは三人が選ぶカードを誘導し、最後の一枚を開かせる。

「このカードは何を意味するんだい？」

「私のカードも恋人同士には見えないね」

「まさか本当に三人とも外れなのかな」

どう見ても愛や恋とは縁遠そうなカードに、三人は顔を見合わせている。

「はい。わたしの占いでも、三人はミノーレ王女様の運命ではないと出ているようです。運命は、別の方を指し示しました」

わたしはガーベラの花束を手にし、王女の後ろに控えていた護衛騎士に歩み寄る。

「運命の方は、貴方です。貴方にカードを調べていただいた時に、カードは運命を指し示していたんです」

花束の中にあらかじめ仕込んでおいた、ガーベラとハートが描かれたカードを抜き取る。

手渡された護衛騎士アイザックは、突然の出来事に戸惑っているようだ。

そしてそれは王女も同じで、けれどその瞳には間違いなく歓喜が浮かんでいる。

「……こんな場で、私は護衛騎士失格かもしれません。けれど、言わせてください。ミノーレ王女。初めてお会いした時から、私は貴方に惹《ひ》かれていました。貴方を守りたくて、騎士を志し、護衛騎士になりました。ずっと、ずっと、お慕いしておりました」

ガーベラの花束を、王女へ手渡す。

ミノーレ王女はその花束を真っ赤になりながら受け取った。

「あぁ、アイザック……ありがとう。貴方の気持ちを確かに受け取ったわ」

彼女の様子を見れば相思相愛なのは一目瞭然《りょうぜん》。

「ふむ……思い合う者同士を引き裂くのは酷なことだ。のう、妃《きさき》？」

「政略的なものはございませんでしたからね」

陛下の言葉にこちらも柔らかな笑みを浮かべて頷く王妃。

三人の婚約者候補も特に異論はないようだ。

わたしが選ぼうとしていたルデヴァレ伯爵子息も、驚いてはいるものの特に傷ついたり困ったりはしていなさそうだ。王女を見る目は優しいが、そこに恋慕はないのがわかる。

エルデのおかげで、わたしは不幸にする占いをせずに済んだのだ。

けれど彼を見つめても、一向にこちらを見てはくれない。

(どうして、助けてくれたの？)

そう聞きたい気持ちをぐっと堪え、わたしは王城を辞した。

◇◇◇◇◇◇

後日。

エルデが王女様の手紙と共に伯爵家へ戻ってきた。

「……もう、戻ってきてもらえないのかと思っていたわ」

泣いてしまいそうで、目を伏せる。

王女との仲を誤解したりはしなかったが、何故エルデが彼女の側にいたのか。ただの平民ではありえない。王城で使用人になるには確かな身元が必要だし、ミノーレ王女の側にいられるのは、高位貴族出身のものばかりだ。

つまりエルデは本来わたし付きの執事などする立場の人間ではない、ということだ。

どうして今まで気づかなかったのだろう。

艶やかな黒い髪に、青い瞳。

ミノーレ王女と同じ色彩だったのに。

「エルデ。貴方は王族と近しい間柄なのね？」

「ガーベラ様の側以外に、私が戻る場所はありません。血筋で言うなら、私はガーベラ様と同じです。庶子ですよ」

「エルデ……」

「さぁ、手紙を読んでください」

怪訝《けげん》に思うわたしに、エルデは促す。

「……これはっ」

わたしは思わず手紙を落としそうになる。

ミノーレ王女の手紙には、婚約者となった護衛騎士のこと、そして占いの報酬であるわたしの婚約者について。

　彼女はわたしと年齢が釣り合うご令息と婚約を結ばせてくれるとのことだった。けれど手紙の文面だと、わたしが選んだ人を伴侶《はんりょ》として迎えられるようにすると書かれている。

(好きな人と、結婚できる？)

　憧れていた。

　愛する人と結婚できる人を。

　それは、わたしには決してできないことだったからだ。

　けれど今は違う。

　ふいに、花束が差し出された。ガーベラの花束だ。

「エルデ？」

「初めて会った時から、ずっと貴方を想っていました。結婚してください」

　ガーベラの花束の本数は、数えなくてもわかる。十一本だ。意味を知っているのだから。


『あなたは私の最愛の人』


　嬉し涙がこみあげてくる。

「わたしもよ。わたしも、貴方がずっと好きだった」

　伝えた瞬間、エルデの表情が変わった。

いままでずっと無表情だったのに。

「わたし、あなたのそんな笑顔を初めて見たわ」

ふわりと優しく、それでいて愛情の溢《あふ》れる笑顔だ。

「貴方は表情を読むのが上手すぎるので、すべての表情を隠すことにしていたんです。この想いを悟られたら、ゾーネンブルーメ伯爵に引き離されてしまいますからね」

伯爵はわたしを政略の駒として嫁がせるためだけに引き取ったのだ。もしもエルデが表情を隠しきってくれていなかったら、彼のいう通り早々にわたしの専属執事ではなくされていただろう。

だって、わたしはずっと彼が好きだったのだ。

彼からこんなにも優しい笑みを常に向けられてしまっていたなら、わたしはこの気持ちを抑え続けることなどできなかっただろう。

すっと、彼がわたしの腕を引き、そのまま抱きしめられた。

胸が痛いほどにどきどきと高鳴った。

「ずっと、こうしたかった。貴方を抱きしめたかった。伯爵家に引き取られてから、孤立無援のなかで一人で涙する貴方をずっと守りたかった」

「孤立無援なんかじゃなかったわ。わたしには、エルデがいてくれたもの」

伯爵家に引き取られて、周り中冷たかったのは事実だ。

最初は義母と義姉は憎悪の目でわたしを見てきたし、使用人達もわたしに冷たかった。頼りになるはずの父は、貴族令嬢としてわたしを使えるように仕上げること以外は無関心。

そんな中、専属執事となったエルデだけがわたしを気遣ってくれていたのだ。表情こそ無表情で何も読み取れなかったけれど、行動の一つ一つが優しさに溢れていた。

辛いことは何度もあったけれど、そっと寄り添い続けてくれるエルデがいたから、わたしはいまここにいられるのだ。

「ガーベラ様。もう、貴方を手放しません」

エルデの長い指先が、わたしの手をそっと握り、手の甲に口づける。

「エ、エルデっ」

「本当は、その愛らしい唇に私を刻み込みたいところですが……それは、二人きりの時に」

愛しくて愛しくてたまらない。

そんな表情を隠しもしないエルデに、わたしは耳まで赤くなるのを感じる。

「エルデ。いままで本当にありがとう。そしてこれからも、ずっとずっと側にいてね」

「貴方は私の最愛の人です。生涯離さないと誓いましょう」

fin

異世界転移したら
無自覚溺愛系お兄ちゃんができました

こる

ill. くまの柚《ゆず》子《こ》

ここはどこ？　呆然《ぼうぜん》と見上げた空には、見知らぬ月が三つ並んでいた。

だから、夜なのにこんなに明るい。

歩いていたはずのアスファルトの地面は土を固めただけの道路に変わり、じっとりと重い湿った真夏の空気はマイナスイオンあふれる深緑の空気になっていた。

「残業帰り／見上げた空に／月みっつ……いや『仕事終え』のほうがいいかな」

仕事終え／見上げた空に／月みっつ
綺麗《きれい》に五七五に収まってスッキリした。

「おいあんた、いま、どっから出てきたんだ」

「ひえっ！　わっ……！　痛あっ！」

現実逃避中に背後から声を掛けられて驚いて跳び上がり、さほど高くはないヒールが道の凸凹に引っかかって足首がクキッと折れてスッ転んだ。

咄嗟《とっさ》に突いた手が激しく痛い、これ絶対擦《す》りむいてるやつだ。

「つ……つらい」

なんとか上体は起こしたけれど、痛いのと恥ずかしいので立ち上がる気力がない。

今日《きょう》は、色々と駄目なこと続きだったのよ。メールのチェックミスで、今日が期限の書類に今朝《けさ》気付いたのからはじまり……いやその前に、出がけに部屋の鍵をどこに置いたのか忘れて遅刻ギリギリになったところからケチがついていたかも。

最終的にこんなわけのわからないところで転んで……つらくて泣きたい。

「大丈夫じゃなさそうだな」

声優さんばりの素敵な低音ボイスに顔を上げれば、とても体格のいい彫りの深いイケメンがいた。

外国のアクション俳優だろうか、月の光が後光のようにさしているのもあってむちゃくちゃかっこいい。高身長と胸の大きさだけがアピールポイントの私には眩《まぶ》しすぎる存在感。

存在感といえば、彼の頭上に見える三つの満月。あまりにも異質なソレのせいで、ここがもう地球じゃないことはわかってる、わかってはいるんだけど……っ。

「私は日本人の一般的な小市民ですがっ、ここはどこでしょうか。どうして月が三つもあるんですか、駅はどっちですか、日本語がお上手なあなたは誰《だれ》ですか」

混乱して泣きながら一気に捲《まく》し立てた私に、彼は怒ることなく私の言葉を聞いて、それから私の前に跪《ひざまず》くと、擦り傷のついた手を取った。

「『回復』」

パアッと一瞬光が弾《はじ》けて、目が眩《くら》んだ次の瞬間には手にあった擦り傷が綺麗になくなっていた。

「魔法？」

凄《すご》い！　月明かりでよくよく見ても痕《あと》のひとつもないし、痛みもすっかりない。本当の、本当に、不思議な魔法で治してくれたんだ！

子供の頃《ころ》に読んだファンタジー小説を思い出して興奮し、涙も引っ込んだ。

「そうだ、回復の魔法だ。落ち着いて聞いてくれ。あなたは『日本』からこの世界に迷い込んだ『迷い人』だ」

世界に迷い……。

「なるほど……世界を股に掛けた、迷子ということですか？」

すこし考えてから納得した私に、彼は素っ気なく訂正を入れてくる。

「迷子じゃなくて『迷い人』だ。元の世界に戻る方法は、いまのところわからない。君以外にも迷い人はいて、国に保護されている」

「国に保護。保護対象なんですか」

国絡みで保護と聞くと天然記念物を連想してしまうけれど、檻《おり》に囲われたりはしないよね。

「ああ。界を渡るときに、変わった能力を授かる場合が多いから、国で保護されながら、その能力を生かして働いてもらっている」

詳しく聞けば、保護というのは普通に衣食住を保障されるってことで、ちゃんと能力を生かした仕事にも就かせてもらえるってことだった。それって最高では？　なにより『変わった能力』を授かるって、ワクワクしかないわよね！

彼の言葉にテンションが上がる。

「変わった能力は、私も持ってるんですか!?」

「多分あるだろう。だが、どんな能力なのかを判別する方法はない」

魔法のとんがり帽子をかぶったら能力を教えてくれたり、なんてのはないのか、残念だわ。

「それって、自力で発見しなきゃいけないってことですか？」

「ああ、そうだ」

あっさりと頷《うなず》かれて、がっかりする。

「魔法が使えたり、千里眼っていうの？　凄く遠くも見えたり、すっごい攻撃の魔法や、すっごい回復の魔法を使えたり。ううっ、せめて『鑑定』魔法なんかが使えれば、なんか凄いのに――」

鑑定と言った途端に、視界を埋め尽くすようにポップアップが現れた。それには、それぞれの特性や使い道などが書かれている。座り込んでなければ、目が眩んでまた転んでいたかも。

思わず目を見開き、ポップアップを凝視する。植物の名前や的確な採取方法、それに使用方法のレシピなんかが丁寧に書かれている、これの通りにすれば、元手いらずで商品を作ることができる！

「勝ち筋ゲットー！」

思わずガッツポーズをした私の頭の上に、ポフンと大きな手が置かれた。

「しっ、声が大きい。魔獣が寄ってきた」

「え？　まじゅう？」

囁《ささや》くように言った彼の声に硬直し、それと同時にポップアップが消え去った。

そして気付いた、獣のうなり声と独特の獣臭が辺りに漂っていることに。

「あわわわっ。ご、ご、ごめんなさいぃ、お詫《わ》びは来世でよろしいでしょうかっ」

恐ろしすぎて目をキツく瞑《つむ》り、掠《かす》れる声でなんとか謝罪の言葉を口にした私に、彼はいたって平穏な声で質問してくる。

「ところで、君の名はなんという？」

「は？　はい？　ウ、ウ、ウミですっ」

名乗ってるような場合じゃないよね？　咄嗟すぎて、名字が出てこなかったよ。

「わかった、ウミ、私はアルフレッドだ。来世といわず、今生で詫びをもらおうか」

揶揄《からか》うように言った彼が、音を立てずに立ち上がる。

「しっかり目を瞑って、耳を塞《ふさ》いで十数えていなさい」

スラリと腰の剣を抜きながら言った彼の言葉に従って、両手でしっかりと耳を塞ぎ、恐怖の中ゆっくり十まで数えた。

鉄さびのような血のにおいで、周囲に大量の血が流れているのはわかっていた。十まで数えた私は、覚悟を決めて両手を耳から離して目を開けた。

周囲には二メートル以上もある三頭の凶暴そうなオオカミの死骸《しがい》が横たわっている。

声にならない悲鳴をのみ込んでいる私を尻目《しりめ》に、彼がオオカミに手をかざすと、その手の中にオオカミの死骸が吸い込まれた。

「凄い」

「いまのは収納の魔法だが、珍しい魔法なので隠しておきたいから、内緒にしてくれ」

彼の言葉に、一も二もなく頷く。

「承知しましたっ！　絶対に口外しません」

「では、さっき言っていた詫びを遂行してもらおうか。なに、それほど難しいことではない」

返り血を頬《ほお》に飛ばしたまま拭《ぬぐ》いもしない彼の迫力ある微笑《ほほえ》みに、早まった約束をしたことを一瞬後悔した。

……しかし、頼まれごとの内容に、私は戸惑うことになる。

「——ええと、それじゃあ、アルフレッドさんのお仕事の、潜入捜査の目眩ましとして、これからいく町で、妹として一緒に生活をする。ということでしょうか？」

こんな彫りの深い外人顔のイケメンと、十人並みの私で兄妹《きょうだい》を名乗るのは……説得力がないのではないだろうか。

だがそれはそれ、わざわざ似てないことを指摘する人なんていないらしい。

「髪の色が似ているしな、別に問題はないだろう」

「髪の色、ですか？」

自分の肩下まで伸ばしている焦げ茶色の髪と、彼の髪を見比べると、確かに似た色だとは思う。ただ今は月明かりなので、太陽の下ではどうだろうか。

「髪色が同じってことは、同じ土地で生まれたってことだから、不審に思われないだろう」

地元民である彼が問題ないと言うなら、大丈夫なんだろう。

「ところで、アルフレッドさんは——」

「アルで構わない。こちらもウミと呼ばせてもらう」

「わかりました。アルさんは、おいくつなんですか？　私は、今年で二十三歳になりました」

私の言葉に、彼がはじめて愕然《がくぜん》とした顔をした。

「二十三……だと？」

その後、渋る彼から二十一歳であることを聞き出したものの、私が妹である設定は覆らず、なんなら十七歳ということになってしまった。

さすがに女子高生というのは詐欺だろうと訴えても「絶対にバレることはない」と言い張る彼に、折れてしまったけれど、本当に大丈夫なのかな……。

＊　＊　＊

この世界に来てから二年、私は特殊能力である鑑定を使って、野山で素材を集めて、鑑定の魔法を頼りに商品を作って雑貨屋を営んでいた。

自宅兼店舗のこぢんまりとした建物を借りて、アルフレッドと二人で住んでいる。商品を置くスペースは入り口から三畳ほどで、カウンターからこっちは台所兼作業場になっていて、寝室は屋根裏部屋だ。

商品の種類は少ないけれど、ニッチな物も売っているので地味に固定のお客さんがついている。

「ウミ、これをお願いできるかしら」

冒険者ギルドという心騒ぐ職場にお勤めのサティナが、注文書を持ってきてくれた。冒険者ギルドはお得意様のひとつだ。

特殊なインクと害虫の駆除薬か。在庫はあんまりないけど、材料はあったはずだから、作り足せばいけるな。

「すこし時間が掛かってもいい？」

「ええ大丈夫よ、まだいくらかは残ってるから」

彼女の答えにホッとして注文を引き受ける。

「そういえば、ダーリンのお店のお客さんで毛染めを探してる人がいたから、この店をおすすめしておいたわよ」

「ありがとう！　何色にしたいとか言ってた？」

「赤系だって。その人は青系の髪だったわ」

ふむ、青を赤にするのか、それは随分と思い切りがいいけど、気分転換したいのかな。私も日本にいたときに一度、派手なインナーカラーを入れたことあるし。

「青に赤ってこたあ、紫になるんじゃねえの？」

いつの間にか裏玄関から入ってきたらしいアルフレッドが、私の背中にのし掛かってくる。

「アル兄さん、重いってば」

出会った当初は塩だった対応は、兄妹としてこの町につく頃には、こんな風にスキンシップ過多なくらいになっていた。彼は兄妹ならこんなもんだと言うのだが、日本の常識とこちらの常識は違うこともあるので、彼の言い分に合わせるしかない。

ただ……イケメンのスキンシップに慣れるのに、結構時間は掛かった。

彼は現在、衛兵の仕事をしている。町の巡回警備や門番が主な仕事で、他《ほか》にもイレギュラーな仕事が入ったりもしているようだ。勿論《もちろん》、彼の本業は別にあって、それに絡んだ潜入捜査ではあるんだけれど、仕事は仕事として、きっちりこなしていて偉い。

「ウチの毛染めは、一度色を抜いてから入れてるから、大丈夫なの。それにしても、青髪なんてここら辺じゃ珍しいよね」

この世界では地域によって髪色や目の色に特色がある。その土地の地力というのが生まれてくるときに影響するんだとかなんとか。遺伝子の関係はないらしく、この町の多くは赤系の髪色だった。

私たちのように他の土地から移り住む人もいるので一概にはいえないんだけど、青系ってことは赤の対極だからかなり遠い土地から来たことになる。

「そうね、私もそう思って、その人にそれとなく出身を聞いてみたんだけど、教えてくれなくて。でも、ここに来る前はロノア国で商売をしていたんですって。なかなか、いい男だったわよ」

彼女はそう言ってウインクしてくるが、彼女自身は自称万年新婚夫婦だ。結婚して五年経《た》っているのに、新婚だと言って憚《はばか》らないのだから、きっと一生熱は冷めないんだろう。

「ウミに変な虫を付けようとすんじゃねえって言ってるだろうが」

低いアルの声に、サティナは肩を竦《すく》める。

「アルさんは本当に過保護よねえ、ウミだってもう十九なのよ？　結婚適齢期ギリギリじゃない。いくら仲がいいからって、いつまでも一緒にいられるわけじゃないのよ」

十九歳で結婚適齢期ギリギリなのか。ということは実年齢だと大幅にアウトってことね……だからアルは私の年齢を強引に十代の設定にしたのかな。

「却下だ、却下。そもそも、俺《おれ》より弱えヤツは駄目だって言ってんだろうが」

般若顔で袖《そで》を捲り上げた腕は、私のふくらはぎよりも太くてむっきむきだ。毎日汗だくで剣の素振りをしてるだけあって、惚《ほ》れ惚れする筋肉だわ。

「アルさんより強い人なんて、上位ランクの冒険者でもないと無理じゃない。そんなの、こんな田舎《いなか》にいるわけないでしょ」

呆《あき》れたように言った彼女は、仕方なく引き下がりつつも、矛先を変えてくる。

「ウミもそうだけど、アルさんも引く手数多《あまた》なんだから、さっさと身を固めたらどうなの。この前だって、仕事中に服屋のカーナに粉掛けられてたじゃない」

服屋のカーナ……。小柄で可愛《かわい》らしい人だったよね。

「あれはそんなんじゃねえ、余計なお世話だ。俺は女にうつつを抜かしてる暇なんかねえんだよ」

「妹にはべったりなのに？　そろそろ、妹離れする時期じゃないのかしら？」

険悪な雰囲気の二人を「まあまあ」と取りなすと、仕事中に寄っただけのアルは名残惜しそうに仕事に戻っていき、他の店にもお使いがあるサティナも「あんな過保護なお兄さんじゃ、おちおち彼氏も作れないわね」と苦笑しながら店を出ていった。

途端に店の中ががらんとする。

「カーナみたいな子が好みなのかな」

こちらの世界でも、他の女性よりも頭ひとつ分長身の私。私に輪を掛けて大きなアルと並ぶと丁度《ちょうど》いい身長差だと思ってたんだけど……アルは小さいほうが好きなのかな。

いいや、でも、彼も言っていたけど、本当に『暇はない』はずだから、女性に目を向けることはなさそうなんだよね。

彼の本当の職業は、この国の特殊な監査官だから。隠れ蓑《みの》である衛兵の仕事の他にもやらなきゃいけないことが色々あって、本当なら私のことに構ってる暇もないはずなんだ。

確かに私と兄妹っていうのは目眩ましになるんだろうけれど、それよりも私の面倒を見る手間のほうが負担が大きいと思う。けど彼は見た目に反して優しい人だから、自分から私を放り出すなんてできないのは間違いない。

もうそろそろ彼から独り立ちする時期なんだと思う。

最初に聞いた彼の今回の潜入調査の予定期間は二年、いつ彼に仕事が終わったと告げられてもおかしくはない。

その日がくれば、私は彼とサヨナラしなきゃいけない。彼の今回の潜入捜査でカモフラージュのためだけに、彼は私を妹にしたのだから。

「あー、でも……笑顔でサヨナラするのは難しいかも。いかんいかん！　どうしようもないことで、鬱々《うつうつ》と悩むのは時間の無駄っ！　気分を切り替えて、インクでも作るかなっ」

サティナは時間に余裕はあると言っていたけれど、納品は早いに越したことはない。ウチの店は基本的に閑古鳥が毎日鳴いているので、商品作りにはもってこいなのだ。

カウンターの奥にある台所兼作業場で、鑑定のポップアップに書いてあるレシピ通りに、必要な材料を作業台に準備する。

ゴリゴリとすり鉢で大雑把に潰《つぶ》してから、更に乳鉢で丁寧に潰していく。そこに、桃っぽい実の種から搾った油を丁寧に濾《こ》したものを一滴ずつ垂らして、その都度静かに混ぜていく。

手間と根気でできるのは、濃い緑色のインクだ。冒険者ギルドで契約書を書くときに使用するもので、書き上がった契約書に魔力を通すと、魔法による改変が完全に不可能になる。私としては、そもそも文字を書き換える魔法があるのが凄いと思う。

注文されていた分のインクを作り終えてインク瓶を箱にしまっていると、店の入り口からはじめて見る鮮やかな青い髪をしたインテリ眼鏡《めがね》のお兄さんが店に入ってきた。サティナの言葉を思い出す。

なるほど、確かにイケメンだ。

「いらっしゃいませ」

カウンターの中から声を掛けると、興味深そうにぐるりと店内を見た彼の視線がこちらに向く。

「こちらに毛染めがあると聞いたのですが」

やっぱりそうだと思いながら、カウンターの端の跳ね板を上げて、店舗のほうに出る。

「ありますよ。どのようなお色をお探しですか？」

棚の一角に立って、詳しくリクエストを聞く。

「この髪を赤くしたいのですが」

「綺麗な青なのにもったいないですね」

ポロッと言ってしまった私に、彼は苦笑いを浮かべる。

「実は意中の人にフラれまして、気分転換に色を変えてみようかと」

「立ち入ったことを聞いてしまって、すみません。気分を変えるのに、色を変えるのはいいかもしれませんね」

言いながら、棚から二本の瓶を手にした。

「こちらが、髪を赤くするものになります」

「へえ、これだけで？」

興味深げに小さな瓶を矯《た》めつ眇《すが》めつ眺める彼に、この商品の特徴を伝える。

「はい。この毛染めは、この二つの液体を混ぜることによって、髪の色を抜いてから、色を入れるという効果のあるものになります」

一液と二液を混ぜて使う毛染めは、まだこの店にしかないはずだ。

「二つの液を混ぜるのですか、それは珍しい。是非いくつか欲しいのですが」

「生憎と在庫がこれしかなくて。それに気分転換に使うには、ちょっとお値段が張るんですよね」

この毛染めも私が作ったものだから、材料さえ揃《そろ》えばすぐにでも作れるんだけど、変装にも使える毛染めを大量に売るのはちょっと怖い。

「いくらなのかな？」

これを売るのも怖くなって、通常の販売価格にゼロをひとつ足した金額を提示した私に、彼は値切ることもせずにポンとお金を支払った。ひえ……。

「お買い上げありがとうございます。使い方はラベルに書いてありますので、その通りにご使用ください。あと、ご使用中に肌に違和感がありましたら、すぐに洗い流して使用を中止してください」

「わかりました。もし入荷されたら追加で買いたいので、泊まっている宿の方にご連絡をいただけますか。私、トッドレイ宛に伝言をお願いします」

そう言って教えられたのは、この町で一番立派な宿屋だった。どうやら、本当の金持ちみたいだ。

「いいですよ。どのくらいの期間、こちらにいらっしゃいますか？」

「そうだなぁ、予定では二週間かな」

そう言って爽《さわ》やかな笑顔で去る彼を見送る。

服もしっかりした生地の丁寧な仕立てで、ここらでは見たことがない系統のお洒落《しゃれ》さんだったな。

「お金持ちの匂いがぷんぷんする」

「あ？　なにが臭いって？」

声と共に、後ろからアルがズシッとのし掛かってきた。

「お金持ちの匂いって言ったの。いま、毛染めを買っていった人」

彼の腕から逃れて、店の中に入る。

「毛染めねえ。どのくらい買っていった？」

「一回分しか売ってないわよ。一桁増やした金額を言ったのに、さらっと払ってくれたんだから、金持ちなのは確定」

受け取ったばかりの半金貨をコイントスして見せる。

「へえ、そりゃあ面白い」

私が指で跳ね上げたコインを空中でキャッチした彼が、腰のベルトから出した小さなナイフで端をほんのすこしだけ削った。

「偽物？」

「……いや、本物だ」

彼の返事にホッとする。返されたコインを売り上げ入れの革の袋に入れて、鍵《かぎ》の掛かる引き出しにしまった。

「あの高級宿を使う程の商人なら、このぐらい痛くもないのかもね。アル兄さんは今日はもう上がり？」

「ああ。飯、食いにいくか？」

彼の言葉に一も二もなく頷き、店を閉めた。


アルと一緒に美味《おい》しい晩ご飯を食べて満足して帰ってきた私は、目の前に広がる無残な店内の様子に言葉も出ない。

引き出しという引き出しはすべて引き抜かれて中身も散乱、店の商品は綺麗さっぱり消え去っている。

「バレたのか……いや、別件か」

彼は思案するように呟《つぶや》いて、店の中を見て歩く。

「ウミ、なにを盗られたかわかるか？」

彼の声にやっと頭が動き出して、落ちていた帳簿類に気がついた。

「台帳は盗られてないから、大丈夫、全部洗い出すわ」

床に転がっていたペンを握りしめ、顔を上げる。一切合切、全部書き出す！　そして、全部取り戻してもらうんだっ。

店中をくまなく調べれば、店の商品はひとつ残らず盗まれていることが確定、鍵付きの引き出しに入れてあった売り上げもなくなっている。

調べていくうちに、怒りが沸々と！　そりゃあ、在庫が把握しやすいように整頓してあったから盗みやすかったでしょうよ！　私が一生懸命作った商品を根こそぎ盗むなんて、絶対に許さない！

私が鬼気迫る勢いで書いているあいだに、アルは何事かと様子を見にきた近所の人たちに衛兵を呼んできてもらったり、情報はないかと聞き取りをしたりしているようだった。

「できたー！　盗られた商品とお金の一覧表っ」

書き上げた一覧表を、ひょいっと取りあげられる。

「あっ！」

咄嗟に取り返そうとしたが、取ったのがアルだとわかり手を引っ込める。

「ご苦労さん。ということで、これが被害一覧だ」

私の頭をグリグリ撫《な》でながら、サッと表に目を通し、被害を調べにきた衛兵にその表を渡す。

「ご協力感謝します！　お借りします」

「店を空にしていたのは一時間くらいだ。そのあいだに、ここにあった商品と金を一切合切盗むなんて、随分手際がいいよなあ」

低く冷えたアルの声に同意する。

「ホント、ホント。いくら狭いし、たいして商品のない店っていっても、これだけすっからかんにするんだから、きっと見張りもいるだろうし、……実行犯は一人や二人じゃないわよね。ってことは、窃盗団でも、この町に入ってたりして」

奥歯をギリギリさせながら言った私に、アルと衛兵さんが顔を見合わせる。

「窃盗団なんて。そんな集団で人が入ったら、すぐにわかりますよ」

衛兵さんが私を宥《なだ》めるように言うが、むしろそれが神経を逆撫でする。

「いくら防壁に囲まれてるっていっても、これだけの人が住んでる町なんだから、何人か増えててもわからないでしょ。ウチの商品はちゃんとロゴが入ってるから一発でわかるようになってるし。他の町で売りさばくつもりだろうけど、今日はとっくに門が閉まってるから外には出てないでしょ？　明日以降、検問で引っかかるわよね、アル兄さん」

「容器を変えればいいだけだろ？　ウミは丁寧にラベルに使用方法を書いてあるからなあ。あっちにしてみりゃ、大助かりだろうさ」

「アル兄さんの意地悪ううううっ、正論は時として人を傷つけるものですっ」

彼の両頬を両手で挟んで変な顔にして憂さを晴らす。

「はいはい、わかった、わかった」

私の手を外して胸に抱き込むと、慰めるように背中をポンポンと叩《たた》く。

「ううう……悔しいよぅ、この恨み晴らさでおくべきか……」

「……」

怨、怨、怨、と呪《のろ》う勢いの私の背中を、アルは無言でさすって慰めてくれる。

「大丈夫ですよっ。町の出入りの確認を強化して、絶対に見つけ出しますから」

衛兵さんが力強く請け負ってくれて、私はアルの胸から顔を上げて彼を見る。

「本当に？」

「はっはいっ！」

涙目で確認する私に、彼は力強く頷いてくれた。いい人だ！

「是非、よろしくお願いし——」

彼に頭を下げようとすると、アルにグイッと抱き込まれ、顔を彼の胸板に押しつけられる。は、鼻が潰れるっ。

「アルフレッドさんは本当に、妹さんを溺愛《できあい》してますねえ」

衛兵さんの呆れ混じりの声に、やっぱりコレは普通じゃないよねと納得する。サティナもいつも呆れてるし。

「このくらい、普通だろうが。そんなことよりも、町の見回りの強化だな。他の店も被害に遭わねえように、急ぎで声掛けも必要だろう」

「了解です！　では失礼します」

衛兵さんが帰ったことで、やっと腕の中から抜け出せた。

「まずは片付けなきゃ……。ねえ、怪しいのは、毛染めを買っていった人かなぁ」

他のお客さんはみんな地元の人だから、どうしてもあの人を思い浮かべてしまう。

「変に思い込むのはよくねえな。それよりも、二度目がないようにしねえと」

そう言ったアルは私を隣家に預けると、早速鍵を買ってきて表と裏の玄関の鍵を付け替えた。

「魔導機構が組み込まれた最新式のやつだ。表と裏に付けられた両方の鍵は連動していて、片方が施錠されると両方閉まる。そして、家全体に守護の魔法が掛かるってやつだ」

彼は簡単に言うけれど、私は震え上がった。

「ひええ、それ高かったんじゃない？」

魔導機構が付いている製品は軒並み桁が違うことを既に知っているので、慄《おのの》いてしまう。これ多分、民家に付ける代物じゃない。

「ウミを守れるなら、この程度の出費へでもねえよ。もっと早く付け替えときゃよかったくらいだ、すまなかったな」

この程度の一言で済むような金額じゃないのに……やっぱり、彼は私に甘い。

両方の鍵を掛けた途端に展開された魔法の効果を試しに鑑定してみて、その高性能さにビビり散らかしてしまう。対侵入者への防御力がべらぼうに高い。大槌《おおつち》で破壊しようとしてもびくともしないし、鍵をこじ開けて侵入しようとしたらその人に魔法の印が付いて、犯人が特定できるという機能までついてる。

「アル兄さん、私が不甲斐《ふがい》なくてごめんね」

彼だけならこんな余計な出費なんていらなかったのに、私のせいで……と凹《へこ》んでしまう。

「俺の可愛いウミを守れるなら、安いもんだ。それよりも、謝られるより感謝されるほうが嬉《うれ》しいっていつも言ってるだろ？　ん？」

　ニヤリと悪い顔で笑う彼に、強ばっていた体から力が抜ける。

「アル兄さん、ありがとう！　大好き！」

　彼の芝居じみた口調に合わせて、私も大袈裟《おおげさ》に喜んで彼に抱きつく。

　だけど、抱きしめ返してくれた彼が、私の頭の上でこっそり溜《た》め息を吐《つ》いたのを聞いてしまって、

……私の心が固まった。


　やっぱりアルに頼り切りじゃ駄目だ、独り立ちして彼に迷惑を掛けないように生きよう。


　そう決心したのにだ。あれから三日、私は現在自宅に軟禁状態なのである。

「犯人をとっ捕まえるまでは、出歩くの禁止な」

　言うは易く行うは難し。

「暇なのー！　お出かけしたいー。せめて、素材が欲しいっ！」

　いつも通り遅い時間に仕事から帰ってきた彼に、可愛らしくおねだりをしてみる。

　売る物がなくて店を閉めているので、本当になにもすることがないのだ。素材すら盗っていった泥棒には、本当に怒りしかない。

　この世界は、暇つぶしの娯楽が少なすぎるのよね。本はあるけど、高価な専門書ばっかりで、娯楽小説なんか見たことがないし。

「駄目だ。ひとりで外に出て、俺の大事なウミになにかあったら、俺この町の人間全員ぶっ殺しそうだから、駄目」

駄目って二回も言ったし、なんか無茶苦茶不穏なことも言ってたな。なんだろう、笑顔で言ってるのにおふざけには聞こえなかった。

「じゃあ……我慢する」

我が儘《まま》を言っている自覚はあるので素直に引き下がると、彼はニヤリと笑みを作る。

「いい子だ。それじゃあ、明日《あす》は俺と一緒に、森で素材を採取してくるか？」

彼の言葉に思わず歓喜する。

「やったー！　もしかして、明日休み？　久し振りじゃない？　用事とか、ゆっくり休んだりとかしなくていいの？」

「いいんだ。素材さえありゃウミはおとなしいからなあ」

「ああもうっ！　一言多いっ！　明日はたっぷり付き合ってね！」

楽しそうに笑う彼に私も嬉しくて笑っていると、遠くからカンカンと鐘を打ち鳴らす音が聞こえ、彼の表情が変わった。

「緊急招集だ」

素早く立ち上がった彼が、脱いでいた制服の上着を羽織る。私はその間に鍵を解除して、裏玄関を開けた。

「アル兄さん、気をつけてね」

「ああ、行ってくる」

引き戸の脇《わき》に立つ私の頭をひと撫でして、彼が駆けてゆく。緊急招集っていうのがどんな内容なのかはわからないけれど、なにか嫌な予感がする。早く帰ってくるといいな……。

引き戸を閉めて鍵を掛けようとした絶妙なタイミングで、店側の引き戸が開かれた。連動して閉まるということは、連動して開くということでもあったようだ。

そこにいたのは髪を赤く変えたトッドレイだった。髪の色は変わったものの、前に会ったときと変わらずに洒落た格好をしている。

だけどすっかり日も落ちたこんな時間に訪問するのは、どう考えたっておかしい。頭の奥で警鐘が鳴っている。

「夜分に申し訳ありません。実は、急遽《きゅうきょ》ここを発《た》つことになりまして」

人当たりのいい笑顔が怖い。

「あれ？　もういかれるんですか」

彼との間にカウンターがあるとはいえ、恐怖を感じて顔が引き攣《つ》りそうになる。

「はい。それで、欲しい物がひとつありまして、今夜こちらにうかがったのですが」

悪びれずに言って、カウンター越し、私の前まで来た。まだ、彼が犯人ってわけじゃないんだからと、逃げたくなるのを耐える。

いや、もし彼が犯人なら、アルが戻るまでなんとか引きつけておいたほうがいいんじゃないだろうか。いやいや待てよ、そんなことをしたら絶対アルに怒られる！　危ない橋は渡れない。

頭の中がパニックでうまく考えがまとまらないけど、とにかく彼を刺激しない方向で、お帰りいただくのが最善なんじゃないか。

「すみません。実は先日、泥棒に入られてしまって、お売りする商品はなにもないんですよ」

「大丈夫ですよ、私の欲しい物は、ちゃんとここにありますから。お代はこのくらいでいかがでしょうかね」

そう言って、彼は半金貨をカウンターの上に置いた。

半金貨の端には真新しい傷が付いている。これはあの日アルが偽物か確かめるためにナイフで付けた傷だ。

これで、彼が泥棒だということが確定した。いや、わざと私に教えたのか。

「なんの代金ですか？　あなたが盗《と》っていった商品の代金だというなら、こんなんじゃ全然足りませんけれど」

置かれた半金貨を、精一杯の強がりで鼻で笑ってみせた。背中には冷や汗が伝っているが、顔はポーカーフェイスで頑張る。

だが、彼の「おやおや、強欲な『異世界人』さんだ」という一言で、私の表情は呆気《あっけ》なく崩れてしまった。

「あっはっは、どうしてわかった、という顔をしていますね？　わかりますよ、こんな珍しい薬を作れるのですから。ここまで髪の色を完璧《かんぺき》に変える毛染めなど、いままで見たことがありません。他の商品もそうです、特別な知識がなければ作れないものばかりだ。本当に、こんな田舎に、こんな掘り出し物があるとは、逃げた先に金の成る木がいた私は、やはり運が強いのでしょうね」

舌なめずりをする顔で、カウンターに身を乗り出した彼に覗《のぞ》き込まれて後退《あとじさ》った私の腕を、彼が素早く掴《つか》む。

「ねえご存じですか？　あなたたち異世界人は、特異な知識や技能を持っているから、とても重宝されているんですよ」

「……国で、保護されるんですよね」

隙《すき》を見せないように彼を睨《にら》み付けたまま言った私に、彼はわざとらしく驚いてみせる。

「ご存じでしたか！　ですがね、全員が国に保護されるわけじゃありません。いやむしろ、保護される幸運な迷い人は一握りだ。現にあなただって保護されていないでしょう？」

眼鏡の奥の彼の目が、愉快そうに細まる。

「私が有効活用してあげますとも。よしんば私には使えなくても、迷い人は高値で取り引きできますから、私にとっては利益でしかない。君という素晴らしい資産に出会わせてくれた、やはり神は私を愛していらっしゃる」

芝居がかった仕草で大袈裟に空を仰ぎ、興奮しているのか早口で捲し立ててくる。

「私になにかしたら、アル兄さんが黙ってないです！」

彼に掴まれている腕をなんとかしなきゃと思いながら、必死で言い返す。

「アル兄さん？　ああ、あなたの飼い主ですか。搾取されていることにも気付かないとは、憐《あわ》れなことですねえ」

「搾取なんてされてないわよ！」

大きな声を出せば、近所の人たちが誰か気付いてくれるかも。

「ああうるさい、やっぱりさっさと売り払ったほうがよさそうですね。迷い人の販路には伝手《つて》がありますから。早速参りましょうか」

迷い人の、販路？　販売ルートが確立されてるってこと？

ゾッとして、がむしゃらに手を振り回したお陰で、彼の手が緩み逃れることができた。

踵《きびす》を返して、裏の玄関に向かう。

「そっちへいったぞ！」

カウンターに手間取りこちらへ来れないトッドレイの怒鳴った声が聞こえ、ヤバいと思った次の瞬間には、ドアの外にいた大男に捕まっていた。

「離しなさいよっ！　誰かっ！　人攫《ひとさら》いですっ！　助けてーっ！」

ここぞとばかりに大声を張り上げるが、誰もやってこない。

「助けは来ないよ。私の手下がちゃんと手を回したからね」

トッドレイはそう言いながら、玄関から出てきた。

手下！　やっぱり窃盗団は存在して、この人がそのボスなんだ。

「もしかして、さっきの緊急招集も、あなたたちの仕業なのっ？」

予想を口にすると、彼の口がにんまりと笑みの形になった。

「お宝を奪うための目眩ましですよ。さて、お喋《しゃべ》りは終わりです、さっさとずらかりましょう」

彼はそう言うと、私の口に布を噛《か》ませる。更に、私の抵抗をものともしない手下が、私の頭と足から麻袋を被《かぶ》せて縄でグルグル巻きにした。

ほ、本当に誘拐されるんだ。

手も足も出ないまま担がれ、運ばれる。これからどうなるかわからない恐ろしさに発狂しそうだ。

こんなことなら、アルに、アルフレッドに告白しておくんだった。

彼が私のことを妹にしか思ってないとしても、ちゃんと自分の気持ちを伝えておけばよかった。なんで、妹の立場で満足していたんだろう。ううん、満足してなかったのに、満足しているフリをしてしまったんだろう。

目からボロボロと涙があふれる。口に布を噛まされていなければ、盛大に声を上げて泣いていた。

売られるのか、使い潰されるのか。どちらにしても、もうアルに会えない――。

「もう気付きやがったのか！」

急に止まった男が、悪態をつく。

「私の大切な人に手を出した代償は、おまえたちの命では足りぬ」

麻袋越しに聞こえた声は間違いなくアルだ。

「こちらには、人質がいることをわかってないようですね、それ以上近づかないでいただきましょうか。だ、だから、近づくなと言っているだろうっ！　こちらには人質がいるんだぞっ！」

トッドレイの慌てる声もそうだが、私を担ぐ男もかなり狼狽《うろた》えていることがわかる。見えないから怖いし、簀《す》巻《ま》き状態で手も足も出ないので落とされないかという恐怖もある。

「おまえたちの仲間は、もう確保済みだ。速やかに彼女を返せば、ここで首を撥《は》ねることはしないでおこう」

冷たい低い声が、警告する。

「彼女に傷ひとつつけてみろ、死ぬほうがマシな目に遭わせてやる」

死ぬほうがマシって、どんなんだろう。トッドレイに掴まれていた腕が痛いし、縄でキツく巻かれてるのも痛いんだけど、これも傷に入るんだろうか。

「はっ、ふざけたことを。一介の兵士にどうこうできる私ではないのだよ」

「面白い商売をしているらしいですね、アーキスト・トレッドレイ・ロティア」

「……そこまで知られているのか」

トッドレイの声が震えている。

「迷い人の人身売買などと、ふざけたことをしてくれたものだ。それだけではない、役人を買収して、我が国の政治に食い込もうとしたようだな」

「く……っ」

アルの言葉に言い返さないということは、当たっているということなんだろう。

「南のモールスギアの第五王子。貴殿の国より、指名手配が出ている。ここで殺されぬこと、幸運に思うがいい」

まさかの王子様。王子様が人身売買って、そりゃ……駄目だろう。

「近づくな！　この女を殺すぞっ」

私を担いでいる大男が声を荒げた。

麻袋で見えないけれど、硬いなにかにつつかれる。

「大事な女、なんでしょう？　殺されたくなければ、馬を用意してください」

トッドレイが私を人質に交渉しようとしている。

どこぞの王子様で、国際的指名手配犯、ここで逃していいわけがないけど、私も死にたくない！

「馬鹿が」

アルの低く冷たい声のあと、聞くに堪えない断末魔が……。

「あ、あ、あ、か、頭ぁ」

私を担ぐ男がじりじりと後退る。

「おとなしく従っておけば、苦しまずにすんだのにね」

軽い口調の別の声がすぐ近くで聞こえ、それから私を担いでいた男ががくりと崩れ落ちる。担がれていた私は誰かの手によってしっかりと抱えられたので、地べたに放り出されることはなかった。

「殺しちゃマズイですよ」

「まだ死んでないから、問題ない」

麻袋越しでも見えた光に、アルが回復の魔法を使ったことがわかる。

「俺、隊長にだけは拷問されたくないですね、口を割るまで半殺しと回復の無限連鎖なんて、ごめんですよ」

なんて恐ろしい無限連鎖……。

「拷問されるようなことをしなければいい」

「あはは、そうですね。じゃあ、あとはこちらで片付けておきますので、今日は妹さんを連れて帰ってあげてください」

手から手へ、荷物のように渡される。実際、巨大な麻袋入りの荷物なんだけど。

「すまんな、感謝する」

アルの声が御礼を言う。

「あなたに感謝されるのも、悪くないですね」

その言葉を背に、アルが私を横抱きにしたまま歩き出す。

麻袋から出してもらえたのは、自宅に戻ってからだった。たいした距離を移動したわけじゃないからすぐに出してもらえたんだけどね。

袋から出された私と目が合ったアルは「やべっ」という顔になった。これはあれかな？　気絶してるとでも思っていたんだろうか、おとなしくされるがままになってたから。

やっと手が自由になったので、自分で口の布を外す。

「顎《あご》が外れるかと思った……」

「開口一番がそれか」

彼ががっくりと肩を落としたので、ちょっと考えて手を上げる。

「ん？」

「じゃあ、やり直します」

彼の前で居住まいを正す。

「アルフレッド様、この度は助けていただき、ありがとうございました」

深く頭を下げてひと呼吸してからゆっくりと頭を上げ、姿勢を正して顎を引く。

ここが女の見せどころだ、精一杯真剣な顔で彼を見上げる。

「二年ものあいだ、面倒をみていただいたこと、本当に感謝しております。ですが、今回のことで私の存在が、あなたの仕事の障りになることがわかりました。ですから――」

「だから、なんだ」

私の言葉を彼の冷たい声が遮り、ずいっと一歩彼が近づく。これ、ヤンキーがメンチ切る距離感。

彼の圧に負けないように、険を含んだ彼の双眸《そうぼう》をしっかりと見返した。

「私はここを離れます。以前一度あなたに教えていただいた、王都にある迷い人を保護する施設に身を寄せようと思います」

しっかりと言い切った私を、彼は無言で睨み付ける。

私の背中を冷や汗が流れるけれど、彼が絶対に私を害さないことはわかっている。逃げるな、彼の本音を聞くならここが正念場だ。

こんな……いつ死ぬかわからない世界で、我慢なんてくだらないんだとわかったから。我が儘な私の欲望を、もうこれ以上我慢するのをやめると決めた。

「駄目だ」

「どうして？」

息が掛かる距離で彼が絞り出した声に、間髪を容《い》れずに問う。

「どうして駄目なんですか。妹が実家に帰りましたと言えば、周りの人たちも納得するでしょう？　なんなら、嫁にいきました、でもいいですけれど」

「嫁なんて……っ！　駄目に決まって……んだろ」

気勢を弱めて体を引こうとした彼の服を掴んで、逃げるのを阻止する。

「じゃあ、本音を言います。私はアルのことが好きだから、もう一緒にいられない」

彼の目が見開かれ、すこしだけ胸がスッとする。

そして、驚いている彼の隙を突いて顔を前に突き出して、彼の唇を奪ってやった。

カサついた彼の唇にうっとりする。

切っ掛けになればいい、駄目ならこのキスは私への餞別《せんべつ》だ。

「……好きなら、どうして」

呆然とした彼の声に、我慢していた思いが口をつく。

「二年も同じ部屋で寝起きを共にしていたのになにも起こらないってことは、あなたが私にまるっきり興味がないってことでしょ、ちゃんとわかってるわよっ。だから私は、自分をわきまえてあなたから離れるって言ってるのっ！」

言ってるうちに悔しくなって涙をあふれさせた私を、目の前の彼が逞《たくま》しい腕で抱きしめた。

「――俺が悪かった」

「悪かったってなんなのよ……っ」

彼の腕から逃げようと本気で身をよじるのに、びくともしない。

「俺が」

言いにくいのか、言葉を選んでいるのか、彼の言葉が続かない。

「俺、は……ウミが……気になって、とても、大切で」

「大切？　大切ってだけで、あんなに過保護だったたってわけ？」

彼を睨み付けて言ったけんか腰の私の言葉に、彼の目が戸惑うように揺れた。

「過保護？　あれは、普通……だろう？」

「普通じゃありません、サティナにもいつも半笑いで言われてるわよ『溺愛されて大変ね』って、他の人にも言われてたじゃない——まさか、本当に自覚なかったの？」

私の言葉に呆然とした彼の様子に、本気でアレが普通だと思っていたことがわかり、そっちの方が驚きだった。

「いや、俺は、大切にしてただけで——そうか、いや、わかった」

私の肩に、彼が顔を伏せる。

「なにがわかったのよ」

往生際の悪さに、声に棘《とげ》が出てしまった。

「ウミが危ない目に遭うのはつらいし、できれば外に出したくない、家で大事にしまっておきたい、他の男と喋るのも腹が立つってのは。そうか、俺はウミに……」

「……」

自己分析を呟く彼に、戸惑う。外に出したくないまであるのか、そうか……。

言葉もない私を尻目に、自己分析を終えた彼は私を囲う腕を緩めた。私が顔を上げると、彼の甘ったるい視線に出会って慄く。

あ、あれ？　なんだか、アルの様子がおかしいぞ？

「ウミ」

「は、はいっ？」

低い声に呼ばれて、思わず声が裏返る。

「結婚しよう」

「は？　はい？」

「了承してくれてありがとう」

思わず語尾上がりになってしまった私に、彼が顔を寄せてくる。

「ちょ、ちょっと待ったーっ！」

思わず彼の顔を押し返した私の両手を、彼の大きな手が包む。

「自分では、奪っておいて？」

彼の言葉に思わず「うっ」と言葉が詰まった私の手に、ちゅっちゅと口づける。くすぐったくて逃げたいのに、彼の力が強くて手を取り返せない。

「……怪我《けが》をしているな」

「あ、強く掴まれたから、かな」

トッドレイに掴まれていた腕の青あざを見咎《みとが》めたアルが、素早く腕に回復の魔法を掛けて治してくれる。

「他にはないか？」

「ない、です。怖かっただけで」

私の言葉を聞くと、彼はぎゅうっと私を抱きしめてくれる。彼の腕の中が一番安心するって、どうしてわかってるんだろう。

「それで、ウミ。俺の嫁になるのか、ならないのか、どっちにするんだ？」

私を抱きしめたまま、彼が最後の確認をしてくる。

「くぅっ……」

素直に言うのは悔しいけどっ。

「嫁に——なるっ」

押し出すように答えた私に、彼は安堵《あんど》の吐息を吐く。

「ありがとう、嬉しいよ。凄いな、嫁か……素晴らしいな。ああそうか、本当の家族になるってことだからか」

早くに家族をなくしたと言っていた彼だから。

家族に執着があるようではなかったけれど、本当は家族が欲しかったのかも、もしかしてあれだけ『妹』の私を溺愛していたのも、そういう理由があったのかかな。

頬を両手で包まれて仰向けられると、気の抜けたような、心からホッとしたような顔の彼に見下ろされていた。

「……うん、家族にしてくれて、ありがとう」

たった独りこの世界に来てしまって、一目惚れした人が家族になってくれる、こんな奇跡ってあるんだろうか。

「大好き」

「俺も」

そっと唇が重なり、それから強く抱きしめられた。


その後、トッドレイの自供により、こちらの国で内通している人間が芋づる式に判明して、国家反逆罪だかで終身刑となったらしい。

それがアルフレッドの本業のほうの仕事だったのか、トッドレイの事件から数ケ月で監査の仕事が終わった彼に合わせて、店を畳んで町に別れを告げた。

＊　＊　＊

店のカウンターに置いてあるスツールに腰掛けた衛兵姿のアルフレッドが、お茶を一口飲んでからホッと息を吐き出した。

「アイツのことは予定外だったが、ウミと結婚するいい切っ掛けになったことだけは、感謝してやってもいいかな」

新しい町で、また同じように潜入調査の仕事をする彼についてきた私は、また自前の商品を売る雑貨屋をやっている。王都で迷い人としての登録も済ませたし、アルフレッドとの婚姻の申請も滞りなく受理されたので、いまは妹ではなく妻として彼と一緒に暮らしている。

お客さんが誰もいない時間、衛兵の仕事の合間に顔を出しに来たアルにお茶を出すと、思い出したように彼がポロッと言った。

「いや……やっぱり、ウミに怪我させたから、感謝はできねえか」

眉間《みけん》に皺《しわ》を刻んで、渋い顔でお茶を飲んでいるのを、棚の埃《ほこり》を払いながら見ていたが、時計を見て慌てて彼に声を掛ける。

「ほらほら、休憩時間過ぎちゃうわよ」

急《せ》かす私に、彼は無言で両手を広げてみせた。

私は店の入り口を見て人が来ないのを確認してから、彼の腕に飛び込む。

「あー、癒やされる」

そう言って頭にグリグリと頬ずりしてくる彼に、私もギュッと腕の力を強くする。

「早く帰ってきてね」

顔を上げて彼を見上げると、彼も優しい目で私を見下ろしてくれる。

「わかってる、いい子で待ってろよ」

左右の頬に音を立ててキスをした彼の頬を両手で挟んで、その唇を奪う。

彼は愉快そうに喉《のど》の奥で笑い、体を離す。

「元気をもらったから、もうひと仕事頑張ってくるか」

立ち上がって伸びをした彼が、ダメ押しのように私の頬にキスをして店を出ていくと、入れ替わりに、常連のお客さんが入ってきてぶつかりそうになる。

「おっと失礼、いらっしゃい。じゃ、行ってくるわ」

気さくにお客さんに声を掛けた彼が、最後に私に手を振っていってしまった。

「本当にあなたたち夫婦は、仲がいいわねぇ」

彼に手を振り返す私を見た年配のお客さんが、微笑んで揶揄ってくるけれど、揶揄われるのはいつものことで、いまじゃ誇らしくもある。

愛情の出し惜しみなんてしないで、いつだって全力で愛して愛されていたい。

「ウチは万年新婚ですから！」

「はいはい、虫除《むしよ》けはあるかしら？」

キメ顔で答えたら笑顔で商品を催促され、しおしおと商品を用意する。

常連さんのスルースキルが上がっていて寂しいので、心を癒やすために、アルが帰ってきたら思い切り甘えよう。

私の愛しい娘が、自分は悪役令嬢だと言っております。
私の呪詛を恋敵に使って断罪されるらしいのですが、
同じ失敗を繰り返すつもりはございませんよ？

関《せき》谷《や》れい
ill. 由《ゆ》貴《き》海《かい》里《り》

それは、私《わたくし》の愛する娘が十歳になったばかりの頃《ころ》だった。

流行病《はやりやまい》で一週間高熱を出し寝込んだ娘は、目が覚めた時、こう叫んだ。

「――大変、お母様！　私、悪役令嬢のようです!!」

一週間ほぼ休むことなく娘の枕元で無事を願っていた私が、やっと目覚めた娘に体調の不調を問う前に、娘は真《ま》っ青《さお》になってガクガク震える。

そんな娘を咄嗟《とっさ》に抱き締めたが、その身体《からだ》は冷たくも熱くもなく、震えは身体的なものではなく精神的なものだと察した。

少し思い込みが激しいところも愛らしい娘だが、これはただ事ではないと感じて、メイドも侍女も全《すべ》て部屋から下がって貰《もら》う。

「……一体、どうしたというのですか、リリールー？」

私が極力優しく声を掛けると、次いで娘はポロポロ泣き出した。

娘に一体何があったのだろうと思いながらも、自分の不安が伝わることのないよう、娘が落ち着くまで背中を撫《な》で続ける。

そして、漸《よう》く泣き止《や》んだ彼女は「……怖い……とても怖い、長い夢を見たのです……」と、私に懺《ざん》悔《げ》でもするかのように、その長い夢の内容を語り出した。

娘の夢の中で、この世界はとある小説の中の世界であるという。

その物語は、それまで冷遇され続けた主人公である平民ヒロインが、ある日稀有《けう》な能力を開花させ、その能力を買われて首都の第一アカデミーに通うところからスタートするらしい。そのヒロインはアカデミー内でも壮絶な苛《いじ》めを受けながら、王子殿下とは知らないまま一人の男性と交流を重ねていく。そして恋路を邪魔するライバルを退《ひ》かせた後は紆余《うよ》曲折あった末、身分差を乗り越え結ばれる。その国を半壊させる程の敵に敗れ亡くなった国王の仇《かたき》を討った二人は手を取り合い、最後に明るい未来を信じて国の復興を目指す……という、単なる恋愛小説というにはややスケールの大きな物語らしい。

夢の話とはいえ国王が亡くなるという話の流れに、先程メイドや侍女を下げさせて良かったと安堵する。

「まあ……とても夢のあるお話ですね」

そう言いながら微笑《ほほえ》むと、娘は「ヒロインには夢があっても私には違うのです、お母様!!」と悲壮感たっぷりの声で異議を唱えた。

その返事を聞いて、そういえばちょうど現在進行形で娘が王子殿下に夢中であったことを思い出す。十歳というと、人によっては本気で恋を知る年頃《としごろ》かもしれないが、娘が「王子殿下最高、カッコいい、絶対お嫁さんになる!」と公言している割に、好きな理由が「王家の者しか授からないあの珍しい青紫色の瞳が好き!」とのことだったので、単なる一時的な憧《あこが》れだと思っていたのだけれど。

「あら……何故ですか? 王子殿下が他《ほか》の女性と恋に落ちてしまうからですか?」

微笑ましく思いながら、俯《うつむ》くリリールーの頭を撫でる。

「それも違います、お母様。ヒロインを恋敵とみなして苛め、恋路を邪魔するライバルがこの私、リリールーなのです。このままいくと、私は悪役令嬢としてヒロインに断罪されてしまいますわ!」

「まぁ……」

十歳の娘が断罪という言葉を使ったことに少し驚き、口に手を当てた。

「私は、呪詛《じゅそ》の能力を使えるお母様を利用してそのヒロインを極限まで追い詰めるのです！　そして待ち受けるのは死刑ですわ！」

「……！」

私はうわああん！　と突っ伏す娘の背中を撫でながら、今度こそしっかり驚いた。

「祝福」もしくは「呪詛」と呼ばれるその能力を私が所持していることは、娘だけでなく誰にも話したことがないからだ。

私の愛する、旦那《だんな》様にも話したことがない。

夢の中では、ヒーローである王子殿下やヒロインの周りの人間が協力して私の呪詛を跳ね返し、悪役令嬢のリリールーならびにその家門は全員断罪され、物語はハッピーエンドを迎えるらしい。

「……そう。それは、怖い夢でしたね」

リリールーは、それが全て神の啓示と受け止め、今後起こり得ることだと信じきっているようだ。

私の胸にしがみつき、再びしゃくり上げながら懸命に言葉を紡ぐ。

「わ、私、嫌です！　愛するお母様やお父様、お兄様までが……っっ!!　絶対、そんな運命嫌……っっ!!」

「……そうですね、そんな夢を見たならとても恐ろしかったことでしょう」

どうやって慰めよう、宥《なだ》めようかと小さな背中をポンポンと叩《たた》くと、娘は涙でぐしゃぐしゃになっても愛らしい顔をぐっと上げ、決意を込めた瞳《ひとみ》で私に言った。

「……お母様、お願いがございます。もし、もし私がこれから恋をして、誰かに呪詛を掛けるようお母様にご相談したとしても……絶対に、絶対に聞き入れないで下さい」

「……ええ、わかりました。確かに約束しましたよ、リリールー。恋は盲目と言いますから、その時がきたらきちんと、辛《つら》くてもその恋と向き合うように言いますね」

私が安心させるようにそう続ければ、娘はやっと小さく笑ってくれた。

太陽よりも眩《まぶ》しく花開くようなその笑顔を守っていきたいと、心から思う。

気持ちの切り替えが上手《うま》くいったようで、娘は「これからは断罪回避を目指して頑張りますわ！」と小さな握り拳《こぶし》を作って意気込んでいる。

「また、今みたいに辛くなったら私に話して下さいね？　……ところで、身体の具合はどうなのでしょう？　貴女《あなた》は一週間も寝込んでいたのですよ？」

私はやっと、目覚めたばかりの娘の体調について、本人に問うことが出来た。

あれだけの高熱を出した後、泣いて叫んで感情を昂《たかぶ》らせて忙しかったのだ。確実に水分補給は必要だろうと水の入ったコップをその小さな手に握らせれば、娘は無言でそれを三杯、一気に飲み干す。

余程喉《のど》が渇いていたのだろう、本当はもっとゆっくり飲んで貰いたかったが、口を挟むのは控えた。

「そう言えば……」

話し出した娘の言葉すらかき消す勢いで、タイミングよく娘のお腹《なか》の虫が鳴る。

私達は思わず見つめ合い、ふふふ、と笑い合った。

その晩、リリールーが何事もなく眠りについたことを確認した私は、久しぶりに夫婦の寝室へ移動し、読書をしながら旦那様の帰宅を待っていた。リリールーが高熱で倒れてからずっと娘の傍《そば》にいたので、実に一週間ぶりである。

「ただいま、アルリカ」

旦那様が帰宅されたら、仮に私が寝ていたとしても起こして下さいとお願いしていたのに、旦那様が寝室に入って来たので驚きに目を見張る。

「お帰りなさいませ、ブラッド様。申し訳ございません、お迎えもせず」

私が慌てて椅子《いす》から立ち上がると、旦那様は掌《てのひら》を私に向かって広げた。

「そのままでいい。……リリールーが目覚めたらしいな」

旦那様との距離を詰められないことに少し気落ちしながらも、一週間会話らしい会話をしていなかった旦那様との時間に嬉《うれ》しくなる。

リリールーが倒れた時も顔色ひとつ変えなかったが、主治医の処方の効きが悪ければ他の名医を何人も呼んだり、願掛けとは縁のない方なのに大金を積んで娘の回復を聖職者に祈らせたり、部屋の中には入らないものの娘の部屋の前の廊下で落ち着きなくウロウロしたりと、旦那様なりにとっても心配していることを私は知っていた。

旦那様は、現在騎士団の団長をしている。今は情勢も安定していて融通が利くので最初は屋敷の中で書類業務をしていたのだが、ボーっとして紙にインクが染み込んでしまったり、インク瓶を倒したり、破棄する書類を間違えたりとあまりにも酷《ひど》い有様だと部下の方々から伺ったので、私からお願いして現場仕事に戻って貰った。もとより一兵士として現場に出ることの多かった旦那様は、身体を動かしている時が一番、精神的に落ち着けるのだ。

「ええ、そうなのです。本当に良かったですわ。ブラッド様も心配なさったと思いますが、もうすっかり快方に向かっているようです」

「ああ、リリールーが無事で良かった。……私のことなんかより、アルリカが……」

旦那様はそこで言葉を切って、私の方へ近寄った。そんな些細《ささい》なことに私の胸は高鳴り、旦那様の言葉と行動に全意識が集中してしまう。

髪は乱れていないだろうか？　服はもっとしっかりしたものを着ていた方が良かっただろうか？

「ここ一週間ずっと、君は殆《ほとん》ど眠れていなかっただろう？　大丈夫か？」

旦那様の手がゆっくりと伸びて、私の頬《ほお》にその掌がそっと触れた。確かにこの一週間リリールーに付きっきりだった私だが、私のことまで旦那様が気に掛けて下さっていたとは思いもしなかった。

掛けられた旦那様の優しい言葉に、私は息をのむ。

「アルリカまで痩《や》せたな。……きちんと食事は摂《と》ったのか？」

真っ直《ます》ぐ見詰めてくる視線に、私は恥ずかしくなって俯きながら答えた。

顔はみっともなく赤くなっていないだろうか？

「はい。しっかり食欲も戻っていて、直ぐにスープ以外の物が欲しいとおねだりされました」

しかも、娘は病み上がりだというのにステーキが食べたいとせがんだのだ。その姿が脳裏に蘇《よみがえ》り、私はつい、思い出し笑いをしてしまう。

「リリールーではなく……いや、そうか。食欲があるなら良かった」

「はい。もう大丈夫そうです」

「ここしばらく君の顔色も相当酷いものだったからな。元気になったなら、本当に良かった」

「ご心配をお掛けして、申し訳ございません」

大変だったのはリリールーであって、私ではない。それなのに、自分のことでも旦那様に心労を掛けさせてしまったのならば、猛省する必要があった。

「妻の体調を心配するのは夫として当然だろう」

優しい旦那様は、私と強制的に結婚させられたのに、こうしてしっかりと義務を果たして下さる。


私の可愛《かわい》い娘、リリールー。

いつか恋する時がくれば、私は全力で応援したくなるだろう。けれども、そこに私自身や私の能力を介入させる気は一切ない。

愛する娘であるからこそ、呪詛なんかに頼らせてはいけないのだ。

娘には話していないが、私はずっと――それで後悔をし続けているのだから。

＊＊＊

私は元々、代々続く由緒正しい公爵家の娘だった。

先祖を辿《たど》れば、多くの魔術師を輩出した家門である。

今の時代では珍しいとされる魔術師。その能力は多岐にわたるが、私の実家である公爵家に生を受けた者達の得意分野は、「祝福」もしくは「呪詛」と呼ばれる「発した言葉を真実に変える強制力を持つ」という、使い方が難しい極めて繊細な能力だった。

だが、時が経《た》つにつれて能力を持って生まれる者達は少なくなり、魔術師は徐々にその数を減らしていった。そして公爵家にも当然その波は訪れた。

そのため私は、家門の歴史としてはその能力のことを学んで知っていたものの、それはずっと昔になくなった過去の栄光であると教えられて育った。

当時は気付かなかったが、小さな頃から私が願ったことは大抵叶《かな》った。

料理長に、今日《きょう》の夕飯はお魚じゃなくてお肉が良いなと言えば、その日はお肉が出てきた。家庭教師に、今日は外に出て講義が聞きたいと言えば、爽《さわ》やかな風がそよぐ庭園のガゼボでその日の講義は行われた。

そうした小さな願い事レベルの話は、まず叶えられないことはなかった。

私が「奇跡」を初めて感じたことは、難病に罹《かか》り体調の優れなかったお祖父《じい》様に「どうか元気になって下さい」とその細く骨ばった手を握り、心を込めてお願いしたところ、翌週には全快したことだ。

そして、自分にとってもうひとつの「奇跡」こそ、旦那様との結婚である。

私が初めて旦那様の姿を見たのは、王城で叙勲式が行われた時だった。

当時は隣国との衝突が激化していた頃で、季節的な理由で停戦協定が結ばれた一時に前線の兵士達を鼓舞し士気を高める目的で行われた式だった。

「アルリカ。今日は国のために尽力してくれた人達に感謝をしに行こうか」

「はい、お父様」

十二歳だった私はいつも通り父に連れられ、王城で合流した兄達と共にその式に参加した。

「……お父様、本日はいつもより列席者が多く見受けられますが」

私は普段の叙勲式の倍は集まった貴族達の姿に首を傾《かし》げる。

「ああ、今日はこの国の英雄、になるかもしれない者が来ているからだね」

猛将と呼ばれていたとある侯爵様に目を掛けられている平民の話は有名で、その武勲を立てた平民も勲章を授かるために今回の叙勲式に参加するという噂《うわさ》があり、貴族達は興味津々でその式に参加したらしい。

「ほら、彼だよ。ああ、本当にまだ随分若いね」

そして私は陛下から勲章を授かる旦那様の姿を目にした。

大人《おとな》だと思っていたその噂の人物が、まさか自分の兄と同じくらいの年齢だとは思ってもおらず、目を丸くする。襟足だけ長く伸ばした、癖のない黒い髪。前髪から覗《のぞ》く眼光は鶸色《ひわいろ》で、角度によって黄色にも緑にも見える不思議な色合いをした、髪の色とは対照的な明るさだ。

平民であると聞いていたのに、陛下を前にしてどんな貴族よりも凛《りん》とし堂々としたその立ち居振る舞いに、私は一瞬で心を奪われた。戦場で培われた鋭い目つきが、侯爵様や仲間達と会話をする時だけ和らぐことに気付いて、心から羨《うらや》ましいと思った。

「やはり平民なだけあって、マナーが行き届いていないわね」

旦那様を見に来た貴族達は眉《まゆ》を顰《ひそ》め、こぞって難癖をつけようとするが、そんな彼らよりも旦那様の方がよっぽど、風格や威厳が備わっているように私の目には見えた。

「……素敵な方ですね」

「そうだね、流石《さすが》に戦場の最前線にずっと身を置いていただけあって、度胸も肝も据わってそうだ……って、アルリカ？　もしや、彼を気に入ってしまったのかい？」

私は旦那様から視線を外すことの出来ないまま、その言葉に笑顔で頷《うなず》いた。

こうして旦那様を初めて見た時から恋い慕うようになった私だったが、旦那様は叙勲式が終わるや否やまた直ぐに戦地へと戻られ、私は旦那様と接点を持つことが叶わなかった。

数年後、若くしてその素晴らしい指揮と剣とで隣国からの侵略を食い止めそして和平に導いた旦那様は、お父様の仰《おっしゃ》っていた通りこの国の英雄となった。

その後功績が認められ、兵士から騎士へと所属を変え、更には国民の期待に応えるように治める領土を持つ伯爵位を授爵した。今までの平民の授爵では一代限りの子爵までしか認められたことがなかったため、これは国を駆け巡る大きなニュースとなった。

当然のように旦那様の人気は急速に上昇し、直ぐに誰《だれ》かと結婚してしまうのではないかと私はずっと気にしていた。しかし、そうした話は噂すらあがらない程旦那様は自分が治めることとなったサークデンと騎士団の往復しかしていなかった。後に聞いた話では慣れない領土管理に神経を擦《す》り減らしていた頃で、旦那様にとってはある意味戦場よりも酷く頭を悩ませていた時期らしい。

ブラッド様に会えるかもしれないと淡い期待を抱きつつ王城の催し物に参加する令嬢達は数年間空振りを繰り返し、そのうち諦《あきら》めて他の令息と見合いなり婚約なりをすることとなった。

そして公の場に姿を現すことのない旦那様の情報を一早く私に教えてくれたのは、お兄様だった。

「アルリカももうすぐデビュタントだね。子供が巣立つのは本当に早いものだな……」

早くも目に涙を滲《にじ》ませるお父様に、私は笑ってお茶菓子を勧める。

「ふふ、お父様ったら。私はまだ婚約すらしておりませんのに」

「アルリカがデビュタントを終えたら、我が家はあっという間に求婚状で溢《あふ》れかえるよ」

「一応、公爵令嬢ですものね」

公爵家の後ろ盾を期待する貴族達ならば、こぞって求婚状を送り付けて来るに違いない。

私がそう言いながらお茶を一口頂くと、お父様は「そういう意味ではなく……」と苦笑いをする。

そのタイミングで、お兄様が口を挟んだ。

「そういえば、アルリカはまだサークデン卿にご執心なのかな？」

少しからかいを含むその言い方に何かを感じ取った私は、ティーカップをテーブルに戻してお兄様に向き合う。

「ブラッド様のことで、何か？」

とうとう結婚か婚約をされてしまったのだろうかと私は恐る恐る尋ねた。

「はは、まだ彼には特定の相手はいないらしいから、安心していいよ。そして、そんなアルリカに吉報だ。私の友人の情報によると、とうとう彼も重い腰を上げて花嫁探しをするらしいよ。そう、アルリカのデビュタントに参加してね」

「まあ……！」

私は瞳を輝かせた。

公の場に姿を現すことのなかったブラッド様が、初めて催し物に参加なさる？

「ブラッド様と、少しでもお近づきになれる方法はないかしら……？」

毎年行われるデビュタントでは、より家格の良い令息に見初めて貰うため、娘を誰よりも目立たせるために財産を注ぎ込む家も少なくはない。既に社交界デビューを済ませた令嬢達も祝う側として参加するから尚更だ。

ただ、自分をいくら豪華絢爛《けんらん》に飾り立てたとしても、そもそも貴族社会を好まないと聞いているブラッド様の目に適《かな》うとは思えなかった。

着飾ればいいという訳ではない。けれども、単なるデビュタントに参加した令嬢の一人ではなく、私自身をブラッド様に認識して頂くために目立つ必要はある、と私は考えた。

「とうとう私達もデビュタントですわね」

「ええ、栄えある『今年の令嬢《かお》』はどなたが獲《と》るのかしら」

私はその日デビュタントの会場で、綺麗《きれい》に着飾った令嬢達と一緒にその発表を待ち詫《わ》びていた。

デビュタントでは、その年にデビューした令嬢達の中から一人だけ、『今年の令嬢』を決める催しが余興として開催される。選考者の名前や人数は伏せられており、加点式の採点方式で身に付けているドレスを中心に、その立ち居振る舞いや社交性なども評価されて『今年の令嬢』が決定するのだ。

「そんなもの、発表などなくともアルリカ嬢だとわかりきっているではありませんか」

どきどきと胸を高鳴らせながら発表を待つ私達に、一人の美しい伯爵令嬢が扇を開き口元にあてたまま、そう言い放った。

「え？　何故《なぜ》そう……お思いに？」

意味がわからず、私は首を捻る。

デビュタントの催しに関しては、家格は選考基準にしてはいけないとされている。ドレスに関しても、宝飾品の素晴らしさよりも、いかにその令嬢に似合ったドレスを身に纏《まと》っているかが評価点になると言われていて、過去には男爵家の令嬢が選ばれた年もある程だ。そして、その男爵家の令嬢は公爵家へ嫁いだ。私のお母様の話であるが。

家格を問われず注目を浴びることの出来る催しだからこそ、公平で厳格な審査基準が設けられているのに、まるで私に決まっているかのような伯爵令嬢の物言いに疑問が浮かぶ。

「アルリカ様は、公爵令嬢ですもの」

「財力も家格も劣る私達は引き立て役のようなもので……誰も太刀打ちなんて出来ませんわ」

苦笑しながらそう口にする周りの令嬢達に、そんな風に思いながら私の傍に居たのかと多少動揺したが、伯爵令嬢は「違います」とぴしゃりと言った。

「公爵令嬢だからではございませんわ。確かにアルリカ嬢は、妖精姫《ようせいひめ》と讃《たた》えられる美貌《びぼう》の持ち主ですが……それだけではありませんよね？　引き立て役だなんてお思いでしたら、アルリカ嬢の傍から離れた方がよいではありませんか」

デビュタントでは、ダンスが行われるのは最後の方だ。令嬢達の紹介、歓談、『今年の令嬢』の発表、そして選ばれた令嬢のダンスを皮切りとして、令息達が令嬢達にダンスを申し込み各々躍るのが慣わしである。

私は歓談の時間に広い会場でずっとブラッド様の姿だけを目で探したけれども、人だかりが出来て見つけることは叶わなかった。なぜなら、私の周りを囲った令嬢達に知り合いである令息の紹介を頼まれ、無碍《むげ》には出来ずにひたすら仲介役をしていたからだ。

「貴女達が名前すら覚えていないような令息達とも、相手にあわせた話題を提供し、話を盛り上げつつ嫌な顔ひとつせずご紹介なさっていたでしょう？　気品溢れる立ち居振る舞いは公爵令嬢という立場もおありでしょうが、そうした気遣いや求心力などもアルリカ嬢には誰も敵《かな》いませんわ」

「……ありがとうございます」

そこまで親しくしていなかった伯爵令嬢であるのに、私の容姿ではなく動きを褒めて下さり嬉しさで胸が温かくなる。

「まあ、アルリカ様が『今年の令嬢』を獲得したところで、今更ではございませんか」

「そ、そうですわ。アルリカ様が身に付けたものは流行《はや》るとまで言われておりますもの、こんな賞を頂いたところで……」

私が身に付けたものが流行る？　そんな話は初耳で、私は目をぱちくりと瞬《まばた》いた。

「あら、それは貴女達が勝手に真似《まね》をするからでしょう？　黄金を溶かしたような美しい髪と鮮やかな青い瞳のアルリカ嬢が身に付けた色だからこそ映える帽子や手袋でしたのに、全く同じ色をお選びになるなんて愚か……いえ、些《いささ》か配色のセンスに欠けていらっしゃるのではございませんか？」

「なんですって？」

伯爵令嬢と友人達が何故か言い争いの姿勢を見せたので、私は口を挟んだ。

「あの、私もデビュタントの賞につきましては、今更なんてことはなく獲れたら嬉しいと心から思っておりますの」

『今年の令嬢』に選ばれると、表彰される。壇上に上がれば、少しでもブラッド様の記憶の片隅に置いて貰えるかもしれない。流石のブラッド様でも、『今年の令嬢』に選ばれた女性からのダンスの申し込みであれば受けて下さるのではないだろうか。

そんな邪《よこしま》な気持ちを胸に抱いて私が微笑んだタイミングで、その発表はなされた。


「流石私の妹だね、おめでとうアルリカ」

「ありがとうございます、お兄様」

私をエスコートしてくれたお兄様と一曲踊り、私は群がる令息達に「すみません、失礼致します」と言い続けて道を開けて貰う。

壇上からブラッド様を探したけれども発見には至らず肩を落とした。もうご帰宅なさったのかしら、と諦めかけた時、視線を感じて見上げた先に、恋い慕う相手をやっと見つけたのだ。真っ直ぐにこちらを見る鶸色の瞳に、私の胸は早鐘のように打ち出した。

二階はそのままバルコニーへと続いており、その先は一階の中庭へと続いている。城内から二階へ向かうよりも中庭から二階へ向かった方が早いと計算し、マナー違反ぎりぎりの速さで足を運んだ。

中庭に着いて二階のバルコニーへと続く階段を急いで上れば、柱に寄り掛かってお酒を口にしているブラッド様が遠目に見えて、思わず足を止める。

髪は乱れていないだろうか？　ドレスは汚れていないだろうか？　化粧は落ちていないだろうか？　そんなことを気にしつつも、私は息を整えそっとブラッド様に近付いた。

「……サークデン卿」

声を掛けてみたが、その声は情けない程に小さく震えていた。お酒に酔われたのか遠すぎるのか、ブラッド様からの反応もない。ブラッド様は再びお酒をぐっと呷《あお》られて、はぁ、と溜息《ためいき》をついた。

「ブラッド様」

もう一度、もっと大きな声で、一生分の勇気を振り絞って声を掛ける。

ブラッド様がゆらり、と身体を預けていた柱から背を離し、私の方を見た。

鋭い目付きが、私の姿を写して少し見開かれる。

「……アルリカ、様？」

初めて名前を呼ばれた時の胸の震えを、どう表現していいのかわからない。ブラッド様の瞳が私の姿を映し、存在を捉えたという、確信と感動。

いや、それよりも……ブラッド様の口から、私の名前が紡がれたことに驚きを隠せない。ぶわっと頬に熱が集まる。鏡を見ずとも顔が真《ま》っ赤《か》になっていることは間違いなく、そんなみっともない醜態を晒《さら》している自分を夜闇《やあん》が包み隠してくれないかと願った。

この先の会話を考えていなかった自分を情けなく思う。令息達とはすらすら普通に話せるというのに、意中の相手であるブラッド様を目の前にすれば頭は真っ白になり肝心なところで私の頭は思考停止した。こんな醜態は人生で初めてで、その初めてのことに上手く対処出来ない。

しかし、次の言葉を発することの出来ない私の代わりにブラッド様が先に口を開いてくれた。

「何故こんなところに？　具合でも悪いのですか？」

ブラッド様が、スッと足音も立てずに私の方へと近寄る。

全く接点のない私が急に声を掛けたにも拘《かか》わらず、訝《いぶか》しげな表情を浮かべることもなく、バルコニーへやってきた私の体調をまず一番に心配して下さる人柄に、ときめきすぎて胸が苦しくなった。

「いえ、あの、ブラッド様……」

「はい」

初めて、こんな近距離でブラッド様の姿を目にすることが出来て、眩暈《めまい》がしそう。声が震えるのを、懸命に抑えた。

「わ、私と……」

『友達になって頂けないでしょうか』『尊敬しております』そんな言葉を、掛けるつもりだった。流石に『お慕い申し上げています』は、性急すぎるとも思っていた。

なのに、私の口は緊張のあまりそんな言葉をすっ飛ばして、もっと奥深くに潜む願望を告げたのだ。

「私と結婚して下さいませ」

――と。

告白すらすっ飛ばしたプロポーズに、旦那様はニコリともせずこくりと頷いた。

自分の発言が招いた事態に衝撃を受けつつも旦那様が了承したという結果に舞い上がった私は、旦那様に呪詛を掛けてしまったとはしばらく気付かないまま、笑わない旦那様とそのまま婚約を交わし、そして本当に結婚まで漕《こ》ぎ着けてしまった。

私の能力はそこまで万能ではなく、相手がない言葉……例えば、明日《あした》は晴れるといいな、なんて言葉は叶わない。

ただ、相手がいることに関しては非常に効果的だった。

私が自分の能力に気付き、知らずのうちに旦那様へ呪詛を掛けてしまったことに気付いたのは、旦那様が私と騎士団の方々の前で明らかに態度が違うことと、その方々との会話を偶然聞いてしまったことがきっかけだった。

結婚後、いや結婚する前からずっと、旦那様はとても優しく私の願いは何でも叶えてくれた。

初恋であり運命の相手だと感じた旦那様との結婚生活に不満は当然なかったが、ひとつだけ気になることがあった。旦那様が私の前で笑顔を見せることはなく、結婚してもどことなく他人行儀であり、心の距離が縮まった気がしないことである。

屋敷にも騎士団の方々が仕事で訪れることが多々あったのだが、彼らと語らう旦那様は豪快に笑ったりニヤリと意地悪く笑ったり、私には見せて下さらない表情を浮かべるのだ。しかし、私が離席しないとそうした顔は見せない。

とはいえ私から「笑って下さい」とお願いするのも違うような気がして、しっかりと夫婦関係を構築して旦那様の信頼を私が得られれば、いつか自然な姿を見ることが出来るはずだと当初私は思っていた。

そんなある日、旦那様が仕事で王城に何日か泊まり込むことがあり、わかりやすく旦那様不足になった私は、一目でもその姿を見るために領地の決算報告書を小脇に抱え、旦那様がいらっしゃるはずの騎士団の執務室へと向かった。

結婚してからは毎日帰宅し、私との時間を作ってくれていた旦那様がたった数日離れただけで久しぶりのような気がしてならない。

少しでも綺麗だと思って頂けるように美しく着飾りたい気持ちを抑えて、旦那様の職場を尋ねる妻という節度ある格好で逸《はや》る気持ちを抑えつつ足を運ぶ。

すると、回廊を歩く私の耳に、自分の名前がするりと入ってきた。

「――たら、あのアルリカ嬢が家にいる訳ですよね!?　いやー、天国ぅ」

私はぴたりと足を止める。

どうやら声の持ち主は、高い壁の向こう、練武場にいるようだ。

自分が今出て行っては相手が気まずくなるかもしれない、一度戻ってタイミングを少しずらした方がいいのではないだろうか？

そう、私が考えた時だった。

「まぁな」

焦がれていた旦那様の声がして、どきん、と私の胸は高鳴る。私には決してしない、砕けた話し方。

「でも、俺《おれ》なら家でも気が休まらねーなぁ」

「確かに。彼女がいると、未《いま》だに緊張する」

……緊張する？

私は騎士団の方と旦那様の会話に衝撃を受けた。

「ああ、俺はお高く止まった貴族の女よりも、なんでも気楽に話せるサバサバした性格の騎士団にいるような女達の方がいいっすね」

「そういう考え方もあるな」

旦那様の返事に動揺し、ずるり、と決算報告書を腕から滑らせた私は、落とす前に慌ててそれを握りしめた。

私も、旦那様とご一緒すると未だに緊張する。それは、好きな人に嫌われたくないという気持ちがあるからだ。けれども旦那様の緊張は、私とは異なるもの。貴族を嫁に迎えたせいで家の中ですら気が休まらないのか。だから、私の前では笑ってくれなかったのか。

「隊長だって昔は貴族なんてうわべだけの言葉を取り繕うから信用出来ないってずっと言ってましたもんね。貴族の女はプライドが高い上に遠回しな言葉を使うから尚更よくわからんって」

「ドレスを身に纏った令嬢達が、たまに我が家へアルリカとお茶をしに来るのだが……何を話していいのか、全くわからないから疲れる。そういう意味では、騎士団の女達の方が気楽ではあるな」

貴族の女よりも、騎士団の女の方がいい？

頭をガンと殴られたような気がした。

私は旦那様に、緊張や戸惑い、ましてや疲労感を与えたくて結婚したわけではない。

私が旦那様を想《おも》うくらい旦那様にも私を想って欲しい、なんて贅沢《ぜいたく》を言うつもりはなかった。

慣れない貴族社会で抑圧される旦那様を私が上手くフォローし、旦那様には昔の仲間が多くいる騎士団でのびのびと旦那様らしく暮らして欲しいと思っていた。

そうしているうちに、二人の間に絆《きずな》が生まれたらと。

けれどもこう現実を突き付けられれば、気付かないはずがない。結論から言えば私は旦那様の好みの真逆なのだと。

旦那様の好みは、何でも気楽に話せるサバサバした性格の騎士団にいるような女性達で、ドレスを身に纏ってお茶会に行くような令嬢ではなかったのだ。

——何故、旦那様は私と結婚したのだろう？

ふとそんな疑問が頭を擡《もた》げる。

旦那様は何故あの時、首を縦に振ったのだろう？

旦那様と結婚出来たことが嬉しすぎて、根本的なその疑問に注視することなく自分にとっては最高で幸せな新婚生活を送ることばかりしていた。いや、心に秘めつつもずっと考えないようにしていただけかもしれない。

旦那様は、計算高い性格であるとは到底言えなかった。そのため、公爵家という後ろ盾を期待し貴族生活において様々な物事を有利に進めるためだという理由ではないという確信はあった。

だからきっと、心の奥底で期待してしまっていたのだ……実は、旦那様も私のことを少なからず気に入っているのではないかと。

「じゃあ、何で貴族の女なんかと結婚したんです？　やっぱり見た目がいいからですか？」

私の心を代弁したかのような部下の発言にどきりとした。

「それだけではない。……私は彼女に言われたこと……彼女の願いなら全て叶えたくなるんだ」

「ええっ⁉　人に命じられることが大っ嫌いな隊長がですか⁉」

彼女の願いなら何故か全て叶えたくなる……？　それはまるで、公爵家に伝わっていた魔術師の能力、「祝福」もしくは「呪詛」ではないか。

そう思い至った私は、震える手で口元を抑えた。

小さな頃から、私の願いは大なり小なり叶わないことがまずなかった。そうだ、『今年の令嬢』のタイトルを獲得した時だって、他の令嬢に向かって「獲りたい」と宣言していたのだ。

よりによって、私は「結婚して下さい」と、旦那様に逆らうことの出来ない呪詛を掛けていたのだ。

その日はあまりにショックで、どうやって家に帰宅したのかは覚えていない。楽しそうに仲間と談笑する旦那様に声を掛けることなく、帰りの馬車の中では呪詛のことばかりが頭の中をぐるぐると回っていた。

「ただいま戻りました」

馬車の音を聞きつけたのか、屋敷の前で執事が待機しており頭を下げる。いつも通りではあったが、どことなく普段より気ぜわしい印象を受けて、何か予期せぬ事態でも起きたのかと首を傾げた。

「お帰りなさいませ、奥様。その……客人がいらしております。どうしても奥様とお話がなさりたいとのことで……」

「私に客人ですか？」

本当は一人になって少し思考を纏めたかったが、私は客人のいる応接間へと向かうことにした。

「お待たせ致しました」

私が部屋の中へ入ると、ふくよかな中年の女性とひょろりとした男性が立ち上がった。私を見るなり、女性の方が口を開く。

「ああ、あんたがブラッドの嫁さんかい？」

「……はい、アルリカと申します。本日はどのようなご用件でいらっしゃったのでしょうか」

ひょろりとした男性の方は見覚えがあり、彼は目をきょろきょろと動かして居心地悪そうに肩をすぼめていた。

中年の女性はふん、と鼻を鳴らすと両手を腰にあてながら捲し立てる。

「わたしゃブラッドの母親みたいなもんさ。ブラッドは私が育てたようなもんで、息子とは兄弟《きょうだい》みたいに育てたんだよ！　なのにあんた、ブラッドの許可もなく勝手に息子を解雇したんだって？」

「その件では、ご子息と十分にお話させて頂いたはずですが」

旦那様は、平民あがりの貴族だ。使用人は縁故で雇い入れた平民が多く、質に問題あった。だから許可を得て少しばかりその問題に着手しただけなのだが。

「すみません、アルリカ様。ぼ、僕はもういいと言ったんですが……」

青年が困り顔ながらへらへら笑い、母親はそれを叱《しか》り飛ばす。

「なんだいその態度は！　そんなんだからお貴族様に舐《な》められるんだよ！　あんたは不当に解雇された被害者でやましいことなんてしてないんだから、堂々としてなさい！」

そのやましいことをしたのですが、と言いたくなる口をぐっと噤《つぐ》む。

優先すべきは旦那様が帰宅するより先に、お帰り頂くことだ。

「ご子息には、破格の条件でこちらを辞めて頂いておりますが」

「はん！　退職金だって貰ってないのに、何が破格の条件なんだい!?」

私は青年をちらりと見る。青年はビクッと身体を震わせると視線を逸《そ》らした。

「では申し上げます。ご子息は会計士という立場を利用し、伯爵家に入るお金を横領しておりました」

「なんだって!?」

母親はわかりやすく狼狽《ろうばい》する。

「退職金がでないのはそのせいです。私はご子息に、着服金の返還を請求せず横領罪で訴えもしない代わりに、ブラッド様には自己都合による退職という話ですませるようにお願いしただけですわ」

領収書の金額と支出の金額は一致しているため、公爵家の収支と比較出来る私とは違い、書類業務に不慣れな旦那様が一見してそれに気付くことは難しかった。

母親の言う通り元会計士の青年は幼少時代、旦那様と兄弟のように育てられたと聞いていた。だから旦那様の心に傷を残したくなくて、この青年の犯罪を世間に晒すことなく処理したというのに、まさか母親が乗り込んでくるとは。

「い、今の話は本当かい？」

「ええと、その……少し誤解があるようで、僕も騙《だま》されていた側なんです」

「ああ、そうかい！　そりゃそうだ、私の息子だもの」

謝礼金を受け取っていながら騙されていたも何もないのだが、母親はえてして真実よりも息子の言い分を信じたいものなのだろう。

私は溜息をついた。私が本気になれば青年は必ず裁判に負ける。ただこの問題が広まればどんな尾ひれがついて、旦那様の……サークデンのイメージが損なわれてしまうのか計算が出来ない。


「アルリカ、今日私の職場に来たと聞いたが……」

最悪なことに私がどう返そうか悩んだそのタイミングで、旦那様が帰って来た。

「ブラッド！　久しぶりだね、元気にしてたかい？」

私が返事をする前に、青年の母親が旦那様に駆け寄り、その肩をバンバンと叩いた。

私は怒りで頭が沸騰しそうになる。いくら昔面倒を見て仲良くしていたとしても、授爵した旦那様に対する線引きは大事だ。馴《な》れ馴れしい態度と、舐めた態度は別である。

騎士団の方々は終始旦那様に対して砕けた態度を取っているが、彼らは戦時に同じ大地を駆け抜けた同士である。どれだけ馴れ馴れしい態度をとったとしても、旦那様に対して尊敬の念を抱いていることは傍目《はため》から見てもわかったし、礼儀を欠くことはなかった。

「……ああ。ところで、何故この屋敷を辞めた者とその母親がここにいる？」

顔いっぱいに喜びの表情を浮かべる母親とは対照的に、旦那様は無表情で青年にそう尋ねた。

想像していた反応と違っていたのか、母親は少し面食らったようだったが直ぐに愛想よく大きな口を開けて笑う。

「なんだい、お貴族様になったからって他人行儀かい？　寂しいねえ！　ほら、うちの息子が急にここを辞めたっていうからさ、何か……そう、誤解があったのかなーって思ってさ」

「誤解も勘違いもない。お前の息子は解雇された、以上だ」

旦那様の口から『解雇』という言葉が出て、私はどきりとする。

「お前ってあんた……！　いや、その、ここんとこ、あんたが平民出身の人間をどんどん辞めさせてるって聞いたからさ。あんたは平民の希望なんだ、変な噂がたつんじゃないかって心配してわざわざ来たんだよ」

「そうか、わざわざそれを言いに来たなら杞憂《きゆう》だ。用が済んだなら屋敷から出ていけ」

「は？」

母親は一旦ポカンと口を開けて呆《ほう》けたが、みるみるうちに顔を赤くし激高した。

「さっきから何なんだいその態度は！　それがここまで育ててやった恩人に対する態度かい!?」

「恩人？」

旦那様は女性に触られた身体を、埃《ほこり》でもついたようにポンポンと片手で払った。旦那様の態度に、私は違和感を覚える。青年の母親は、同じ町に住んでいたよしみで、両親を亡くした旦那様を引き取り育て上げた、と報告を受けていた。息子は身体が弱く兵役の任務がこなせず、戦場へ向かった旦那様とはそれ以来、旦那様が授爵し青年が屋敷を訪れるまで会えていなかったらしいが。

「体のいい奴隷を世話してくれてどうもとお礼を言うべきなのか？　お前の家より、兵站《へいたん》から送られてくる食料物資の方がよっぽど美味《うま》い物が食えたがな」

旦那様がそう零《こぼ》したのを聞いて、私はぞわりと全身を震わせた。

戦争の最前線に身を置いていた方が、この女性の家にいた時より食事内容が良かったとは？

旦那様がこの二人から少なからず愛情を注がれていたと思っていたから、我慢していたのに。

「我が家のことはお前達に関係ない。不慣れな私をアルリカはとてもよく助けてくれている。アルリカがいなければ、無能な主人を食い物にする輩《やから》がこの屋敷で更に蔓延《はびこ》っただろうな……そこにいる輩のように」

旦那様の鋭い視線を受けて、青年はビクッと姿勢を正した。ああ、旦那様は幼馴染《おさななじみ》である青年の行いと、それを私が隠していたことを知っていたのだと理解する。

「二度と私達の前に現れるな」

「ブラッド、昔は……」

青年の母親が旦那様に縋《すが》るように手を伸ばした先で、旦那様は帯刀していた剣をスラリと抜いた。

「二度はない。私が血を見たくなる前に、今すぐここから立ち去れ」

「……っっ」

旦那様の殺気を受けた二人は、逃げるように慌てふためきながら去っていった。

「ブラッド様……大丈夫ですか？」

剣を鞘《さや》に収める旦那様の背中が寂しそうに見えて、思わず後ろから声を掛ける。

「何がだ？」

振り返った旦那様はいつも通り無表情なまま、傍に寄った私の腕を引いて頬に口付けを落とす。

「すまない、君に……みっともない過去の話を知られてしまったな。私のことが嫌になったか？」

「そんな、まさか」

みっともない過去とは、幼少期、あの親子に旦那様が理不尽な扱いを受けていたことを言っているのだろうか？

恩人などと勘違いをしていたことが悔しくて、そして旦那様の優しさに胡坐《あぐら》をかき続けていたあの親子が憎らしくて、涙が零れる。

すると、旦那様はぎょっとしたように目を見開いた。

「アルリカ!?　奴《やつ》らに何かされたか？　それとも酷いことを言われたのか!?」

私は首を振る。酷いことを言われたのもされたのも、幼い頃の旦那様であろうに。次にまたこの屋敷に来たら問答無用で訴えよう、と心に決めた時、旦那様はとんでもないことを言い放った。

「少し待っていてくれ、始末してくる」

……はい？

驚きで涙は引っ込んだ。颯爽《さっそう》と歩き出す旦那様の腕に、私は必死でしがみつく。

「お、お待ち下さい。そんなことをすれば、ブラッド様が罪に問われてしまいます！」

戦時中であればいくらでも誤魔化しがきいたかもしれないし実際旦那様を取り巻く環境はそんなことが横行していたかもしれないが、今はそんな時代ではない。

「しかし、あいつらのせいでアルリカが」

「私は大丈夫です。ブラッド様も仕事帰りでお疲れでしょうから、とにかく座って下さい」

私は意識的に願いを込めて言った。つまり、旦那様が逆らえないように呪詛を込めたのだ。

「わかった。君がそう言うなら」

旦那様は呪詛に掛かりやすいのか、こくりと頷いてあっさりとソファに座る。

「今日は随分と早いご帰宅でしたね。とても嬉しいです」

「ああ。アルリカが来たのに帰ったと聞いて……」

旦那様は少し言葉を濁したが、自分に会いに来たはずの私が結局会わずに去ったから気になって帰宅したのだと気付き、思わず喜びで頬が緩む。

「今日は王城内ですれ違いになったようだが、私に何か用があったのか？」

「いえ、その……ただ、私がブラッド様のお顔を拝見したかったのです」

私がそう言うと、旦那様はピタリと静止した。

何か急用だと思い急いで帰宅したのに、こんな理由で呆れられてしまっただろうか？

「そうか」

感情のこもらないその声に、私は旦那様の顔を見ることが出来ずに俯く。

旦那様にとって、この結婚が苦痛であるのならば、離縁した方がいいに決まっている。

けれども……どうしても自分からそれを言い出すことが、出来なかった。

一目惚《ぼ》れから始まった恋は、少しの期間一緒に過ごしただけなのに、その素朴な優しさや真っ直ぐな性格、飾らない言葉に仲間思いという性格を知って……全て愛に変わっていたから。

「ブラッド様、私はブラッド様のお役に立てたのでしょうか？」

「ああ、勿論《もちろん》だ。アルリカが来てくれなければ、屋敷も領土も大変な損害を被り続けていた。ありがとう、アルリカ」

「……」

旦那様に評価されることは、純粋に嬉しかった。

旦那様の優しいお言葉で、私に欲が芽生える。後、少しだけ。誰からも搾取されないようにこのサークデンの体制を整えてから離縁しても、文句は言われないだろう。

私は、狡《ずる》い女で。

旦那様が呪詛に掛かって自分と結婚したのだと気付いた後も、そう考えて伯爵家の改革を進めた。

そのうちに、リリールーの兄である愛する息子を妊娠し、産んだ。

そして、愛する息子が小さなうちに離縁しては可哀想《かわいそう》だと、愛する娘の結婚式には両親が揃《そろ》っていないと可哀想だと自分に言い訳ばかりをして、ずっと愛する旦那様を、解放することが出来ないでいたのだ。

＊＊＊

とうとうそんな言い訳が通らなくなってしまったのは、成人したリリールーが「無事に断罪ルートを回避致しましたわ!!」と嬉し涙を流しながら、旦那様の部下であり、かつとある侯爵家の長男と結婚した時だった。

娘は十歳で悪夢を見た日から何回もうなされていた。そしてそれは成長の過程でも見受けられた。

リリールーの晴れ晴れとした表情から、娘が「彼女を縛り付けていた何か」から解放されたことを理解し、これでもう娘が悩まされずに済むのだと思うと心から安堵《あんど》する。

リリールーが選んだ男性は寡黙な様子が旦那様に似ていながらも、物腰が柔らかく穏やかな印象の男性だった。昔娘が結婚したいと言っていた王子殿下とは真逆で、やはり最終的には親子で男性の好みが似るのかもしれないと少し面白く感じる。

けれども、その男性がリリールーを見る視線は優しさや慈しみに溢れていて、私の胸は痛む。

私の前では未だに笑って下さらない、旦那様。もう、本当に、離縁して差し上げなければ……。

私はリリールーに、「幸せな家庭を築いて下さいね」と声を掛けて祝福しながら、帰宅する時はそればかりを考えていた。

「――は？　今、何と言った？」

旦那様はいつも通り無表情で、けれどもいつになく固い声で私に聞き返す。

「……ですから、離縁致しましょうと申し上げました」

私が泣かないように俯いてそう言えば、バリン、とグラスが割れた音がし、私は驚きに目を見張って顔を上げた。

「ブラッド様っ!!　手に血が――」

「大丈夫だ」

「駄目です、手当てが先ですわ」

旦那様の手の中でグラスが割れている。少し怪我《けが》をされたようで、私は慌てて駆け寄った。

メイドがテキパキと旦那様の手を処置したので胸を撫で下ろし、自分の席に戻ろうとしたら、怪我をした方の手で腕を掴まれた。

「――私は、極力アルリカの言うことは何でも叶えてきたが、離縁は話が別だ。何故そんなことを言い出したのか、聞いていいか？」

じっと私を見つめる瞳に、そんな場合でないのに胸が高鳴りそうになる。

十八歳で結婚してから、二十年。もう三十八にもなるというのに、私はずっと、旦那様に恋をしているのだ。

「……人払いを」

「ああ」

旦那様が使用人全員を下げ、私を膝《ひざ》の上に乗せた。

寝室ではしょっちゅうされるがダイニングでは初めてで、端正な顔立ちを傍に感じて少し照れてしまう。

「……ブラッド様はお気付きになられていらっしゃらないでしょうが、私には願いを口にするとそれが叶うという能力があるのです」

「そうなのか。……それで？」

「私が悪いのです。私がブラッド様にあの日、間違えて、結婚して下さいと願ってしまったから……っっ」

旦那様の目を見る勇気が出ない。泣くまいと決めていたのに、声が震える。

「……それが何故、離縁に繋《つな》がるんだ？」

「ですから……っ、ブラッド様の意志ではなく、私がブラッド様に呪詛を掛けてしまったがゆえに、私と結婚することになってしまったのです……」

「つまり、アルリカは……私が、自分の意志で君と結婚したのではない、と考えているのか？」

「考えているのではございません。事実なのです」

「……では、私が嫌いになったとか、飽きたとかではなく？」

「まさか！」

私は驚いてパッと旦那様の顔を見た。旦那様の表情はそこまで変わらないが、少し困ったような、どこか安心したような、そんな表情を読み取ることが出来た。

「ブラッド様はずっと、私のこの人生をかけて愛するただ一人のお方ですわ。……二十年も奪ってしまいましたが、愛するからこそ、今こそ自由になって頂きたいのです」

旦那様は、今四十二歳だ。けれども、サークデン伯爵家は押しも押されもしない貴族の一家門として安定したことだし、子供達は既に巣立っているし、後妻を望む女性は数多くいるだろう。

「……わかった」

「……っ」

自分から言い出したことなのに、旦那様にそう言われて涙がポロリと溢れる。

旦那様はそれを親指で拭《ぬぐ》いながら言った。

「私は別れないから、どうしても別れたければ、その呪詛とやらを私に使って別れればいい」

「……え？」

「ほら、言ってご覧」

旦那様にそう促され、私は戸惑う。

心から願っていることでなければ、呪詛は効かないかもしれない。けれども、旦那様をもう自由にして上げたい気持ちだって、本当だ。愛しているからこそ、幸せになって貰いたい。

「……離縁致しましょう、ブラッド様」

「嫌だ」

旦那様の即答に、私は目をぱちくりと開いて瞬かせた。

「……あの？」

「そんな理由なら、断固拒否する。私は……その、初めて会った時から……君を……アルリカを、愛しているんだ」

初めてベッドの上以外で言われて、今度は嬉し涙が溢れた。けれども、そんな気持ちとは裏腹に口は卑屈で。

「そ、そんなわけございません！」

「何故そう思う？」

「だって、仰っていたではありませんか……」

そうだ。

旦那様の好みからかけ離れていると、私は確かに聞いたのだ。

「言ってない。言うわけがない」

「でも、確かに聞きました」

「……もしかして、断片的に聞いた言葉を変に解釈していないか？」

「……？」

旦那様が言うには、当時の会話そのものは覚えていないが、新婚の旦那様を同僚がからかって、「公爵令嬢を嫁にすると色々大変だろう」と言ってきたのに対し、「緊張する、騎士団の女達は気が楽だ」と答えた記憶はあるらしい。

「だって、そうだろう？　アルリカは公爵家の娘で、誰もが心を奪われる美貌の持ち主なんだ。単なる叩き上げで爵位を貫った私とはそもそも雲泥の差で、高嶺《たかね》の花を手に入れた私はただひたすら嫌われないようにするので精一杯だった」

「……でも、私には笑顔を見せて下さいません」

ぐず、と鼻を啜《すす》りながら私が長年ずっと胸に抱いていた不満を口にする。すると、旦那様はパッと私から視線を逸らして、口元を手の甲で覆った。照れて表情を繕えなくなった時の、旦那様の仕草。

「……笑っていい。君の前だと、嫌われたくなくて未だに緊張するんだ。大口を開けて笑うところを見たアルリカに下品だと思われたくなくて……私は貴族のように微笑むのが苦手だから」

「ええっ？」

そんなことを旦那様が考えていたなんて露程も思わず、驚きに目を見張る。

旦那様の笑顔が見たくて、こっそり何度も仕事場まで見に行ったのに。

旦那様は、私の肩にコツンと自分の額を押し当てた。

「私が君を愛していることなんて、誰でも知っていると思っていた。当然、君も」

旦那様は苦笑いをしながら、先程下げた使用人達を呼ぶ。

「さぁ、食事を終わらせてしまおうか。……今日は、君と話すべきことが沢山ありそうだ」

私は泣き笑いしながら、頷いた。

＊＊＊

その晩、旦那様は私に聞いた。

「何故、アルリカは自分にそんな能力があると思ったんだ？」

私は、公爵家の先祖の魔術師の能力や過去に叶った私の願い事の話を旦那様に打ち明けた。

「それは……公爵家の娘にそんな可愛いお願いをされれば、料理長や家庭教師なら叶えるんじゃないか？」

旦那様にニヤリと笑いながら言われ、それもそうかと私は納得する。料理長も家庭教師も、お嬢様お嬢様と言ってとても私を可愛がってくれていた。

「そもそも、アルリカの願うことなんてささやかすぎて叶わないことの方がなさそうだろう」

アルリカは物欲もないしな、と私の髪の毛を自分の指で梳《す》きながら旦那様が零す。

「そんなことはございません。デビュタントの『今年の令嬢』も、旦那様の目に留まりたくて……」

獲りたいと願っていた、と続けるのが恥ずかしくて尻すぼみになる。それを聞いた旦那様は何故か呆けた顔をした。

「デビュタントのタイトル？　会場中の者が、アルリカが獲ると確信していたぞ？」

あの場にいた伯爵令嬢……今はお兄様の伴侶《はんりょ》となった義姉もそう言っていたなと思い出す。

「当たり前だな、間違いなく君が一番、輝いていたから」

髪を撫でられながらそう言われ、私は真っ赤になった顔を旦那様の逞《たくま》しい胸板に押し当てた。

「けれども、お祖父様の件に関しては、奇跡と呼べるのではございませんか？」

「ああ、確かに。因みにアルリカは、お義祖父様《じい》がどんなご病気に罹られていたのか知っていたか？」

私は首を横に振った。

「お義父様《とう》と以前話したことがあるのだが、お義祖父様の罹られた難病は長年研究が続いていて、ちょうど試薬が開発されたところだったらしい。薬を試される前に親族と会っておいたらしいぞ。奇跡のタイミングだったといえば、確かにそうだな」

「まぁ……」

では、お祖父様は私の祝福ではなく、薬で回復したということか。なんとも現実的な話だ。

「アルリカが自分に祝福の力があると思っていたのなら、昔リリールーが寝込んだ時もあんなに心配する必要はなかったんじゃないのか？」

旦那様は私の身体を引き寄せ、ぎゅうと抱き締めながら言った。あの時はかなり体重を落として心配を掛けたからこそ、そう尋ねたくなったのだろう。

「私の能力は……いえ、勘違いだったわけですが。私の言葉を相手が聞いていないと有効にならないかもしれないと思ったのです。お祖父様も病床でしたが、意識はございましたので……リリールーは意識がなかったので、祝福が効かないかもしれないと思いました」

ただ、二人して一週間で回復したため、私が能力持ちだという勘違いを逆に深めることにはなったのだが。

「そうか。それにしても、色々試してみれば直ぐに勘違いだとわかっただろうに」

むぅ、と私は頬を膨らませる。

「人を思い通りに動かすような能力なんて、そう簡単に使っていいものではございませんし……それに何より、旦那様が私の言うことを何でも叶えて下さるのも、一因でしたのよ？」

私の頬をつつきながら、旦那様は声を上げて笑った。

「ははは、それは仕方ないじゃないか。愛する妻の願いなら、私は全て叶えたくなるんだから」

捨てられないよう必死だったしな、と続ける旦那様の楽しそうな声を耳の近くで聞いて、幸せが胸いっぱいに広がる。ふたりしてお互い気を使って、嫌われたくないと恐れて、遠回りしていた。

私は旦那様の厚い胸板にすり、と頬を合わせる。速めの鼓動が愛《いと》しくて堪《たま》らない。

「ああ、それに一度だけアルリカの希望を叶えなかった時もあるぞ？」

「え？」

「アルリカが急に剣を習うと言い出した時のことだ」

「ああ……」

そう言われて思い出した。

旦那様の好みが女性騎士だと知った後、少しでも旦那様の理想に近付きたいと屋敷で剣の振り方を教わろうとしていたところ、旦那様が仕事場から駆け付けてきて「危ないからやめて下さい」と初めて叱られてしまったのだ。旦那様に叱られたのは、後にも先にもその一度きりだけだ。

「そんなことも、ございましたね」

自分の真剣さが足りないために、呪詛にまで至らなかったと思っていたけれども。

「君の願いはなんでも叶えたいが、アルリカに危険が及ぶかもしれない場合は別だ」

旦那様は私の手をとり、指先にキスを落とした。

「まあ、ちょっと思い込みが激しいところも、君の愛らしいところだがな」

思い込みが激しいところも愛らしい……私はずっと娘に対してそう思っていたのだが。

普段から外出すれば姉妹に間違えられることの多い私と娘は、そんなところもそっくりなのだと気付かされる。

「アルリカ、明日は少し二人で出掛けようか」

「……はい！」

旦那様からデートのお誘いを受け、年甲斐《としがい》もなく胸がときめいた。

それからというもの、旦那様は私の前でも堅苦しい表情を崩し、よく笑うようになった。こちらが恥ずかしくなるような甘い言葉も頻繁に口にするものだから、私が顔を赤くする時間は増えた気がする。

「私は本当のことしか言っていない」

そう笑って言う旦那様の破壊力は抜群で、私の心臓はいくつあっても足りないのではないかと思うのだった。

そして後日、結婚したリリールーが実家に遊びに来てくれた時のこと。

娘は凄い剣幕で、私に言った。

「お母様、聞きましたわよ!?　お父様と離縁だなんて……好きすぎてあんなにお互いしか見えていないのに、何を考えていらっしゃったの!?」

どうやら、リリールー付きだった侍女から話を聞いたらしい。

そして、こう続けた。

「お父様は、実は小説ではラスボスなのです。溺愛するお母様をヒーローやヒロインに断罪され、怒り狂って国を滅ぼそうとするのですから……」

それを聞いて、旦那様が元会計士を「始末してくる」とさらりと言い放ったことを思い出した。

彼らはその後二度と屋敷を訪れることはなかったが、もしかしたら旦那様が彼らに何らかの処罰を下していたのかもしれないと、うっすら感じた。

旦那様にどれだけ愛されているか、心身共にわからせられたから。

「今が平和で何よりですわ」

悪役令嬢だったらしいリリールーも、没落しかかった私達も、無事で良かったと心から思う。

私に呪詛の能力がないとわかった今となっては……その小説で私達は、濡《ぬ》れ衣《ぎぬ》を着せられたのだろうから。

私は愛する旦那様を想いながら、愛する娘とゆっくりお茶を頂いたのだった。

冷たい眼差しの皇帝陛下は愛を知らなかった

文月《ふみつき》ゆうり

ill. 鳥飼《とりかい》やすゆき

シェリーナが初めて彼の方《あかた》を拝見したのは、薄暗い廃屋だった。

友人の令嬢たちと、少しだけ遠出をした日。

付き添い人のなかに紛れ込んだ無法者により、連れさらわれてしまったのだ。

連れ込まれた廃屋のなか、すすり泣く友人たちと手を握り合い恐怖に耐えていた。

廃屋の外では酒を飲んでいるのか、下卑《げび》た男たちの笑い声がした。

シェリーナは、伯爵家に生まれた貴族だ。友人たちもそうである。

男たちは、貴族の子供は高く売れると浮かれきっていた。

粗末な窓から見える景色は、夜になり暗く、心細くなるばかりだ。

それでも幸いなことに、男たちが邪《よこしま》な目を自分たちに向けなかったのはまだ幼いからだろう。皆、十を少し過ぎたばかりの年齢だった。

十二歳のシェリーナは、絶望だけはするまいと気丈に振る舞い、友人たちを励まし続けることしかできない。

お父様、お母様、ごめんなさい。

死すら覚悟したシェリーナの耳に、つんざくような悲鳴が飛び込む。

そして、たくさんの馬の嘶《いなな》きと男性の鋭い声。

怯《おび》える友人たちを宥《なだ》め、何が起きたのかと扉を見れば乱暴に開かれ、数人の身なりが良く剣を構えた男性が飛び込んできた。

先頭の男性が鋭く室内を見渡し、震える少女たちを見つけるとほっと表情を和らげた。

「陛下！　拐《かどわ》かされたご令嬢方はご無事です！」

男性が外に声を張り上げる。

そして、後ろにいた二人の男性……おそらくは騎士だろう。騎士たちは膝《ひざ》をつき、目線を合わせ微《ほほ》笑《え》んだ。

もう大丈夫だと理解できた友人たちは喜びの涙を流す。

ただ、シェリーナは。シェリーナだけは。

開け放たれた扉の先に立つ、横顔を晒《さら》し鋭い眼差《まなざ》しを持つ少年に目が吸い込まれた。

頬《ほお》には血がつき、乱暴に拭《ぬぐ》う姿には気品がある。

白銀の髪は月光に淡く輝き、剣に滴る血を振り払う仕草はまるで彼こそが研ぎ澄まされた剣のよう。

ふっと、寄越された視線に熱はなく、さえざえとしたアイスブルーの目は何の感情もない。

まるで、雪原のような方。

彼の足元には賊の死体。騎士たちが羽織ったマントで視界を遮るまで、シェリーナは彼を見つめ続けた。


自分たちの身に何が起こり、名誉を守る為にどのような処置がなされたのかは、救出された二日後に父から聞いた。

シェリーナたちをさらったのは、最近活発に動きのあった犯罪集団であったのだ。

平民貴族問わず、子供をさらい売り飛ばす。

父の話では言葉を濁している部分もあったが、相当罪深いことを繰り返していたそうだ。

それを叩《たた》いたのが、シェリーナたちが忠誠を誓う若き皇帝陛下だった。

苛烈《かれつ》さ冷酷さで即位直後から名を馳《は》せた皇帝陛下は、組織を根絶やしすべく動き、それにより帝国内の貴族令嬢たちが捕らわれたことを知り、精鋭を連れ自ら乗り込んだのだ。

彼は自らの国で勝手をする者を許さない。牙《きば》を向けば、末端の末端まで滅ぼし尽くす。

だが、さらわれた貴族令嬢の名前が徹底されて伏されたことから、苛烈なだけではないのだとシェリーナは思った。

「では、あの方が我が帝国の至高なる……」

「ああ、ゼイルファー皇帝陛下だ」

頷《うなず》く父に、口のなかで何度も彼の方の名を呼ぶ。

たった十五歳で、病弱な父親に代わり玉座に即《つ》いた皇帝。

それから二年で、好き勝手してきた奸臣《かんしん》や散財を尽くす前皇后を黙らせたという。

一切の慈悲はなく、血は流さずとも対象となった者を凍えるほどに恐怖させた、「氷の皇帝」。

皇室に忠誠を誓う家に生まれたからか、シェリーナはそんな噂《うわさ》は信じていなかった。

そして、実際に目にした、彼の方は。

シェリーナは胸に湧《わ》き上がる思いに、口を引き結ぶ。

自分は陛下にとって、臣下のひとり。どんな感情も抱いてはいけない。

十二歳のシェリーナは、目を伏せた。

それから、五年。シェリーナは帝国民に喝采《かっさい》を受けていた。

純白の美しいドレスに身を包み、選びぬかれた宝石に彩られ。

綺麗《きれい》に纏《まと》められた金色の髪、その上には煌《きら》めくティアラ。

居るのは、帝城のバルコニー。

特別な日である為、公開されたバルコニーから見える広場には数多《あまた》の民が集った。

熱狂、喝采、祝福の声。

隣には、今日をもって夫となる至高なる皇帝陛下。皇位の証《あかし》たる煌めく錫杖《しゃくじょう》を手に、無表情に下を見る。

五年前よりも身長はぐっと高くなっており、小柄なシェリーナでは見上げるほどだ。

白銀の髪を後ろに撫《な》でつけ、鋭い眼差しのアイスブルーの目は切れ長で形が良い。

十七歳のシェリーナは、六歳年上の美しいゼイルファーの唯一である皇后となった。

与えられる口づけすら簡略された婚姻式、そして用意された書面に名を記し、二人は夫婦となり、これからを共にする。

シェリーナは、微笑み手を振り続けた。

「俺《おれ》との婚姻の意味はわかるか？」

それは初夜を迎えた夫婦には似つかわしくないほど、淡々とした声だ。

皇室に相応《ふさわ》しい広い部屋に、広い寝台。

しかし、寝台に上がって向き合う二人には、甘やかな雰囲気はなかった。

美貌《びぼう》の前皇后に似た容姿は、柔らかさはなくどこまでも冷たい。

対してシェリーナは、対になるかのように柔和な容姿をしている。

ふわりと緩くカーブする金色の髪に、新緑を思わせる優しい眼差し。

シェリーナはその姿によく似合う、春の日差しのように温かな声で応える。

「わかっています。わたくしは、前皇后さまとの相性が悪い家の出。陛下が望む、母君である前皇后さまの力を削《そ》ぎ、そして出しゃばらない存在です」

すらすらと出る言葉に、ゼイルファーは軽く頷く。

シェリーナの家は、先々代の皇帝の妹が嫁いでいる。

前皇后の家は侯爵家で、当時の義妹姫とは仲違《なかたが》いしているのだ。

気位の高い娘が、自分よりも高位の存在を妬《ねた》み、位が下の家に嫁いだことにより嫌がらせをしていた。シェリーナの家は当然、妹姫を守り、真っ向から対立。当時の皇帝が社交の場で名指しで侯爵家の娘に嫌味を言ったことで事態は収まった。

だが、皇帝に反感を持たれたことは侯爵家とはいえ痛手だ。これ以降、両家は関わりを断っていた。

ゼイルファーが自身の皇后にシェリーナを求めたのは、今なお贅沢《ぜいたく》を続けたがる前皇后を抑える為だ。

因縁があり、今も皇室からの信頼が厚い家。

前皇后は、シェリーナには強く出られない。

実家の侯爵家が皇帝に睨《にら》まれても降爵せずに済んだのは、シェリーナの家が執り成したからだ。

シェリーナに何かしようものなら、ゼイルファーは過去を持ち出し、今度こそ没落させてしまう。

立ち回りを間違えれば全《すべ》て失う、前皇后は薄い氷上にいるのだから。

そして、シェリーナの家は伯爵家。ゼイルファーの治世に口を出すには権力が足りないが、古くから忠義を尽くしてきたことから他《ほか》の貴族からの信頼を得ている。

理想的な家なのだ。

シェリーナも理解している。だから、微笑みを向けた。

「わたくしは、皇后の栄誉こそありますが。陛下を支える臣下でございます」

「そうか」

ゼイルファーはそれだけ言うと、シェリーナに背を向けて寝台に横になる。

「陛下、それでは冷えますわ」

シェリーナはそっと掛け布をゼイルファーに被《かぶ》せた。

「……すまない」

ゼイルファーからの素っ気ない言葉に、シェリーナは微笑んだ。

「おやすみなさいませ」

そして、ゼイルファーから離れて寝台に横になり、別の掛け布に包まれシェリーナは目を閉じた。

初夜は何も起こらずに、朝が来る。

白い結婚。乱れひとつない寝台。

ゼイルファーに信頼された皇后専属の侍女は、現皇帝の在り方を知っているのか、憐憫《れんびん》などは浮かべず礼儀正しくシェリーナに接した。

既に寝台にゼイルファーの姿はない。政務に行ったのだろう。

体を起こしたシェリーナを、侍女たちは恭しく世話をする。温かいお湯で顔を洗い、寝間着から普段使いのドレスに着替える。

「まあ、凄《すご》いわ！　わたくしの髪はふわふわし過ぎて、櫛《くし》に絡まってしまうのに。全然痛くないわ」

「貴い皇后さまに、苦なく過ごしていただきたいですから」

「ありがとう」

穏やかに笑うシェリーナに、侍女たちも柔らかく笑う。

「皇后さま。婚姻式から一週間は公務などありません。ゆっくりとお過ごしください」

「そうね。婚約期間でわたくしの公務については理解しているけど。陛下のお心遣いに添います」

皇后となったシェリーナに与えられた公務は、主に社交だ。様々な家の夫人や、令嬢を招いて交流を重ねる。

時代により皇后のすべきことは変わるのだ。

ゼイルファーの妻となったシェリーナが為すのは、敵の多い彼の治世を盤石なものとすること。

即位に奸臣たちを粛清し、賊を自ら狩り、厳しい態度を貫いたことにより、多くの忠臣を得たが、彼に対する恐怖も根付いてしまった。

シェリーナより幼かった者たちには、当時の記憶が薄く浸透していない。

だが、親世代は覚えている。正しきことを為した彼を支持すると同時に、粛清対象になる恐ろしさがある。

シェリーナの役目は、それを正しく和らげることだ。

まだ十七歳と年若い。だからこそ、周りは気を抜く。シェリーナは警戒を解き、夫人たちの心に優しい皇后として入り込めばいい。

気を許した彼女らから、情報を得る。それこそが、ゼイルファーの助けとなるのだ。

シェリーナは臣下として、彼を支えたい。それでいい。

「皇后さま、朝食をお持ちします」

「ええ、お願い」

礼儀正しい侍女たちに、シェリーナは微笑んだ。


白い結婚のまま、ひと月が過ぎた。

その間、寝台は共にするけれど温かな交流がゼイルファーとあったことはない。

ただ、皇后としてのお茶会を三回開いた。個別に交流した夫人もいる。

シェリーナは、上手に夫人たちの相談相手を務めた。

最初は壁を感じさせた彼女たちだが、シェリーナはけして彼女らを否定せず、穏やかにうたれる相《あい》槌《づち》、不快にならない話運びに次第に打ち解けてくれた。

そして、彼女たちからの相談で気になった点は、必ずゼイルファーに報告をした。

たったひと月で、夫人たちの心を解したシェリーナに、ゼイルファーは驚いている様子だ。

距離のある寝台で、シェリーナからとある男爵が怪しい謳《うた》い文句の商売を持ちかけられている話をすると、ゼイルファーは息をはく。

「最近、隣国から詐欺紛《まが》いの商売をしている組織が流れているようだ」

「まあ」

「ふむ、男爵と繋《つな》ぎを持つとしよう」

「そうですか」

そこで会話が途切れる。

初夜では背を向けていたゼイルファーだが、距離があるとはいえ、今ではシェリーナに向かい合って眠るようになっていた。

ゼイルファーのアイスブルーの目を見つめ、シェリーナはゆっくりと口を開く。

「陛下、毎日遅くまで執務をしていますね」

「……それが、どうかしたか」

「いいえ、お体が心配なだけです」

「脆弱《ぜいじゃく》な体はしていない」

おそらく、ゼイルファーは白い結婚を責められたのだと思ったのだろう。現に彼らには、夫婦らしい触れ合いはないのだから。

眉間《みけん》に皺《しわ》を寄せた夫に、シェリーナは優しく笑いかけた。

「陛下。許されるならば、手に触れてもよろしいですか？」

「は、何を」

「ご不快にさせたのならば、申し訳ありません」

シェリーナはゼイルファーが嫌ならば触れないと伝えた。

ゼイルファーはしばし無言になると、おもむろに左手を出した。ささやかな願いを叶《かな》えようとしてくれた事に、シェリーナは嬉《うれ》しくなる。

「右手は、許さない」

「わかっています。利き手を大切にするのは素晴らしいことですわ」

「そうか」

空いていた距離を詰めると、シェリーナは小さな手で左手に触れる。それだけで、シェリーナは幸福を感じた。

「まあ、陛下の手は大きいですわね」

「お前に比べれば、大きいだろうな」

「ふふ、ごつごつしています。男の人の手ですね」

とても楽しげな様子に、ゼイルファーの目が僅《わず》かに泳ぐ。

「……ただの、無骨な手だ」

「ええ、たくましい手ですわ」

冷たいゼイルファーの手に、シェリーナの体温が伝わる。

すると、視線を泳がせたゼイルファーが手を引っ込めてしまう。

そして、少しばかり早い動きでゼイルファーは掛け布にもぐりこんだ。気を悪くさせただろうか。

「申し訳ありません。触りすぎました」

シェリーナの謝罪に間は空いたが、「いい、気にしなくて、いい」とゼイルファーは答える。

掛け布のなかでゼイルファーが左手を握りしめていたなどとは知らず、シェリーナも眠りについた。

翌朝。

体に違和感がある、とシェリーナは思った。

そうっと目を開けると、目を瞬《まばた》かせる。至近距離に綺麗な銀髪のつむじが見えた。

違和感により、どうやらいつもより早く起きてしまったようだ。

普段なら起きると既にいないゼイルファーが、こんなにも近くで寝ているのだから。

密着と、言えるだろう。

ゼイルファーは、シェリーナの胸元に顔を埋めていた。

いや、少し顔を背けているから埋めてはいない。

シェリーナの胸に顔をつけているだけだ。ついでに体も今までになく密着している。

シェリーナは逡巡《しゅんじゅん》し、また目を閉じた。寝た振りをしたのだ。

これは何かの間違いかもしれない。たまたまゼイルファーの寝相が活発になり、近くで眠るシェリーナの、胸、に辿《たど》り着いたのだ。

そう、人に弱みを見せたくないであろうゼイルファーが、このような姿を見られたと知ったら大変である。

だから、シェリーナは目を閉じた。わたくしは何も見ていない。そう念じて。

「んん……」

初めて聞く、ゼイルファーの掠《かす》れた寝起きの声。

ああ、お願い。わたくし、耐えて。

必死にシェリーナは祈る。

「あ」

ゼイルファーの間の抜けた声も初めて耳にした。

慌てて離れたのか、胸が揺れた。

ギシ、寝台が鳴る。振動もくる。これで起きないのは、逆に変だ。

意を決して、目を開けた。できるだけ、さも今目が覚めたのだと装って。

「んん、陛下。いかが、しました？」

うまく演技できているだろうか。心臓はばくばくと鳴っている。

視線を向けた先には、離れた場所で腰を抜かしたような姿勢で呆然《ぼうぜん》とするゼイルファーが。

そして、固まるシェリーナ。

完璧《かんぺき》な皇帝陛下が、瞬きもせずにシェリーナを凝視している。

「陛下……？」

「しつむしつにいく」

感情が抜け落ちた声で早口に言うと、ゼイルファーは寝室から寝間着のまま飛び出した。

あまりにも珍しい夫の姿に、シェリーナは目を瞬かせて、そして無言で掛け布に入り目を閉じる。

遠くで侍従の驚愕《きょうがく》した声がしたが、シェリーナは考えることをやめた。


その日は、宰相の妻との面会があり、シェリーナはそつなくこなした。

ゼイルファーの様子がおかしいとの話は聞こえてこないので、あれはやはり夢だったのだ。

宰相の妻が帰り、寝室とは別の部屋に向かう途中。

シェリーナの側にいることを許されていない侍女たちが、すれ違い様にくすくすと笑う。

先導している侍女には聞こえないように、器用な嘲笑《ちょうしょう》を。

シェリーナが白い結婚であるのは、知られていた。

シェリーナの侍女ではなく、シーツを洗濯する下女が漏らしたようだ。

貴族の令嬢であろう侍女たちが、下女と関わることはない。つまり、自ら粗を探しに出向いたということ。

「下品なこと」

と、普段ならにこやかに囁《ささや》き返すものだが、今朝《けさ》の出来事は夢だと思い込むことに必死になっている今のシェリーナにはそんな気力はない。

夜になり寝室に移動し、妻の役目としてゼイルファーを待つが、なかなか訪れない。

このひと月、彼は夫婦の寝室で必ず過ごしていた。

ただ、シェリーナも動揺していた為、早めに就寝することにした。

ゼイルファーからも、度々待たなくてよいと言われていたこともある。

今夜は、先に寝てしまおう。それがいい。


翌日。

覚えのある違和感が胸にあり、シェリーナは震えて目を覚ました。

胸元に見える銀髪のつむじ。

今日《きょう》は昨日《きのう》以上に密着していた。ゼイルファーの腕が、シェリーナの腰辺りに回されている。

落ち着こうと、小さく息をはく。そして、胸元を見下ろす。

二度目であるからか、銀髪の下にあるゼイルファーの寝顔を見る余裕があった。

きゅん、と胸が締め付けられた。

シェリーナの胸に顔を寄せたゼイルファーの寝顔は、とても、あどけない。

眉間に皺はなく、安心しているのか、ぐっすり眠っている。

まるで、幼子のよう。なんてお可愛《かわい》らしいのだろう。

不敬にも、そんな感想を抱く。

ゼイルファーに目覚める気配は、まだない。

シェリーナは彼のさらさらとした髪に触れたいと強く思う。

頭を撫で、抱きしめ、そして……。

「駄目だわ」

即座に浮かんだ言葉をかき消す。

ゼイルファーに無断で触れるのは、いけない。自分はあくまでも、臣下のひとりなのだから。

シェリーナの声に反応したのか、ゼイルファーの眉間に皺が出来る。

そして、「んー……」と唸《うな》り、それから、シェリーナに体を更に密着させ。

すり、すり、と頬をすり寄せた。

「んぐっ」

高まる衝動に耐えるシェリーナ。変な声は出てしまったが、耐えた。

それに邪な考えに侵されるのは良くない。

一度目ならまだしも、ゼイルファーがこれほどシェリーナに密着したのは二度目。

偶然などでは片付けられない。何が原因なのか。

形だけの皇后で満足すべきだったのに、少しだけでも触れたいと不相応な願いを口にしたのがいけなかったのかもしれない。

あの触れ合いの翌日から、ゼイルファーが変わったのは確かなのだから。

そろりとゼイルファーの寝顔を再度確かめる。

彼はやはり、幼子のように無防備な顔をしていた。

「か、可愛い」

駄目だ。本音しか口に出来ない。今は何も口に出してはいけない。抑え込んできた気持ちが止められなくなってしまう。

必死に耐えるシェリーナは、長いまつげに縁取られたアイスブルーの目が開かれるのに気づかなかった。

そして、ぱちりと目が合う。一瞬だけ、時間が止まった。

お互いに姿を認め、体勢に意識が向き、そしてゼイルファーは目を見開いた。

「な、あ……っ」

驚愕の声。

抱きついているのはゼイルファー。シェリーナは耐えきったので、触れてはいない。

混乱した彼は、離れようとした振動でシェリーナの胸に深く触れてしまった。

ふよんと、揺れる胸。

「……っ！」

ゼイルファーは、悲鳴が形にならないほどの衝撃を受けたようだ。

無言になった後に慎重に動き、シェリーナを解放した彼はふらふらと寝台から下りる。

「へ、陛下……？」

心配するシェリーナに、振り向いたゼイルファーは無表情であった。

だが、何故《なぜ》だろう。

実家を継ぐ予定の弟が幼い頃に、彼がしたいたずらを叱《しか》った時に見せた顔と重なるものがあった。

「すまなかった……」

常に力強く前を向く彼のものとは思えないほどの弱々しい声に、シェリーナは言葉を失う。

静かに寝室を出た彼は、その日の夜から寝室に訪れなくなった。


「ああらあ、おかわいそうな皇后さま。我が息子ながら、酷《ひど》いことをするわねぇ」

たっぷりの侮蔑《ぶべつ》を込めて言ったのは、ゼイルファーの母親たる前皇后陛下だ。

公務という名のお茶会を終えて、部屋に戻る途中の廊下で彼女はたくさんの侍女を引き連れ立っていた。待ち伏せしていたのだろう。

帝城の広い廊下とはいえ、大人数で固まっていては通行の邪魔でしかない。

シェリーナを心配する専属の侍女たちに微笑みかけてから、恭しくドレスをつまみお辞儀をする。

「これはこれは、麗しのマニュエール公夫人。ご機嫌はいかがでしょう」

シェリーナは敢《あ》えて、前皇后陛下とは呼ばなかった。

マニュエール公とは、今は療養中である前皇帝が退位した際に賜った呼び名だ。

領地はなく、毎月決まった額の生活費が出される。

ゼイルファーの父親は病弱なだけで、贅沢を好まない穏やかな人物だ。決まった額でも、じゅうぶん過ぎると笑っていたと聞いている。

体の弱さと争いを好まない性格ゆえに、奸臣が好き勝手していたが。それはもう、息子であるゼイルファーが粛清した。

今後は、何も憂うことなく過ごしてほしい。

問題なのは、目の前の女性だ。

退位した後、離宮に移っても毎日のように本宮に来ては騒いでいるという。

ゼイルファーの目が光っているからか、ねちねちと使用人に当たり散らすだけに留《とど》めてはいたようだが。

どうやら、気に食わない現皇后であるシェリーナの現状を聞きつけ、嫌味を言う為にわざわざ待っていたようだ。

「まあ！　なんて、生意気な！　そのようだから、皇帝陛下に愛想を尽かされるのでしょう。ああ、最初から、尽かされるものもなかったのでしたわねぇ」

マニュエール公夫人の嘲笑に、後ろに控える侍女たちが倣《なら》うように笑い出す。

だが、特にシェリーナには響かなかった。穏やかに笑うだけだ。

「偉大なる皇帝陛下のお心をはかる権利は誰にもありません。わたくしは、これからも陛下をお支えするだけです」

「はっ、七日も放置されているのに、豪胆なこと」

見下すマニュエール公夫人ににこやかにしたまま、シェリーナはゆったりと話しかける。

「マニュエール公夫人、とても大粒の宝石を着けていますわね」

「ふんっ、栄光ある貴婦人のあたくしならば、このくらい当然のことよ」

「そうですか。でも、不思議。わたくし、その宝石の購入履歴を見た覚えがないのです。金額はどうなのでしょう？」

支給されている金額では、とうてい買えそうにない数の宝石だ。

そう指摘すると、目に見えてマニュエール公夫人は狼狽《うろた》えた。

間髪を容《い》れずに続ける。

「離宮の管理も、わたくしの仕事ですわ。不備がないよう、全てじっくりと確認いたしますね」

蔑《さげす》みも怒りもなく、あくまでも穏やかな態度を崩さないシェリーナにマニュエール公夫人は悔しそうに顔を歪《ゆが》めた。後ろの侍女の顔色も悪い。

彼女たちは自分の主人に追従したに過ぎないが、シェリーナは帝国女性では最上位の存在だ。

皇帝陛下からの愛がないだけでは、地位は貶《おとし》められない。

そして、シェリーナは離宮の全てを確認すると伝えた。それは彼女らの生家を含め全てを把握すると言ったも同然なのである。

「こ、これらはあたくしの娘時代に購入したものよ！　もう、いいわ。行きましょう！」

「は、はい！」

団体が慌ただしく去っていくのを、シェリーナは笑顔のまま見つめた。

「身に着けていた装飾品の意匠は、今年から流行したものでございます」

「ありがとう」

シェリーナの知りたいことをすぐに伝えてくれるのは実に自然で、さすがゼイルファーの信を得た侍女だと感心する。

「そう、今年の、ね」

シェリーナは薄く微笑んだ。


夫が寝室に来なくなろうとも、シェリーナの日常は続く。

もとより、愛を欲してはいない。ただ、臣下のひとりとして支えたいのだ。

その気持ちがあるからこそ、自室にてシェリーナは侍女から渡された報告書を見て顔を曇らせた。

「お食事どころか、睡眠もまともにとられていないだなんて……」

「はい。陛下のお側にいる者曰《いわ》く、執務に集中しておられるとか。臣下に任せるべきものまで、ご自身でなさっていると」

「なんてこと」

婚姻後に夫婦が食事を共にしたことはなかった。

時間が合わないからだ。

唯一同じ時間を過ごすことができた寝室も、今は訪れていない。

そうなってから、もう七日。

その間、ゼイルファーは休みなく働いているという。

「このままでは、お体に障るわ。陛下に先触れを……」

ゼイルファーに会いたいと侍女に伝えようとしたところで、部屋の扉が叩かれた。

侍女のひとりが扉を開け、強張《こわば》った表情の騎士が何事かを伝えている。

そして、応対した侍女が足早にシェリーナに寄る。

「皇后さま、陛下がお倒れになったと」

シェリーナは目を見開いた。


伝令役を務めた騎士の先導を受け、シェリーナはゼイルファーの部屋へと向かう。

彼は、部屋で体を休めているとのこと。

部屋の前で立ち止まると、騎士は真摯《しんし》にシェリーナを見る。

「皇后さま、陛下は貴女《あなた》の名をお呼びしました」

静かな声に、シェリーナは息を呑《の》む。

「侍医は、風邪だと。陛下は大事にはするなとおっしゃいました。ですが、貴女の名を口になされたのです。どうか、陛下のお側に」

真剣に騎士は言う。彼は本気でゼイルファーを案じているのだ。

シェリーナは重く頷いた。

ついてきてくれた侍女を下がらせ、ひとりで入室する。

ゼイルファーは時々熱を出すが、いつも薬で誤魔化し、無理に政務をするか、誰《だれ》も近寄らせずにひとりで耐えてきたという。

だから、部屋には寝台で眠るゼイルファー以外、誰の姿もなかった。

夫婦の寝室にあるものより、小さく質素な寝台。

物が少ないせいか、寒々しく感じた。

「……お前、か」

熱が高いのか、赤い頬のゼイルファーがシェリーナを見る。

シェリーナは微笑んだ。

「陛下がお倒れになられたと聞き、馳せ参じました」

「大事に、するなと」

「騎士を責めないでください。わたくしが無理を言いましたの」

「そう、か」

シェリーナは椅子《いす》を動かし、寝台の横に置くと座った。

近くの台にある水の入った器に、ゼイルファーの額から熱くなった布を取り浸した。

絞り、再びゼイルファーの額に置く。

「何をしている？」

「陛下のお側で、お世話をしたく思います」

熱で潤むアイスブルーの目が見開かれる。

シェリーナは穏やかに笑う。

「陛下。貴方《あなた》が嫌がることはしません。だから、お許しいただけるのならば、どうかお側に」

それに対しての返答はなかった。

ただ、ゼイルファーの目はじっとシェリーナを見つめている。

きっと、彼はどう答えたらいいのかわからないのだ。

ずっとひとりで耐えてきたのだから。

無言を是とみなし、シェリーナは優しくゼイルファーを見つめ返した。

「陛下、お側におります。今は、ゆっくりとお眠りください」

シェリーナの言葉を受けて、ゼイルファーは目を閉じた。

それからシェリーナは、ゼイルファーの額の布を取り替え、こまめに水差しで水分を摂《と》らせるように気を配った。

食欲がないというゼイルファーに、果実水を用意し、目が覚めるたびに声を掛ける。

「陛下、少し汗が引きましたね」

「大丈夫ですよ。さあ、水分を摂りましょう」

「わたくしは、ここにいます」

そう静かに話すシェリーナを、ゼイルファーはじっと見つめる。

ちゃんといるのか、幻ではないのか、確認するように。

一日目は、ずっと寝ていた。

二日目の昼になると、体を起こし麦粥《むぎがゆ》を口にできるようになり、シェリーナは安堵《あんど》した。

「俺は、こんな風に過ごしたことはなかった」

麦粥を平らげたゼイルファーは、ぽつりと呟《つぶや》く。

空の器を片付けるシェリーナは、静かに聞いていた。

大事なことを、ゼイルファーは話そうとしているのだと感じたからだ。

「弱さを見せてはいけないと、ずっとそうしてきた。隙《すき》を見せれば、足場は即座に崩れる」

即位した若き皇帝は、苛烈を極めるしかなかった。

腐敗した政治。

賄賂《わいろ》が蔓延《はびこ》る宮廷。

それを粛清するには、情も、慈悲もいらない。

ついてきてくれた臣下の為にも歩みを止めず、振り返るのも自身に禁じた。

その道程に、寄りかかる存在は不要であった。

ただ、ただ、突き進んだ。

そして、即位から八年。

がむしゃらになる時期は終わり、安定に重きを置く時代になった。

そして、現れたのがシェリーナだった。

「お前は、俺の知らない存在だった。名や姿は知っている。だが、俺に対する全てが未知だ」

ゼイルファーは、苦く口を歪める。

「何故だ。何故、俺を恐れない。何故、あんな目で俺を見る。何故、俺に、触れたのだ」

最後のは、ゼイルファーの左手に触れた時のことだろうか。

シェリーナは、彼の言葉を聞き逃すまいと思う。

「父上は、体が弱く、俺に構う時間はなかった。母は、俺よりも宝石を愛した」

ゼイルファーの吐露に、シェリーナの胸が痛む。

彼には、子供でいられる時間がなかったのだろう。

ゼイルファーは拳《こぶし》を握りしめる。

「だから、わからない。この気持ちは、なんだ？　お前を前にすると、胸が騒ぐ。なんなんだ、これは」

「陛下……」

「名を、呼んでほしい」

シェリーナは目を見開く。

「君に呼んで、ほしい」

懇願だ。

ゼイルファーは、本心から求めている。

緊張に強張る口に力を入れて、口のなか、心のなかで、何度も繰り返したそれを形にする。

「ゼイルファーさま」

名を呼ばれたゼイルファーは、口を引き結ぶ。

そして、俯いた。

「これは、知っている。だが、こんな温かいものは初めてだ。こんな震えるような嬉しさが、あるのか」

今度は、シェリーナの心が騒ぐ。

そして、理解した。彼は今までの道行きで、愛を知らずに来たのだと。

シェリーナは、「お手に触れても、よろしいですか?」と、尋ねた。

ゼイルファーは左側をシェリーナに向けていた。

だが、差し出したのは右手であった。

熱いものが胸を満たす。

シェリーナは、そっと大切に右手を両手で包み込んだ。

「ゼイルファーさま。わたくしは、貴方を支えたい。わたくしにとって、ゼイルファーさまは至宝でございます」

「そう、か」

ゼイルファーの声が震えた。

「ですから、共に感情を理解していきましょう。わたくしと一緒に学びましょう」

「シェリーナ」

初めて、ゼイルファーが彼女の名を口にした。

シェリーナは涙が零《こぼ》れないように、目に力を入れる。

「君は、ひと月で夫人たちの心に入り込んだ。だが、それは俺も同じだったようだ」

「ゼイルファー、さま」

「婚姻前は、ひとりで眠るのが当たり前だったというのに」

ゼイルファーはわかっているのだろうか。

それは、七日の不眠はシェリーナがいなかったからと、言っているようなものだ。

「俺は、君と向き合いたい」

真摯な声、真っ直《ます》ぐな眼差しに、シェリーナは深く頷いた。

「わたくしの全て、貴方のものです」

ようやく、二人の心は通わせることができたのだ。


それから三日、過労による風邪はすっかり良くなり、ゼイルファーは政務を行えるようになった。

皇帝が信を置く臣下は優秀で、皇帝不在の間に混乱はなく、円滑に復帰できたそうだ。

俺の臣下は凄い自慢を、シェリーナは夫婦の寝室で聞いていた。

「まあ、それをご本人たちに伝えたら、喜ばれますね」

「いや、また熱を疑われる」

「あらあら」

そのような会話は、至近距離で行われていた。

寝台の真ん中で、同じ掛け布のなか、ゼイルファーがシェリーナを抱きしめる形で、だ。

シェリーナに動揺はない。

そもそも、二回も密着したのだ。覚悟ができていれば、どうということはない。

ゼイルファーの方は、どうせ目覚めればシェリーナに甘えているのだから、最初からくっついたほうがいいという姿勢だ。

無意識の行動に振り回されるのは、もう嫌らしい。

「そういえば、報告書はもう読みました？」

「ああ、あの女の使途不明金か」

心底嫌そうに言うゼイルファーの背中に腕を回す。

ぽんぽんと撫でると、抱きしめる力が強くなる。

「母のことは、既に探りを入れてある。すぐにわかるだろう」

「そうですか」

すりすりと頬を寄せるゼイルファーに、愛《いと》しさがこみ上げる。

もう、慕わしい心を隠さなくていいのが幸せだ。

十二歳から、ずっと慕っていた。

だが、ゼイルファーが求めるはずがないと、ずっと秘めてきた。

皇后に選ばれた背景を理解したからこそ、邪魔にならないように過ごした。

だが、もういいのだ。隠さずとも、慕わしい、愛しい気持ちを出していけるのだ。

シェリーナはゼイルファーの体温に、心まで温められた。

「シェリーナ」

「はい、ゼイルファーさま」

「俺の目を見てくれないか」

言われるがままに、顔を上げる。ゼイルファーの目にシェリーナが映る。

ゼイルファーが、口角を上げた。

どくんと、シェリーナの心臓が高鳴る。

ゼイルファーが、微笑んだのだ。

「ああ、その眼差しだ。優しく、温かい目。このような目を向けられて、よくひと月も耐えられたものだ」

「あ、その」

「時間が合わないからな。その眼差しを焼き付けて、明日《あす》も頑張るよ」

シェリーナの頬が熱くなる。密着した体に、意識が集中してしまう。

気にならないなど、嘘《うそ》だ。

この体勢で、眠れるだろうか。

戸惑いと悩みから解き放たれたゼイルファーは、どこまでも甘やかであった。


元々、ゼイルファーが冷たいとは思ってはいなかった。

専属となった侍女たちからしても、あまりに優秀で、蔑《ないがし》ろにはされてはいないとわかっていた。

ゼイルファーへの気持ちは、臣下としても強いものであると自負をしていた。

だから、白い結婚だとしても文句はない。

何かしら理由があると、信じていたからだ。

まさか、それが愛がわからないゆえの戸惑いと、少しずつ心を占めていくシェリーナへの接し方に悩んでのことだとは予想外であったが。

それでも、シェリーナはゆっくりでいいから寄り添いたいと思う。

ゼイルファーは、まだ心に向き合ったばかり。

焦らずに、歩んでいきたい。

そう穏やかに思って、十日が過ぎた。

下女がひとり残らず、入れ替えられた。

宮廷の侍女で異動及び解雇が行われた。

全て、シェリーナの評判を傷つけた者たちだ。

「皇后さま、愛されていますわねぇ」

しみじみと呟くのは、宰相夫人。

彼女は、内情は漏らしていない。

ただ、宮廷の使用人の顔触れが変わったと言い、そして皇帝夫妻の仲が良好であると口にしただけである。

しかし、それだけで今日のお茶会に集まった夫人たちには意味が通じる。

彼女らは、皇帝の恐ろしさを再確認したことだろう。

「本当に素晴らしいですわね」

「わたくしたち、愛の尊さを学びましたわ」

淑《しと》やかに笑う貴婦人の頭では、これからの振る舞いを考えているに違いない。

婚家を支えるとは、そういうものだ。

だから、シェリーナはうっとりと頬を染める。

「ゼイルファーさまは、愛情深い方ですから」

シェリーナが夫を名前で呼んだことは、瞬く間に社交界に広まるだろう。

未だに白い結婚のままであることは、もう広める者はいない。


ゼイルファーがシェリーナを大事にしたからといって、在り方が変わるわけではないのだ。

彼は彼のまま、皇帝として采配する。

そこにシェリーナを貶めた者への私怨《しえん》が混じろうが結果は変わらない。

結果は同じであるのだから、周りの貴族は己の行動を省みなくてはいけない。

国を動かすことは綺麗事だけではないが、それが国の威信を落とすのでは意味がない。

だからこそ、シェリーナもゼイルファーに寄りかかるのではなく、皇后として振る舞う。

地位に見合う責務を理解しない者は、氷上にすら乗れないのだから。


ぱきん。

氷が割れる音のようだ、とシェリーナは思った。

「聞いていますの！」

甲高い声に、シェリーナは困ったように笑う。

叫んでいるのは、マニュエール公夫人だ。

身に着けている装飾品は、以前見かけた時と同じ。

新たに購入はできていないようだ。

「聞いていますわ。ポエルニ男爵を釈放してほしい、と」

ポエルニ男爵は、前に怪しい商売を持ち掛けられた男爵の友人であり、持ち掛けた人物だ。

あれからゼイルファーが調査し、隣国から流れた詐欺師たちを匿《かくま》っていることが判明した。

なので、禁止された品を所持している疑いで拘束されていた。

今は裏取りされた証拠を重ねている最中である。

「マニュエール公夫人、不敬ですよ！」

シェリーナを庇《かば》うように立つ侍女は、鋭く言い放つ。

しかし、返ってきたのは嘲笑だ。

「ふんっ、たかが侍女風情が。あたくしは、前皇后よ！　全ての者がひれ伏すべき存在！」

そう胸を張るが、後ろに控える侍女の数からして、権威に翳《かげ》りが見えた。

そもそも、ここは皇帝にとって私的な庭園である。

奥に行けば、皇帝と妻子だけの宮があるのだ。

シェリーナの近くに侍女しかいないのは、騎士の出入りすら禁じられた庭だからだ。

もちろん、庭園に繋がる道には騎士が多数配置されている。

なのに、ここにマニュエール公夫人と僅かな侍女がいるのは、押し入ったのだろう。

前皇后であるから、騎士も扱いに困ったか、それとも……。

既に、禁を侵したという報《しら》せは届いているはず。

ならば、時間稼ぎをしようではないか。

「ひれ伏す、ですか。そうですね、マニュエール公夫人はご実家も立派ですから」

「ええ、ええ！　わかっているじゃない。あたくしの家は」

「確か、新しく事業に投資されていると聞きましたわ。素晴らしいことですわね」

にこにこと褒め称《たた》えるシェリーナに気をよくしたのか、言葉を遮られたことにも気づかずに早口になる。

「そうよ！　お兄さまは先見の明があるの！　ポエルニ男爵の商会に投資して、それに感謝したポエルニ男爵は利益の一部と商品を融通してくれたわ」

「まあ、商品ですか。それはそれは」

「お兄さま自身、商品を売って更に利益を上げていてよ」

「それは、凄いですわね」

手を叩いて微笑むシェリーナに、マニュエール公夫人の気分が高まる。

そして、余計なことを言ってしまう。

「貴女、思っていたよりも素直ねぇ。あたくしの姪《めい》こそが皇后に相応しいけれど。そうね、貴女なら姪の侍女にしてあげてもよくってよ」

「ほう。あの頭が空っぽな女が相応しいとは、皇后の地位も侮られたものだ」

返した声は、低い男性のものだ。

どうやらシェリーナは、きちんと役目を果たすことができたようで安心した。

「なっ、ゼイルファー！」

驚愕の声を上げたマニュエール公夫人は、すぐさま顔を青ざめさせた。

それはそうだろう。息子である皇帝の後ろには、物々しい雰囲気の騎士が大勢いたのだから。

マニュエール公夫人の話した内容から、ゼイルファーは敢えて庭園に通したのだろう。

到着があまりにも早い。

シェリーナが何も知らされていないのは、作戦に入ってはいなかったのだろう。

つまり、庭園でマニュエール公夫人と対面したのはただの偶然であったようだ。

ゼイルファーがシェリーナを見る。

「……今日は、伯爵夫人との茶会ではなかったか？」

「ご令嬢が熱を出したと連絡がありました。薔薇《ばら》が好きだと聞きましたので、お見舞いの品として用意しようと」

「そうか」

庭園には立派な薔薇園があるのだ。

状況を理解したゼイルファーは、シェリーナたちを守るように前へと出た。

そして、母親に向けるものとは思えないほど鋭い視線をマニュエール公夫人に突き刺した。

ひっと、悲鳴が上がる。

「マニュエール公夫人。良い報せだ。貴殿が懇意にしていた商会の品は流通しなくなる」

「そ、それのどこが良い報せなの」

怯える母親に、息子は冷たく笑う。

「貴女は何もかもを独り占めしたがるだろう？　家族よりも大切な物が他者の手に渡らない。最高じゃないか」

「何を」

「商会の品には、違法薬物もあった。好きでしょう？　即位前の父上に盛るぐらいだからな」

「し、知って……？」

ゼイルファーの笑みは凄みを増した。

「下品な薬だ。それを使われ貴女にのし掛かられた父上はどれほど恐怖したか。でなければ、先々代の皇帝に睨まれた家の者が皇后になれるはずはないからな」

「だっ、だって。お兄さま、が」

「ハッ！　貴女の兄ならば、地下牢《ちかろう》へ移送中だろう」

「そん、え、な……？」

混乱する彼女に、ゼイルファーは冷たく言い放つ。

彼女の兄が受け取り売っていたのは、薬物であったのだ。

「愚かな家のせいで、父上の体は更に弱まった。お前たち、罪人を連れて行け」

「はっ！」

騎士たちはすぐさま罪人となった者たちを拘束する。

マニュエール公夫人に付き従ったわずかな侍女も一緒に。

薬物に関与はしていなくとも、許可なく皇帝の私的空間に侵入したのだ。

重罪である。

彼女たちの意思は考慮せずに罰は下る。

しかも裁量は、冷酷さ苛烈さで有名な皇帝陛下だ。

「お許しください！」

「陛下っ、陛下あああああ！」

彼女たちは若い。実感のなかった、親から聞いた皇帝の為した事を思い出したのか、絶叫を上げる。

氷は割れた。

後は、全部冷たい水の底へ。

引きずられていく彼女らを見ることなく、ゼイルファーはシェリーナを抱きしめた。

「怖かっただろう。我が愛しのシェリーナ」

周りには、まだ騎士たちがいる。

シェリーナは、ゼイルファーの期待通りに動く。

「はい、とても。ですが、ゼイルファーさまがいらしてくれました。わたくしはゼイルファーさまの愛に守られました」

「ああ。お前を侮る者は、俺が全て排除しよう」

「嬉しいです」

抱きしめ合う二人の姿は後ろに控える多くの騎士たちが目にした。今後シェリーナを害する者は出ないだろう。

シェリーナはうっとりと、ゼイルファーを見つめた。


「もう、見ないでくれ」

震える声でゼイルファーが言う。

時間は深夜。騒ぎは収まり、罪人は皆地下牢へ。

そして、夫婦は寝台の上で見つめ合っていたのだが。

真っ先にゼイルファーが音を上げた。

「まあ」

「無理だ。これ以上は、心臓が持たない」

「わたくしと向き合うと言いましたのに」

「言った。言ったが」

顔を両手で覆い、くぐもった声で呻《うめ》く。

「愛しいは、俺には早かった！」

「かっこよかったですわよ？」

「言葉にしたら自覚したのだ！」

ゼイルファーの叫びに、シェリーナは口を閉じた。

少し考えたあとに、声をひそめた。

「それは、つまり。わたくしが、愛おしいと？」

「……うん」

素直過ぎるゼイルファーに、胸がぎゅううんとなる。

愛に疎いゼイルファーが、認めた。

シェリーナが愛おしいと。

シェリーナは自分の頬を両手で包む。顔が熱い。

「俺は君を知っていて、知らなかった」

両手を下げたゼイルファーが、不思議な言い回しをした。

「それは、わたくしの姿を知ってはいたという話のことですか？」

看病をした時に聞いていた。おそらく皇帝として国内貴族の情報は網羅しているという意味だと解釈していたが。そのことを蒸し返すのは何故だろう。

ゼイルファーは、シェリーナを見つめる。

「違う。言葉としては同じだが、違うのだ」

「それは、どういう？」

「今から、五年前。数名の令嬢を、救ったことがある」

年数と内容に、シェリーナはハッとした。

「シェリーナ。五年前に君を見た。十二歳の君は、俺を微動だにせず見ていた」

「そっ、そうですね」

シェリーナが慌てて答える姿を不思議そうに見てから、ゼイルファーは続けた。

「あの時、俺は君が俺を恐れていたのだと思っていた。血に塗《まみ》れた忌まわしさから、目が離せないのだと。だが、違うと今ならわかる」

そして、シェリーナに微笑む。

昼間に見せた冷たい笑みではなく、心のこもった温かなものを。

「優しい君は、俺の身を案じてくれていたのだ。だから、あんなにも真摯に見てくれたのだな」

確信に満ち溢れた眼差しに、シェリーナは声が裏返る。羞恥《しゅうち》ゆえに。

「ち、違うのです。あまりにも凛《りん》としていて……純粋に見惚《みほ》れていました……」

シェリーナの言葉に、ゼイルファーは目を丸くし、そして顔を真っ赤にした。

「そ、そ、そうだったのか」

「は、はい」

しばらく無言が続いたが、沈黙を破ったのはゼイルファーであった。

「シェリーナ」

シェリーナの両肩に手を置き、しっかりと見つめる。

あまりにも熱い眼差しに、シェリーナの胸が高鳴った。

「君に、口づけをしたい」

「ゼイルファーさま……」

婚姻式では、口づけが省かれていた。その時のゼイルファーは必要性を感じていなかったからだ。

だが、今は。

シェリーナは恥じらうように、こくりと頷いた。

ゼイルファーの右手が、シェリーナの頬に添えられる。

頬に震えが伝わり、ゼイルファーの緊張が愛おしいと思う。

シェリーナは目を閉じた。

そして、少しだけ冷たさのある感触が、唇へと落とされた。


皇帝夫妻の婚姻式から半年が経《た》ち、季節は秋に移ろうとしていた。

四季が存在する帝国において厳しい冬が訪れる前の静かな時間を、ゼイルファーは皇室が使用する居室にて過ごしていた。

ソファーでは愛しい妻であるシェリーナが編み物をしており、当たり前のようにゼイルファーは隣を陣取っている。

居室がある庭で起きた事件の処理は全て終わっており、ゼイルファーはゆったりと寛《くつろ》いでいた。

「シェリーナ」

名前を呼び、そっと妻の金色の髪を一房手に取り口付ける。

ふふ、と空気が揺れ、シェリーナが手を止めた。

「ゼイルファーさま、どうかしましたか？」

「うん、ただ君の存在に甘えたかった」

「まあ」

婚姻から半年後のゼイルファーはシェリーナへの愛を隠さず、恥じらうこともない。熱のこもった眼差しに、シェリーナは微笑む。自分もまた、愛しいのだと伝わるように。

「何を、編んでいたんだ？」

「ふふ、そうでしたわ。わたくし、昨日お医者さまを呼びましたでしょう？」

「ああ、だから今日の公務は休ませたんだ。体調はどうだろうか」

ゼイルファーにはまだ、診断の内容を伝えていなかった。シェリーナ自身驚きが強く、そして言いようのない幸福感を落ち着かせてから自分の口で言いたかったのだ。

案じるようにシェリーナを見つめるゼイルファーの耳もとに口を寄せる。

「わたくしのお腹《なか》に、子がいると」

ゼイルファーの目が見開かれ、そのままシェリーナのまだ膨らみのない腹部を見つめた。

そして口を震わせ、シェリーナの手を宝物に触れるように優しく握る。

「俺たちの、子が……？」

「はい、ゼイルファーさま。わたくしたちの子供がここに」

交わるシェリーナとの目線、新緑のなかには歓喜に顔を綻《ほころ》ばせたゼイルファーが映る。

深い愛情が溢れる自分の表情を見て、確信が強まる。

ゼイルファーは自分の子を愛し、守り抜くのだと。愛するシェリーナとの子に、愛を伝えるのだ。

「気が早いですが、靴下を編んでいました。赤ちゃん用って小さいのですね」

編みかけの小さな靴下を見つめる横顔からは、深い愛情を感じた。

「シェリーナ」

名を呼べば、視線が交わる。

「愛している」

ゼイルファーは、柔らかく微笑む。

そして、シェリーナも笑みを返す。

「わたくしも、愛しています」

愛しい妻からの言葉は、何度だろうと変わらずゼイルファーの胸を震わせ温めてくれる。

そして、愛は増えていくのだ。

愛を知らなかった皇帝陛下は、もういないのだから。

ノベルアンソロジー◆溺愛編《できあいへん》Ⅱ

脇役令嬢《わきやくれいじょう》なのに溺愛包囲網《できあいほういもう》に囚《とら》われています

2024年1月20日　初版発行

著者　アンソロジー

発行者　野内雅宏

発行所　株式会社一迅社
〒160-0022 東京都新宿区新宿3-1-13 京王新宿追分ビル5F
電話　03-5312-7432（編集）
電話　03-5312-6150（販売）
発売元：株式会社講談社（講談社・一迅社）

印刷所・製本　大日本印刷株式会社
ＤＴＰ　株式会社三協美術

装幀　世古口敦志・丸山えりさ（coil）

ISBN978-4-7580-9612-6

ファンレター・ご意見・ご感想は下記にお送りください。

おたよりの宛て先

〒160-0022 東京都新宿区新宿3-1-13 京王新宿追分ビル5F
株式会社一迅社　ノベル編集部　気付